Les ailes de l'amour

Barbara Cartland

Les ailes de l'amour

traduit de l'anglais
par Aimé DESFONTAINES

Éditions J'ai lu

Titre original :

OPEN WINGS

1

– Puis-je vous aider?

Lorna baissa les bras et, tournant la tête, aperçut un jeune homme de l'autre côté de la clôture du verger. Elle devina que c'était l'un des officiers en convalescence au château.

– Merci, mais j'ai presque fini, répondit-elle en désignant, au pied de l'arbre, plusieurs paniers remplis de cerises mûres dont elle faisait la cueillette depuis plus de deux heures.

– Alors, je pourrais peut-être venir vous aider à les manger?

Elle rit.

– Certainement pas. Elles sont destinées à la coopérative, où elles finiront dans des pots de confitures. Je n'en garde que quelques-unes pour nous.

– Pourtant, quelque chose me dit que je pourrais vous être utile, insista l'inconnu.

Il repéra un endroit où la clôture était délabrée et l'escalada. Il était grand et mince mais, en le voyant marcher vers elle, Lorna remarqua qu'il boitait et qu'il avait un bras dans une attelle.

– Vous ne m'avez pas l'air bien d'attaque mais, si vous vous en sentez la force, vous pouvez toujours m'aider à finir cette branche. J'ai fait les autres.

Elle lui tendit le panier d'un air d'invite. L'inconnu s'approcha d'elle et, de son bras valide, commença à cueillir des cerises qu'il laissait tomber dans le panier vide. Au bout d'un moment, cependant, Lorna s'aperçut qu'il ne mettait pas beaucoup de cœur à l'ouvrage : il semblait surtout occupé à la regarder.

Quand elle redescendit de l'échelle, la besogne terminée, elle se sentit un peu gênée : le travail lui avait donné chaud, elle devait avoir le visage rouge et les cheveux en bataille. Elle sortit un mouchoir de son tablier en coton et s'essuya le front.

– C'était vraiment si pressé ? demanda l'homme.

– Eh oui, il fallait avoir fini la cueillette avant ce soir. Avant l'heure du thé, en fait.

– Parfait. Il vous reste du temps devant vous, fit-il, rassurant. Asseyons-nous un instant pour faire connaissance. Je sais qui vous êtes. Vous vous appelez Lorna et vous êtes la fille du pasteur. Mais il y a encore beaucoup de choses que j'ignore. Parlez-moi un peu de vous.

Il y avait un vieux tronc d'arbre couché sur le sol, à quelques pas de là. Il s'y assit et, d'un sourire, invita Lorna à le rejoindre. Elle hésita, surprise et intimidée.

– Allons, venez, insista-t-il. Vous n'avez pas de raison d'avoir peur.

– Je n'ai pas peur, protesta-t-elle en rougissant malgré elle.

Ne sachant comment refuser, elle s'approcha de la bûche avec réticence.

– Voilà qui est mieux, dit-il. Maintenant, nous pouvons parler. Mon nom est Braith, Jimmy Braith, et, comme vous pouvez l'imaginer, je suis ici pour raison de santé.

– Comment avez-vous été blessé ? demanda-t-elle d'une voix plus douce.

– Un atterrissage forcé. Je pensais pouvoir rentrer au pays malgré ce que les Boches nous avaient fait. J'ai réussi, mais disons que… je n'ai pas atterri aussi confortablement que je l'aurais souhaité. D'où les bleus et les bosses. Enfin, ce n'est pas si grave et je suis bien content d'avoir retrouvé notre vieille Angleterre. Je ne suis pas du tout tenté par une sépulture aquatique, voyez-vous.

– Ne parlez pas de malheur. C'est trop dangereux.

– Bah, j'adore ça, au contraire. J'ai toujours voulu être pilote. Déjà quand j'étais en culottes courtes.

– Et c'est la guerre qui vous en a donné l'occasion !

– Oh non ! Je vole depuis bien plus longtemps. Pour tout dire, vous avez devant vous un homme très important, vous savez…

– C'est que vous ne vous êtes pas présenté complètement. Je ne connais ni vos titres de gloire ni même votre grade !

– Excusez-moi. Chef d'escadre Jameson Braith, de la Royal Air Force.

– Ah, c'est autre chose ! Et je suis très impressionnée.

– Tant mieux. C'est que je voulais. Un de ces jours, vous me verrez en uniforme. Il paraît qu'il n'y a rien de tel qu'un uniforme pour toucher le cœur des femmes.

– Oh, vous savez, ici, à Little Walton, nous sommes plutôt bon public, répondit-elle, moqueuse.

– Je me demande ce que vous entendez par « nous ». Je n'ai pas vu une seule femme de moins de soixante ans dans tout le village. Quel trou! Si je dois rester ici plus longtemps, je serai obligé de flirter avec notre commandante et alors, Dieu sait ce qu'il adviendra de moi!

Lorna pouffa. Elle connaissait lady Abbott et c'était vraiment la dernière personne au monde qu'elle imaginât au bras d'un galant.

– Ainsi, vous trouvez que notre village est un trou, fit-elle en regardant au loin la tour de l'église qui s'élevait derrière un rideau d'arbres.

– Pas vous?

Elle hocha la tête.

– Grands dieux, non! J'ai bien trop à faire. D'ailleurs, il faut que je me sauve, maintenant. Merci pour votre aide... enfin, si je peux appeler ça une aide, ajouta-t-elle avec un joli sourire qui dessinait des fossettes sur ses joues.

Jimmy se leva à contrecœur.

– Ne partez pas, dit-il. Ou alors laissez-moi vous accompagner. Je vous aiderai à porter les paniers.

– Oh, nous pouvons laisser le plus gros ici. Mon frère Peter m'a promis de venir le chercher dès qu'il aura fini sa partie de tennis, et je peux très bien me charger des deux autres.

– Pas question! Vous allez vous fatiguer. J'insiste pour en prendre un.

Comprenant qu'elle n'aurait jamais le dernier mot avec lui, Lorna abandonna la lutte.

– Très bien. En ce cas, autant les prendre tous. Nous porterons le gros à deux et nous n'aurons qu'à mettre les petits par-dessus.

C'était un lourd fardeau. Ils traversèrent lentement le verger, jusqu'à un portillon de bois menant au jardin du presbytère.

– C'est Peter qui sera content, commenta Jimmy.

– Ça, vous pouvez en être sûr. Il déteste ce genre de travail. Quand il saura qu'on s'en est chargé à sa place, il sera ravi. Au fait, si vous le voyez, évitez de lui parler d'aviation.

– Pourquoi?

– C'est sa passion. Il n'a que dix-sept ans, mais j'ai idée qu'il ira s'enrôler à la première occasion... en mentant sur son âge. Il l'aurait déjà fait s'il n'y avait pas eu Péki.

– Et qui est Péki?

– Ma sœur.

– Quel drôle de nom!

– En fait, son nom de baptême est Patricia. Mais, peu après leur naissance – Peter et elle sont jumeaux –, ma mère a eu un pressentiment. Elle a envoyé mon père en catastrophe à la nursery, croyant que l'un des bébés était mort. A son retour, il lui a dit simplement: « Le garçon braille et la fille ronfle comme un pékinois. » Et le nom lui est resté.

– Ainsi, vous avez des jumeaux dans la famille. Quelle réussite!

– Quelle dépense, vous voulez dire!

– Ils se ressemblent?

– Vous allez pouvoir en juger par vous-même.

Ils dépassèrent un mur de briques patinées et débouchèrent devant le presbytère. C'était une maison basse, pleine de coins et de recoins, d'une architecture composite mêlant les différents styles qui s'étaient succédé depuis l'époque élisabéthaine.

Le jardin était en friche, mais possédait un certain cachet. Il y avait des fleurs à profusion, qui poussaient en liberté un peu partout, et les arbres n'avaient pas dû être taillés depuis plusieurs années.

Les pelouses étaient couvertes de pâquerettes. Seul le court de tennis avait été tondu – encore que très sommairement, avec de hautes herbes folles sous le filet.

Il y avait deux joueurs, tous deux vêtus d'un pantalon souple de flanelle grise et d'une chemise blanche à col ouvert. Au moment où Lorna et Jimmy apparurent, une balle lobée s'éleva dans les airs, rebondit hors du terrain et alla mourir dans le massif de rhododendrons.

– Bon sang, Peter! Tu m'as eue encore une fois.

– Jeu, set et match, fut la réponse.

Peter lança sa raquette et la rattrapa adroitement.

– Ce n'était pas très fair-play, protesta sa sœur jumelle. (Elle aperçut tout à coup Lorna.) Hello! fit-elle. Peter m'a encore battue, et avec ses méthodes habituelles!

– Tu devrais réagir, lui dit Lorna.

Péki traversa le court. De loin, elle ressemblait à un garçon dégingandé et mal habillé mais, de près, on voyait qu'elle serait bientôt une vraie beauté.

Pour le moment, elle avait les cheveux tirés derrière les oreilles et, gênée de se trouver en présence d'un inconnu, faisait la moue comme une enfant.

– Voici ma sœur, dit Lorna à Jimmy.

– Enchanté.

Au lieu de lui tendre la main, Péki piocha quelques cerises dans le panier.

– Des rafraîchissements! Exactement ce qu'il me fallait! s'exclama Peter en les rejoignant.

– Non, pas touche! répliqua Lorna. Je me suis donné un mal fou pour les cueillir pendant que vous vous amusiez, tous les deux. Et le chef d'escadre Braith m'a aidée à les porter. Alors, éloigne tes mains de ce panier, Peter.

– Chef d'escadre! s'écria Peter, le souffle coupé. Vous êtes au château?

– En effet.

– Magnifique! Alors, on va vous revoir, monsieur.

Le sincère enthousiasme de Peter arracha un sourire à Jimmy.

– C'est promis. J'espère même que nous nous reverrons souvent.

– Eh bien, je l'espère aussi. Pas vrai, Péki?

Péki ne boudait plus. A voir son visage radieux, on devinait qu'elle partageait l'enthousiasme de son frère.

– Vous voulez bien m'aider à porter les cerises jusqu'à la maison? demanda Lorna à Jimmy d'une voix chaleureuse.

– Bien sûr.

– Non, non, laissez-moi faire, monsieur, intervint Peter.

Finalement, ils rentrèrent tous ensemble à la maison, chacun prêtant la main avec une bonne volonté qui eût surpris Lorna si elle n'avait deviné la raison cachée de cette soudaine courtoisie...

Ils serrèrent les cerises au frais dans le vieux cellier au dallage de pierre et aux murs blanchis à la chaux.

– Dis, Lorna, on pourrait peut-être boire un petit thé, suggéra Peter. Peut-être que le chef d'escadre Braith acceptera une tasse. N'est-ce pas, monsieur?

– Ma foi, puisque vous me le proposez si gentiment, répondit Jimmy.

Il avait l'air de se faire prier mais, en réalité, Lorna avait le sentiment qu'il cherchait à s'inviter depuis le début et cela la mettait légèrement mal à l'aise, sans qu'elle pût s'expliquer pourquoi.

Elle le conduisit dans le grand salon qui donnait sur le jardin. C'était une pièce spacieuse, avec des portes-fenêtres. En fait, c'était plus une salle de séjour qu'un véritable salon, mais elle ne manquait pas de charme, en dépit de son mobilier hétéroclite et de ses chintz fanés et rapiécés.

— Les jumeaux vous feront la conversation pendant que je prépare le thé, dit-elle.

— Attendez, protesta Jimmy. Je ne voudrais pas vous déranger. Puis-je vous aider ?

— Je me débrouillerai bien mieux toute seule. Je vous ai déjà eu suffisamment dans les pieds pour aujourd'hui.

Mais son sourire démentait l'apparente dureté de ses propos et elle disparut sans laisser à Jimmy le temps de prendre une décision.

— Tout va bien, monsieur, rassurez-vous, fit Peter. Vous ne pourriez rien faire, de toute façon. C'est toujours Lorna qui s'occupe du thé.

— J'ai l'impression que Lorna s'occupe de beaucoup de choses, ici, commenta Jimmy en allumant une cigarette.

— Ah bon ? Je ne sais pas, dit Peter d'un ton vague. Je crois qu'elle aime ça. Pas vrai, Péki ?

— Elle a toujours été comme ça.

— Vous avez encore d'autres frères et sœurs ? demanda Jimmy.

— Seulement Beth, répondit Péki. Elle est à l'école en ce moment. Elle devrait être de retour pour six heures.

— Et quel âge a-t-elle ?

— Quinze ou seize ans... je ne sais plus. Euh, si, elle a deux ans de moins que nous... donc, ça lui en fait quinze.

– Et c'est Lorna qui s'occupe de vous tous? reprit Jimmy en se tournant vers Peter.

– C'est exact, monsieur.

– Pour l'amour de Dieu, ne m'appelez pas « monsieur »! J'ai l'impression d'avoir un pied dans la tombe. Mon nom est Jimmy.

– Oh, merci. (Peter était rose de plaisir.) Dites, racontez-nous donc vos exploits d'aviateur. Enfin, si ça ne vous ennuie pas...

Quand Lorna revint avec le thé, ils étaient en grande conversation. Les jumeaux qui, assis par terre, buvaient les paroles de l'officier, se montrèrent fort agacés par l'intrusion de leur sœur aînée. Lorna adressa un regard de reproche à Jimmy, qui se leva en disant :

– Excusez-moi, je n'ai pas pu faire autrement.

– Vous mériteriez d'être privé de thé, menaça-t-elle.

– Oh, Lorna, comment peux-tu? s'exclama Péki. Songe que Jimmy a survolé Berlin. Tu te rends compte?

Lorna haussa les sourcils.

– Jimmy? reprit-elle.

– Votre humble serviteur, intervint Jimmy Braith.

Il y avait un mélange de défi et de taquinerie dans son intonation. Lorna était déconcertée.

– J'estime..., commença-t-elle.

Mais Jimmy l'interrompit :

– Allons, ne soyez pas vieux jeu. Je suis ravi d'être ici et de voir que deux membres de la famille sont déjà mes amis. Pourquoi resteriez-vous à l'écart?

Ses yeux bleus lui donnaient un charme irrésistible et il avait des inflexions extrêmement séduisantes. Elle devina qu'il n'était pas homme à se laisser facilement éconduire quand il avait jeté son dévolu sur une femme et, cependant, une petite voix intérieure lui soufflait de ne pas succomber trop vite à ses méthodes entreprenantes. Il était trop rapide.

Le mieux était de rester prudente, de garder ses distances, mais c'était difficile. Elle hésita et ce fut sa perte. D'autres femmes, plus âgées et plus aguerries qu'elle, avaient déjà pu constater qu'il était plus aisé d'arrêter une avalanche que de résister à ses avances.

Lorna choisit donc de ne rien dire et laissa les jumeaux accaparer son invité, dont ils avaient fait leur héros.

– Des sandwiches au concombre. Servez-vous.

– Et des biscuits! Lorna s'est mise en frais pour honorer notre visiteur.

– Vous me gênez, fit Jimmy.

– Ne vous inquiétez pas, répondit gaiement Lorna. La vraie difficulté est d'économiser notre ration de jambon.

– J'apporterai la mienne la prochaine fois.

La porte du salon s'ouvrit et le révérend Arthur Overton entra. Physiquement, ses enfants tenaient beaucoup de lui. Il avait des traits grecs, un front carré, une abondante chevelure argentée, de larges épaules et une carrure d'athlète en dépit d'une relative maigreur. Il semblait un peu surmené, mais il avait une lueur malicieuse dans les yeux et un petit sourire au coin des lèvres qui ne trompaient pas.

– Lorna chérie, dit-il, j'ai perdu mon agenda. C'est ce soir ou demain que ces dames donnent une partie de whist?

– Demain, mon cher papa, répondit-elle. Viens prendre ton thé.

– Très bien, très bien. Je craignais de ne pas pouvoir aller à la conférence du Bon Secours mais,

14

comme ça, je pourrai faire les deux. Oui, une tasse de thé serait la bienvenue, j'ai cinq minutes. Pourquoi le prenons-nous ici?

– Parce que nous avons de la visite. Papa, je te présente le chef d'escadre Braith. Il est en convalescence au château.

– Il me semble vous avoir aperçu hier, monsieur, dit Jimmy en lui tendant la main.

– Comment allez-vous? Je suis très heureux de vous voir. Oui, j'étais hier au château. Alors, comment trouvez-vous cette partie du monde?

– Je ne suis là que depuis quelques jours, mais... je commence à revenir sur ma première impression, avoua Jimmy en regardant Lorna, qui sentit le rouge lui monter aux joues.

– J'ai peur que vous ne trouviez l'endroit un peu trop calme et isolé, continua le pasteur, mais, par les temps qui courent, ce sont deux aspects que nous apprécions beaucoup.

– En effet, c'est incroyable, reconnut Jimmy. On m'a dit que vous aviez été épargnés par les bombardements.

– Touchez du bois! lui crièrent en chœur les jumeaux.

Il se baissa pour toucher le pied de son fauteuil en disant :

– Vous êtes superstitieux?

– Nous avons de bonnes raisons, répondit Peter. Si Péki n'avait pas vu de fer à cheval, on n'aurait jamais pu embarquer à Marseille.

– A Marseille? s'étonna Jimmy.

– Oui, à notre retour d'Italie, en avril dernier. On était allés chez notre tante et, quand le bruit a couru que l'Italie entrerait peut-être en guerre, elle a décidé de nous renvoyer à la maison. On est donc passés en France, mais on s'y est pris un peu tard et les routes étaient encombrées.

« Bref, quand on est arrivés à Marseille, on était vannés et affamés. Je voulais me rendre directement sur les quais pour voir s'il y avait un bateau disponible, mais ma tante et Péki préféraient descendre d'abord dans un hôtel pour se laver et manger quelque chose. Enfin, comme vous voyez, on n'était pas très fixés.

« C'est alors que Péki a vu un fer à cheval pointé en direction des quais. On l'a ramassé et on a suivi la route qu'il indiquait. Un vrai coup de chance : on a pu ainsi sauter dans le dernier bateau en partance, un cargo qui transportait du charbon. Tous ceux qui sont arrivés après nous ont dû rester au port. »

– Si vous les aviez vus quand ils sont rentrés ! fit Lorna. Ils étaient noirs comme des ramoneurs. Il a fallu les frotter pendant une semaine pour qu'ils retrouvent leur couleur normale.

– La traversée a dû être très éprouvante, dit Jimmy. J'ai entendu parler de ces cargos.

– Au contraire, c'était sensass ! répondit Péki. Les marins étaient merveilleux avec nous. Le seul ennui, c'est qu'on n'avait rien à se mettre sous la dent, alors qu'il y avait à bord un vieux couple avec un énorme baluchon de provisions. Eh bien – il faut le voir pour le croire –, figurez-vous qu'ils n'ont pas voulu partager la moindre bouchée avec les autres. Ce qu'on a pu les détester !

– Moi, j'aurais jeté leur baluchon à la mer, compatit Jimmy.

– On y a pensé, mais ils ne le quittaient pas un instant. Même quand ils montaient sur le pont, ils l'emportaient avec eux.

– Eh bien, j'espère qu'après ça ils ont perdu leurs tickets de rationnement et qu'ils se sont serré la ceinture pendant des mois.

– Oh, cette sorte de gens ne souffrent jamais.

– Je n'en suis pas si sûr, commenta gentiment le pasteur. Ne leur jetez pas la pierre. Les gens ne sont pas toujours malintentionnés ; bien souvent, ils ne se rendent pas compte de ce qu'ils font.

Lorna vint débarrasser son père de sa tasse vide et lui donna un baiser sur le front.

– Tu vois toujours le bien partout, dit-elle. Tu es un idéaliste, mon cher papa, et j'ai la conviction que les idéalistes sont les gens les plus heureux du monde. Ils s'attachent toujours au bon côté des choses.

– Au fait, qu'est-ce que vous pensez du nouveau bombardier Stirling, Jimmy ? intervint Peter. Vous en avez déjà piloté un ?

– Seigneur, voilà qu'il remet ça ! dit Lorna à son père. C'était fatal, avec un aviateur dans la maison !

– Dieu du ciel ! C'est l'heure juste ? s'exclama le pasteur en entendant la pendule sonner la demie. Il faut que j'y aille. Je risque d'être en retard pour le dîner, ma chérie, ne m'attendez pas.

– Si, nous t'attendrons. Essaie d'être ponctuel, papa. Ta réunion est à huit heures et tu ne peux pas y aller avec l'estomac vide.

– J'essaierai, j'essaierai... je te le promets. Mais j'ai tant de choses à faire. (Il se leva en hâte.) Au plaisir, monsieur le chef d'escadre, j'espère que nous nous reverrons.

– Merci, monsieur. Je suis sûr que vous me trouverez souvent ici si vous supportez ma présence.

– Mais comment donc, bien sûr ! Avec joie. Vous serez toujours le bienvenu. (En arrivant devant la porte, le pasteur se retourna.) Oh, j'allais oublier, Lorna. J'ai vu Michael, ce matin. Il m'a demandé s'il pouvait venir dîner à la maison. Il m'accompagnera à la réunion... Il a eu une opération difficile à l'hôpital, je crois. -

– Mon Dieu! Heureusement que tu me préviens. Une tourte ne suffira jamais pour nous tous. (Elle se prit le front dans la main et réfléchit.) Je vais essayer de trouver des œufs... oui, ces dames ont sûrement quelques œufs frais.

– Vous vous faites trop de souci, dit Jimmy. Qui est Michael?

– Michael Davenport, répondit Péki à la place de sa sœur. C'est notre médecin et le prétendant de Lorna.

– Oh, vraiment? fit Jimmy avec une pointe de déception dans la voix.

– Tu es ridicule, Péki! Ne faites pas attention à ce qu'elle dit. Michael est un vieil ami de la famille. Je le connais depuis des années. Les enfants veulent me taquiner, c'est tout.

Lorna s'étonna elle-même de son empressement à rétablir la vérité et remarqua que Jimmy semblait soulagé de l'apprendre. Mais elle se reprocha aussitôt d'avoir de telles pensées. Cet inconnu s'immisçait un peu trop dans leur vie et elle éprouvait soudain une sorte de méfiance à son égard. Elle regarda l'heure.

– Il se fait tard, dit-elle. Je ne voudrais pas vous chasser, mais je crois qu'il est temps pour vous de rentrer au château et j'ai beaucoup de choses à faire.

– Voyons... Lorna!

Les jumeaux étaient stupéfaits.

– Voilà qui ressemble fort à un ordre de marche, dit Jimmy en se levant. Je crois qu'il ne me reste qu'à tirer ma révérence.

– Excusez-moi, fit Lorna. Je n'ai pas voulu être impolie, mais j'ai encore beaucoup à faire. Il faut me comprendre...

18

Elle l'implorait à présent, un peu honteuse de la rudesse de ses propos.

– Je comprends, assura-t-il d'une voix affable. Et je vous pardonnerai si vous voulez bien m'accompagner jusqu'au bout du verger. J'ai une faveur à vous demander.

– Vous ne pouvez pas la demander ici?

– Non, fit-il en hochant la tête. Vous devez m'accompagner. Au revoir, les jumeaux! A bientôt.

– Vous n'oublierez pas les livres que vous m'avez promis? lança Peter.

– Bien sûr que non. Je te les apporterai demain.

– De quoi s'agit-il? dit Lorna.

– Oh, quelque chose que je lui ai promis, répondit Jimmy.

Lorna devina que c'était surtout un prétexte pour revenir, mais que pouvait-elle dire? N'osant pas protester devant les enfants, elle se laissa entraîner dans le jardin.

– Eh bien, reprit-elle lorsqu'ils furent assez loin pour ne pas être entendus de la maison, de quoi vouliez-vous me parler?

– Ne soyez pas si sévère, vous m'effrayez.

– Balivernes!

– Non, je vous assure. Quand vous souriez, vous êtes la créature la plus adorable du monde. Quand vous froncez les sourcils, vous me rappelez mes cousines... toujours à me faire des reproches.

– Elles ont peut-être d'excellentes raisons.

– Vous êtes dure. Vous me connaissez à peine et, déjà, vous m'imputez des défauts. J'ai de très bonnes recommandations, vous savez.

Elle sourit.

– Vous ne seriez pas un peu vantard?

– Terriblement. Je suis même assez présomptueux pour croire que vous avez envie de me revoir.

– J'ai l'impression que ce sera inévitable.

– Tout à fait inévitable, fit-il d'un ton tout à coup très sérieux, qui surprit Lorna.

– Pourquoi? demanda-t-elle innocemment.

– Ne me dites pas que vous ne le devinez pas...

Elle sentit aussitôt le rouge lui monter aux joues. Ils étaient arrivés au portillon du verger.

– Vous avez des méthodes trop expéditives pour cette partie du monde, reprit-elle. Apprenez qu'à Little Walton nous sommes lents mais sincères.

– Je suis sincère. A quelle heure puis-je vous voir demain?

– Je n'en ai pas la moindre idée. Je suis très occupée.

– Qu'est-ce que vous faites ce soir, après le dîner?

– Rien d'extraordinaire. Pourquoi?

– Alors, retrouvons-nous. Je ferai un saut jusqu'ici et nous pourrons parler.

– Certainement pas!

– Pourquoi? insista-t-il, d'une voix grave et attachante. De quoi avez-vous peur?

– Je n'ai pas peur... je ne vois pas ce que vous voulez dire. Simplement... nous n'avons aucune raison de faire ça.

– Des tas de raisons. Et vous avez peur.

– Je vous dis que non! affirma-t-elle en détournant les yeux.

Mais elle savait qu'il était dans le vrai.

– Je dois m'en aller, ajouta-t-elle. Au revoir.

Il la retint par la main.

– Soyez là ce soir. J'attendrai une heure. Je dois normalement être rentré pour dix heures, mais à neuf heures je vous attendrai ici.

– Vous êtes ridicule, protesta-t-elle en essayant de se libérer.

– Je suis très sérieux, au contraire. A bientôt, Lorna. Neuf heures.

Il porta sa main à ses lèvres, mais elle la retira.

– Vous perdrez votre temps, dit-elle. Je ne viendrai pas.

Et elle tourna les talons sans lui laisser le temps de répondre. Elle courut entre les buissons et les arbres, ne ralentissant le pas que lorsqu'elle arriva sur la pelouse. Son cœur palpitait, et ce n'était pas seulement de l'essoufflement : c'était une sensation étrange et inexplicable.

– C'est ridicule, fit-elle à voix haute en refermant la porte-fenêtre derrière elle.

2

– Parle-moi de lui !

Beth entra en coup de vent dans la chambre où Lorna était en train de se changer. Elle jeta son chapeau et son manteau sur le lit et s'assit sur l'accoudoir d'un fauteuil, les pieds ballants dans leurs souliers poussiéreux.

– Te parler de qui ? demanda Lorna.

Occupée à enfiler sa robe noire, elle n'avait même pas levé les yeux quand sa turbulente jeune sœur était entrée.

– De l'aviateur, bien sûr ! Les jumeaux m'ont dit qu'il était venu ici, mais ils ne m'ont parlé que des avions qu'il avait pilotés. Je veux en savoir plus. Il est beau ? Comment tu l'as rencontré ? C'est bien ma veine de ne pas avoir été là !

Lorna acheva d'agrafer sa robe.

– Je l'ai rencontré en cueillant des cerises dans le verger, si tu veux savoir.

– Tu lui as fait de l'œil?

– Voyons, Beth! Je me demande où tu vas pêcher ces expressions vulgaires.

– Oh, Lorna, raconte-moi, ne fais pas ta mauvaise tête. Je meurs d'envie de savoir.

– Tu peux me dire pourquoi ça t'intéresse autant? demanda Lorna, comme si elle ne connaissait pas la réponse.

– Ça ne m'intéresse pas... ça me passionne! On ne sait jamais... des fois qu'il y ait un bal, on pourrait lui demander de nous accompagner. Et puis, il pourrait faire le quatrième au tennis... Tu sais que les jumeaux ne me laissent jamais jouer.

– Il est blessé, n'oublie pas. Sans quoi, il ne serait pas ici. Il boite et il a un bras dans une attelle. Je ne pense pas qu'il puisse faire un partenaire très efficace.

– Oh, dommage! N'empêche que je veux le voir. Quand est-ce qu'il revient?

– Aucune idée.

Un petit mensonge que Lorna se pardonnait en se disant que c'était « pour le bien de Beth ».

Sa sœur était en effet en passe de devenir l'enfant à problèmes de la famille. Elle était soupe au lait, démonstrative et entrait dans un âge où l'on commence à s'intéresser un peu trop au sexe opposé.

Au cours des six mois écoulés, elle avait jeté son dévolu successivement sur le caissier de la banque, l'organiste venu d'un autre village et un jeune fermier qui passait souvent devant la maison les jours de marché. Ce dernier, toutefois, avait été une amourette de courte durée car les jumeaux avaient découvert qu'il avait une femme et quatre enfants.

Beth, flouée, s'était aussitôt mise à chercher un autre homme à qui offrir son cœur décidément bien élastique.

Lorna avait parfois bien du mal avec elle. Dans l'ensemble, son frère et ses sœurs acceptaient son autorité sans regimber. Les jumeaux étaient de bonne composition et tellement repliés sur eux-mêmes que le reste du monde ne les perturbait pas beaucoup. Mais Beth était plus rebelle et Lorna nourrissait quelques inquiétudes à son sujet.

En outre, Beth était faite pour devenir la beauté de la famille. A quinze ans, elle avait déjà un charme fou. Ses cheveux étaient blonds comme ceux de Lorna, mais avec en plus des reflets d'or qui leur donnaient des lueurs enflammées. Ses yeux étaient d'un bleu céruléen et son teint de rose résistait aux plus ardents rayons du soleil.

Elle n'avait qu'un défaut : elle était encore potelée comme une enfant. Cela disparaîtrait vite avec l'âge, mais cela la tracassait beaucoup néanmoins, à tel point que Lorna devait guerroyer pour qu'elle accepte de se nourrir. Si on l'avait laissé faire, elle se serait facilement privée de repas... pour se livrer plus tard à une orgie de sucreries et autres en-cas, quand l'appétit l'emportait sur la vanité.

Elle avait cependant une qualité qui rassurait fort Lorna : sa franchise. Elle était incapable de duplicité et sa famille n'était jamais tenue dans l'ignorance de ses dernières escapades. C'était même plutôt le contraire et ils en avaient souvent par-dessus la tête d'entendre ses intarissables confidences. Sa gaieté et sa bonne humeur en faisaient une personne adorable et son physique engageant désarmait généralement les critiques.

Avec un sourire attendri, Lorna lui fit le récit des événements de l'après-midi, en omettant toutefois certains détails.

– Oh, c'est fantastique! s'exclama Beth. On dirait le début d'un roman. Oh, Lorna, tu dois mourir d'envie de le revoir!

– Pas du tout, et je serais très étonnée qu'il s'intéresse encore à nous. C'est probablement la curiosité qui l'a poussé à venir.

Elle disait cela sur le ton de l'indifférence mais, en réalité, elle aurait été très déçue si ses paroles s'étaient avérées. Car elle voulait revoir Jimmy Braith – elle le voulait de tout son cœur.

« Et où est le mal? se demanda-t-elle. Nous ne voyons pas tellement de gens ici. Il n'y a rien d'étonnant à ce que je m'intéresse aux étrangers de passage. »

– Tu penses qu'il est riche? fit Beth, rêveuse.

– Je ne pense rien! rétorqua Lorna. Va te préparer pour le dîner, ouste! Nous aurons la visite de Michael.

– Je sais. Papa me l'a dit.

– Quand l'as-tu vu? Il est de retour?

– Oui, il rentrait juste au moment où je montais l'escalier.

– Pourquoi ne me l'as-tu pas dit? Il est en avance et j'ai besoin de lui parler. Allez, va te débarbouiller.

Lorna descendit rejoindre son père dans son cabinet de travail. Elle le trouva assis à son bureau.

– Tu es en avance, papa. Je ne t'attendais pas avant le dîner.

– J'ai pu me libérer plus vite que prévu, répondit-il en posant les papiers qu'il était en train de lire. Comme tu es élégante! Tu attends un autre visiteur?

– Seulement Michael. Et cette robe a plus de deux ans.

– Vraiment? Je ne l'avais jamais remarquée, fit-il d'un air absent. En tout cas, j'espère que tu n'as pas besoin de nouvelles toilettes, parce que je viens de regarder les factures.

– J'en étais sûre... c'est pourquoi je suis venue te voir. Elles ont encore augmenté ce mois-ci, mais je n'ai pas pu faire autrement. Beth avait besoin de quelques affaires neuves et les jumeaux ont usé leurs dernières chaussures.

Le pasteur soupira.

– Je sais, je sais. Mais il faut réparer la toiture et j'ai dû acheter un pneu neuf pour ma bicyclette. Robinson a refusé de me rafistoler l'ancien une fois de plus.

– J'essaierai d'être plus économe le mois prochain, mais ce sera difficile.

– Je sais, ma chérie, et je m'en veux de t'imposer tous ces tracas. Tu devrais profiter de la vie au lieu de te débattre avec les comptes du ménage.

– Je ne me plains pas, répondit-elle en posant affectueusement la main sur l'épaule de son père. Quel souci que l'argent!

– Ou plutôt le manque d'argent. Tout est de plus en plus cher. Au fait, Lorna, il faut que je te parle des jumeaux.

– Oui?

Elle devinait d'avance ce qu'il allait lui dire.

– J'ai vu M. Maidstone cet après-midi. Il craint que Peter ne file un mauvais coton. Il ne fait pas ses devoirs, il est dissipé et toujours en retard. Et Péki ne vaut guère mieux. Tu sais, Lorna, nous devons nous estimer heureux que M. Maidstone ait accepté de s'occuper d'eux. Ils pourraient tout de même faire un effort.

– C'est vrai, papa. Ils sont difficiles à vivre

depuis quelque temps. Peter n'a qu'une chose en tête : s'enrôler dans l'armée de l'air.

– Mais il est trop jeune.

– Je sais bien. Seulement, il s'imagine qu'il va pouvoir tricher sur son âge. Je lui ai dit que, s'il faisait ça, tu irais le chercher par la peau du cou. C'est le seul moyen de l'arrêter.

– C'est insensé. Il n'a que dix-sept ans ! Il doit attendre une année. Et, d'ailleurs, il ne réussira jamais son examen de pilote s'il ne travaille pas mieux.

– Je l'ai prévenu. Et il travaille, mais uniquement les matières qui lui semblent utiles. Péki et lui sont incollables sur tout ce qui touche aux avions, tandis qu'ils se désintéressent complètement des leçons de M. Maidstone. Résultat : ils ne progressent pas.

– Il va falloir que je leur parle. Peut-être que nous aurions mieux fait d'envoyer Peter à l'école. Si seulement ils avaient pu finir leurs études avant que cette guerre n'éclate !

– Oui, compatit Lorna. Elle ne pouvait pas arriver à un plus mauvais moment.

– Après tout, nous nous sommes toujours reposés sur ta tante. A la naissance des jumeaux, elle m'a dit : « Je serai leur marraine et je veillerai sur eux toute ma vie. » Elle savait déjà qu'elle ne pourrait jamais avoir d'enfants et elle s'est montrée extraordinairement généreuse. Grâce à elle, Péki et Peter ont eu des avantages que je n'aurais jamais pu vous offrir, à Beth et à toi.

Lorna poussa un soupir.

– Si tante Edith n'avait pas épousé un Italien, tout irait pour le mieux. Tu crois qu'elle est en sécurité, en Italie ? En ce moment, ça ne doit pas être facile d'être anglaise, là-bas.

– Elle y vit depuis si longtemps ! Mais tu as

raison, ça doit être très pénible pour elle. Son mari et toute sa belle-famille vont se battre contre nous.

– Oncle Leonie a toujours détesté les Allemands. Je me demande ce qu'il pense vraiment de tout ça.

– Il a été membre du parti fasciste. Il y était obligé.

– En tout cas, ils ne peuvent plus nous aider maintenant. C'est un coup dur, mais nous nous débrouillerons. Ne t'en fais pas, mon papa chéri. (Elle lui donna une bise et consulta la pendule posée sur son bureau.) Le dîner sera prêt dans deux ou trois minutes. Je me demande si Michael est déjà là.

Au moment où elle ouvrait la porte, elle entendit une voiture arriver.

– Le voilà! annonça-t-elle en allant à sa rencontre.

Michael entra sans cérémonie. De taille moyenne, il avait les gestes vifs et précis qui caractérisent les hommes énergiques. Il tendit les mains à Lorna. On pouvait voir à ses doigts longs et sensibles que c'était un chirurgien-né.

– Désolé d'être en retard, mais je n'ai pas pu faire plus vite.

– Vous n'êtes pas en retard.

– Beaucoup trop à mon goût! Je m'étais promis une bonne demi-heure de repos dans le jardin... et voilà que nous allons être obligés d'expédier notre dîner pour être à l'heure à cette assommante réunion.

– Vous êtes vraiment forcés d'y aller? fit-elle avec sollicitude.

– Hélas, oui. Le quartier général a envoyé un délégué pour faire le point sur les infirmeries, les hôpitaux d'urgence et Dieu sait quoi encore! Il faut que votre père et moi y assistions.

– Quel ennui! Enfin, venez toujours au salon. Vous avez l'air épuisé.

– Je le suis, reconnut-il en se frottant les yeux.

– Et vous sentez l'anesthésique, ajouta-t-elle en fronçant le nez. C'était une opération difficile?

– Oui, assez délicate, mais je crois que c'est une réussite, et c'est l'essentiel.

– Le petit Bannister? intervint le pasteur en sortant de son bureau.

– Oh, bonsoir, monsieur. Oui, c'est ça.

– Et l'opération s'est bien passée? Excellent, Michael, excellent! J'étais sûr que vous étiez l'homme de la situation.

– Merci.

Michael sourit, flatté par le compliment, et l'espace d'un instant, sa fatigue disparut. Il avait l'air rajeuni, presque adolescent.

Comme tant d'autres médecins dans le pays, il travaillait à une cadence presque surhumaine. Avant la guerre, il était attaché à l'un des grands hôpitaux de Londres et commençait à se constituer une solide clientèle privée lorsque son père, qui était le médecin bien-aimé de Little Walton depuis cinquante ans, avait eu une attaque.

Les chances de guérison du vieil homme étaient maigres mais, par bonté d'âme, Michael était venu le remplacer « provisoirement » dans son cabinet en faisant semblant de croire à son prochain rétablissement, ce qui l'obligeait à faire la navette avec Londres deux fois par semaine pour assurer son service à l'hôpital.

Puis la guerre avait éclaté. L'unique autre médecin du canton avait été mobilisé et Michael avait dû rester pour s'occuper non seulement des patients ordinaires mais encore des milliers de sinistrés qui arrivaient d'une grande ville industrielle de la région, ainsi que des blessés recueillis dans les divers centres de soins du voisinage.

C'était certes un excellent apprentissage, mais quel homme pouvait soutenir un tel rythme, sans repos ni assistance? Michael n'avait que trente ans, mais on lui en donnait bien huit ou neuf de plus.

Les enfants du pasteur le connaissaient depuis leur plus tendre enfance. Lorna l'avait toujours considéré comme un frère aîné – du moins le croyait-elle, car, dernièrement, leurs relations semblaient être entrées dans une phase nouvelle. Mais elle refusait encore de l'admettre : « Michael n'a pas changé, se répétait-elle, il est simplement fatigué et surmené. »

Un gong retentit à leurs oreilles. C'était Peter qui le faisait sonner à toute volée. Péki, qui avait troqué son pantalon de flanelle contre une robe de lin bleue, entra au moment où le silence revenait.

– Minnie dit que le dîner est prêt.

– On avait compris, répondit Lorna. J'aimerais que Peter soit un peu moins bruyant.

– Allons, venez, dit le pasteur. Il ne faut pas être en retard.

Tandis qu'ils se dirigeaient vers la salle à manger, Beth dégringola l'escalier comme une tornade.

– Me voilà! s'écria-t-elle, haletante, en sautant les dernières marches. Hello, Michael! Je me suis faite belle pour vous.

– Je vois, répondit Michael avec amusement.

Elle avait laborieusement rassemblé ses cheveux en petites boucles au sommet de sa tête. Lorna ne dit rien, mais elle remarqua que Beth lui avait encore chipé son rouge à lèvres et s'était copieusement poudré le bout de son petit nez en trompette.

« Il faudra que je pense à le mettre sous clé », songea-t-elle. Vaine précaution car, la dernière fois qu'elle l'avait fait, Beth avait utilisé de la teinture de cochenille et de la farine chapardée dans la cuisine pendant l'absence de Minnie.

Le repas familial était servi dans la salle à manger. Il y avait une tourte au fromage – très petite – devant la place du pasteur et, à l'autre bout de la table, trois œufs pochés sur de grandes tranches de pain grillé.

– Lorna chérie, puis-je te servir un peu de tourte? demanda son père.

– Non, merci, c'est pour toi, Michael et Peter.

Elle distribua les œufs aux filles, et Peter fit circuler la salade.

– Heureusement que vous n'êtes pas venu quelques heures plus tôt, dit Beth. Vous auriez eu un choc. Ils ont eu un visiteur cet après-midi. Un vrai visiteur.

– Qu'entends-tu par « vrai visiteur »? s'étonna Michael. Je n'appartiens pas à cette catégorie?

– Bien sûr que non! Nous vous connaissons tellement bien que ce n'est pas un événement quand vous venez. Mais Lorna a ramené un aviateur. Si seulement j'avais été à la maison!

– Un jeune homme charmant, précisa le pasteur. J'espère que nous le reverrons.

– Tu le reverras, affirma Peter. Il doit m'apporter un livre demain. Un catalogue qui décrit tous les types d'avions.

– Demain! s'exclama Beth. Oh, Lorna! Et tu prétendais ne pas savoir s'il repasserait!

Lorna ne put s'empêcher de rougir. Elle sentait peser sur elle le regard de Michael, un regard qui lui parut chargé d'une expression étrange. Elle avait l'impression qu'il était contrarié... mais pour quelle raison ?

Ce furent les enfants qui accaparèrent la conversation : Peter ressassait ses éternelles histoires d'aviation tandis que Beth essayait d'arracher la permission de rentrer de l'école plus tôt le lendemain afin d'être là pour le thé au cas où l'officier referait une apparition. Michael garda le silence presque tout le temps.

Le repas terminé, Lorna se retrouva seule avec lui dans le jardin.

– Qui est cet étranger qui fait l'objet de tant d'attentions ? demanda-t-il enfin.

– Je ne sais rien de lui, répondit-elle, sinon qu'il réside au château. Vous avez dû le rencontrer.

– C'est possible, en effet.

– Il s'appelle Braith. Chef d'escadre Braith.

– Je vois qui c'est. Il a un bras blessé. Rien de grave, mais il lui faudra un peu de temps pour se remettre.

– Vous savez comment sont les enfants. Dès qu'il y a du nouveau, ils s'en font tout un monde. Je suppose qu'ils sont fatigués de voir toujours les mêmes têtes.

– Et vous... vous vous lassez aussi des vieux amis ?

– Mais non, voyons ! Qu'allez-vous chercher là ?

– Je ne sais pas, répondit Michael en fronçant les sourcils comme chaque fois qu'il se trouvait devant un problème difficile. Vous connaissez le vieux proverbe : « Nul n'est prophète en son pays. »

– Et à qui faites-vous allusion ? A papa ? Aux enfants ?

– A moi, peut-être.

– Oh, Michael, vous savez bien que nous vous

adorons. Avez-vous déjà oublié l'accueil que nous vous avons réservé à votre retour? Nous étions tous affligés par ce qui était arrivé à votre père, mais les enfants se faisaient une telle joie de...

– Peu importent les enfants. C'est à vous que je pense. Vous n'avez pas répondu à ma question. Est-ce que vous êtes fatiguée de me voir?

– Je dois être idiote, mais je ne comprends absolument pas où vous voulez en venir. Comment pouvez-vous imaginer un seul instant que je sois fatiguée de vous? A mes yeux, Michael, vous avez autant d'importance que... que Peter... et même presque autant que papa. Vous êtes des nôtres.

– Voilà donc quels sont vos sentiments à mon égard..., commenta-t-il à voix basse, avec une pointe de déception.

– Je ne pourrais pas vous faire de plus grand compliment, il me semble. (Elle lui prit le bras.) Qu'est-ce qu'il y a, Michael? Vous avez le cafard?

– Non, c'est seulement que...

Il hésita et posa la main sur la sienne. Elle sentit la chaleur de ses doigts et, au moment où il allait répondre, une voix s'éleva de la maison :

– Michael! Il faut qu'on y aille!

– C'est l'heure, en effet. Ecoutez, Lorna, il faudra que nous ayons une conversation, un de ces jours. Il y a quelque chose que je dois vous dire.

– D'accord, quand vous voudrez. Je suis toujours ici. Ne faites pas cette tête.

– Michael! Il est temps! Papa vous attend!

Cette fois, c'était Beth qui criait. Il se mit à courir vers la maison.

– Au revoir, Lorna.

– Au revoir, prenez soin de vous. Ne vous mettez pas en retard.

Elle le regarda disparaître derrière la porte-fenêtre, puis elle déambula jusqu'au court de tennis, où elle ramassa une balle égarée dans les hautes herbes.

« Qu'est-ce qui se passe avec Michael? se demanda-t-elle. Il m'a paru bizarre, ce soir. Peut-être que l'état de son père s'est aggravé. Ce doit être terrible pour lui de vivre seul dans cette maison avec un vieil homme invalide et une unique gouvernante. J'espère qu'il ne s'est pas de nouveau mis en tête de rejoindre le front. Il est indispensable ici. »

Le clocher sonna huit heures. En rentrant, elle trouva les jumeaux plongés dans des livres sur l'aviation. Quant à Beth, elle se mirait dans la glace de la cheminée.

– Qu'est-ce que tu penses de ma nouvelle coiffure, Lorna? fit-elle.

– Pour être tout à fait franche, elle ne me plaît pas du tout. Tu as l'air ridicule. On dirait une enfant qui se pavane dans la robe de sa mère.

– Ah bon? Je trouvais que ça me donnait quelques années de plus, expliqua Beth, un peu déconcertée.

– Tu étais beaucoup mieux avant. Au fait, je n'aime pas beaucoup que tu empruntes mon rouge à lèvres. Tu es trop jeune pour te maquiller.

– Ce n'est pas une teinte qui me convient. Si tu me donnais un peu plus d'argent de poche, je pourrais en acheter un qui m'irait mieux. Une nuance qui tire sur l'orangé, par exemple.

– Rien du tout, rétorqua Lorna. Une enfant de quinze ans n'a pas besoin de rouge à lèvres.

Beth bougonna.

– Ce que tu peux être vieux jeu, Lorna! Le style « jeune fille de bonne famille » te va peut-être très bien, à toi, mais moi je suis différente. Je ne suis pas comme Péki.

– Dieu merci, Péki ne passe pas son temps à se pomponner. Et elle a deux ans de plus que toi.

– Péki est un garçon manqué, tout le monde le sait. Moi, je me félicite d'appartenir au beau sexe. Les femmes peuvent exercer leur pouvoir en guidant et en inspirant les hommes. Je veux être l'ombre derrière le trône.

Lorna éclata de rire.

– Allons bon! Tu as des ambitions royales, maintenant? Je te conseille de te dépêcher, alors, parce qu'il ne reste plus beaucoup de rois.

– Je parlais au sens figuré, bien sûr. Tu ne peux pas comprendre.

Sur ces mots, elle quitta la pièce avec des allures de duchesse offensée.

Lorna sourit et se remit à son tricot. Mais ce n'était déjà plus à Beth qu'elle pensait. Elle se demandait si Jimmy Braith tiendrait parole, s'il l'attendrait dans le verger à neuf heures tapantes comme il l'avait affirmé.

Elle en doutait. Il ne viendrait probablement pas. Pourquoi courrait-il ce risque alors qu'elle lui avait clairement laissé entendre qu'elle-même ne serait pas au rendez-vous?

L'horloge égrenait son tic-tac, tandis que Peter et Péki s'entretenaient à voix basse. Lorna posa son tricot sur ses genoux.

Elle regarda par la fenêtre, dont les rideaux n'étaient pas tirés. Une lueur mordorée brillait à l'ouest et les branches des arbres se découpaient contre un ciel encore pâle. La première étoile scintillait au-dessus du clocher.

Neuf heures! Son cœur s'accélérait et ses mains tremblaient. Non, non... elle était ridicule. Elle reprit son ouvrage avec détermination mais, à la fin de la rangée, elle ne put s'empêcher de consulter à nouveau l'horloge sur la cheminée.

Quelques minutes s'étaient écoulées. Etait-il là ? Que faisait-il ? Marchait-il de long en large ou patientait-il assis sur le vieux tronc d'arbre où ils avaient bavardé dans l'après-midi ?

Elle entendait encore sa belle voix, dont les inflexions douces et caressantes contredisaient tellement l'ardeur de son regard. Un regard qui lui faisait peur... ou, plus exactement, qui l'intimidait : c'était un mélange d'audace et d'admiration sincère. Jamais aucun homme ne s'était comporté ainsi avec elle.

Elle en éprouvait un étrange sentiment de culpabilité. Et pourtant, que faisait-elle de mal ? Elle trouvait ce jeune homme sympathique, et après ? Son père lui-même n'avait-il pas déclaré au dîner qu'il lui semblait charmant ?

Neuf heures et quart ! Le temps ne lui avait jamais paru aussi long. Attendrait-il réellement une heure entière ? C'était une éternité. Et puis, il y avait les moustiques ! Le verger en était infesté, le soir... Mais il est vrai qu'il pouvait fumer.

Le soleil déclinait. Bientôt, ce serait le crépuscule... ce moment magique qui précède la nuit, quand les arbres et les buissons semblent enveloppés d'ombre tandis que le ciel est encore clair.

Lorna ne tenait plus en place. Elle se mit à faire les cent pas dans la pièce, arrangeant les fleurs qu'elle avait cueillies dans la matinée ou reclassant dans la bibliothèque quelque livre qui traînait sur le guéridon.

Neuf heures et demie ! Le carillon tinta... Et, soudain, elle comprit qu'elle devait y aller.

« Par pure curiosité », se dit-elle. Mais ses yeux brillaient quand elle franchit la porte-fenêtre et traversa lentement la pelouse en direction du verger.

3

Il n'y avait personne.

Lorna en fut presque malade de déception. Elle regarda l'arbre abattu sur lequel elle s'était assise avec Jimmy l'après-midi et le verger fut soudain l'endroit le plus désert et le plus solitaire du monde.

Les ombres sous les frondaisons et près de la haie ne lui semblaient plus du tout romantiques, mais sinistres et glaciales. Elle frissonna et s'efforça de se faire une raison.

« Au fond, je m'y attendais. »

Pourtant, par un sursaut d'orgueil, elle se mit à lui chercher des excuses. Il devait y avoir une explication à son absence. Tout plutôt que l'indifférence.

– Bah, que ça me serve de leçon, murmura-t-elle. Je serai plus circonspecte à l'avenir.

Comme elle retournait vers le portillon, quelque chose attira son attention : le rougeoiement d'une cigarette... une cigarette qui se consumait de l'autre côté de la haie.

Il était tout de même venu! Elle hésita, puis décida subitement de s'enfuir... Mais il était trop tard!

– Lorna!

Elle l'entendit crier son nom. Il sauta le fossé et accourut vers elle, baissant la tête pour éviter les basses branches des arbres fruitiers.

« J'ai été folle de venir! » songea-t-elle.

Fuir maintenant eût été indigne. Elle l'attendit en feignant l'indifférence.

– Ainsi, vous êtes venue, fit-il en lui tendant les mains.

– Je pourrais vous dire la même chose.

Il était arrivé à sa hauteur et la regardait fixement, en souriant.

– Vous m'en voulez d'être en retard? Il ne faut pas. J'ai fait ce que j'ai pu. La commandante était toujours après moi, je n'arrivais pas à me débarrasser d'elle.

Il y avait un tel accent de sincérité dans sa voix que Lorna sentit sa colère s'évaporer.

– Je ne voulais pas venir, reprit-elle.

– Mais vous êtes venue.

– Oui, par curiosité. Pour voir si vous aviez vraiment la patience d'attendre une heure entière.

– J'aurais attendu jusqu'à minuit, s'il l'avait fallu.

– Ce n'est pas vrai. Vous devez être rentré à dix heures.

– C'est là que vous vous trompez. Je me suis arrangé avec quelqu'un pour pouvoir rentrer à n'importe quelle heure.

– Vous voulez dire que vous vous faufilerez sans que les infirmières le sachent?

– Exactement.

– Et si vous vous faisiez prendre?

– On me frotterait les oreilles. Mais il n'y a pas de danger. J'ai toujours eu de la chance.

– N'en courez pas le risque. Ça n'en vaut pas la peine, je vous assure.

– C'est à moi d'en juger. Venez vous asseoir. Je veux vous parler.

– Oh... je n'ai pas le temps. Il faut que je couche les enfants. Et puis, je ne veux pas que vous fassiez le mur à cause de moi. Vous devez rentrer.

– Vous avez toujours peur de moi? demanda-t-il avec amusement.

Elle préféra ne pas répondre et alla résolument s'asseoir sur le vieux tronc d'arbre.

– Cinq minutes, pas plus, dit-elle.

– Nous verrons bien. Jimmy Braith remporte le premier round!

– Je ne me bats pas. J'essaie seulement d'être raisonnable.

– Vous êtes toujours raisonnable dans la vie?

Il s'assit et déplia ses longues jambes.

– Nous nous efforçons tous de l'être, non?

– Ah ça, sûrement pas! Moi, par exemple, je déteste être raisonnable et je déteste les gens qui me disent ce que je dois faire. J'aime l'aventure, les folies, et, bien sûr... l'amour.

Elle garda le silence.

– Eh bien, reprit-il, qu'avez-vous à répondre à cela? Que pensez-vous de l'amour?

– Je n'en sais pas grand-chose.

– Vraiment? Et votre ami le docteur? Il n'est pas amoureux de vous?

– Bien sûr que non! Michael fait pratiquement partie de la famille, c'est un frère pour moi. Et... c'est drôle, c'est justement ce que je lui disais ce soir.

– Et comment a-t-il réagi? Ça lui a fait plaisir?

– Eh bien, je... oui, je pense.

Le pensait-elle? Michael avait-il réellement bien réagi? A supposer – simple supposition, évidemment – qu'il ne la considère pas, de son côté, comme une sœur... Mais non, c'était absurde. Il ne fallait pas laisser ce nouveau venu lui mettre des idées saugrenues dans la tête.

– Je connais Michael depuis le berceau.

– Et il trouvait certainement que vous étiez un adorable bébé. Mais, voyez-vous, vous êtes devenue une très belle jeune femme, aujourd'hui.

Lorna se félicita que la pénombre dissimulât la rougeur de ses joues.

— Merci, dit-elle timidement. J'aimerais pouvoir vous croire.

— Ça, par exemple! N'y a-t-il donc aucun homme à Little Walton? Ou sont-ils tous aveugles? Vous ne savez pas que vous êtes jolie?

Jimmy se pencha vers elle et la regarda dans les yeux avec insistance. Elle eut soudain peur... il était trop près. La tension montait entre eux, une sensation poignante qu'elle désirait et redoutait à la fois.

— Je dois m'en aller. Les enfants vont se demander où je suis. C'est très aimable à vous d'être venu, mais je serais catastrophée si cela devait vous attirer des ennuis. Rentrez... s'il vous plaît.

Elle parlait trop vite, les mots se bousculaient sur ses lèvres et elle avait vaguement l'impression que Jimmy se réjouissait de son embarras. Il lui prit les mains.

— Si je vous quitte maintenant, reviendrez-vous demain soir?

Elle secoua la tête.

— Il ne faut pas que ça devienne une habitude.

— Ne craignez rien, je ne suis pas routinier. Il y a beaucoup d'autres choses que j'aimerais faire avec vous, bien plus intéressantes qu'un simple bavardage dans un verger. Mais, pour l'instant, c'est déjà mieux que rien.

Elle avait du mal à le suivre. Tout allait trop vite, elle avait le sentiment que la situation la dépassait.

— Quoi qu'il en soit, je dois partir, persista-t-elle.

— J'ai peur, reprit calmement Jimmy.

— Peur?

Elle était sincèrement surprise.

– Vous êtes comme la fille de l'air... j'ai peur que vous ne disparaissiez et que tout cela ne soit qu'un rêve. Est-ce vraiment cet après-midi que nous nous sommes rencontrés, ici même, sur cet arbre mort? Il me semble que je vous connais depuis des siècles, que vous faites partie de ma vie et, cependant, je crains de vous perdre... de découvrir demain matin que vous vous êtes évaporée.

Chacun de ses mots était comme un envoûtement pour elle.

– Je serai toujours ici, murmura-t-elle.

– Vous me le promettez?

Elle leva les yeux vers lui. La nuit tombait, leurs visages s'estompaient dans l'ombre, mais ils avaient une telle conscience réciproque de leur présence physique que le reste du monde n'existait plus. Ils étaient seuls, homme et femme, face à face.

– Vous ne m'oublierez pas? Promettez-le-moi.

– Je vous le promets.

– Je rêverai de vous, Fille de l'air.

Sa voix était comme le murmure des vagues. Elle était hypnotisée, attirée vers lui comme par une irrésistible force magnétique. Ils étaient si proches l'un de l'autre. Jimmy lui serrait la main avec une telle ferveur qu'il lui faisait presque mal. Lorna tremblait... elle attendait quelque chose, attendait, attendait... Et, tout à coup, le clocher sonna!

Boum! Le premier tintement du bourdon rompit le charme. Elle s'écarta de lui.

– Je m'en vais, maintenant.

Le son de sa propre voix lui parut étrange, peut-être parce qu'elle était redevenue bien réelle, parce qu'elle n'avait plus cette inflexion intime qui vibrait en harmonie avec les palpitations de son cœur.

– Bonne nuit, Jimmy. J'espère que vous n'aurez pas de problème pour rentrer.

Elle était partie. Un discret froufrou de ses jupes le long de la pelouse et elle avait disparu dans l'ombre des taillis. Il entendit le portillon se refermer derrière elle et il se retrouva seul.

Il resta un moment à contempler la nuit puis, avec quelque difficulté, alluma une cigarette d'une seule main et reprit le chemin du château en fredonnant gaiement un air de danse à la mode.

Lorna s'arrêta sur la terrasse devant la maison. Elle regarda le clocher au loin, sombre roc dressé vers le ciel. Le carillon était silencieux à présent, mais il semblait encore résonner dans l'air. Dix heures.

Comme la campagne était calme! A part le vol rasant de quelques chauves-souris, rien ne bougeait dans le jardin. Lorna restait immobile. Elle ne pensait à rien. Pour la première fois en vingt et un ans, elle écoutait son cœur s'éveiller.

Jamais elle n'avait ressenti de semblables émotions. Elle en était mi-honteuse, mi-effrayée et, cependant, c'était tout un monde merveilleux qui s'ouvrait devant elle.

« Est-ce mal? » se demandait-elle. Non, un sentiment aussi beau et profond ne pouvait appartenir qu'au Bien. C'était inexprimable, c'était au-delà des mots.

Mais il était temps de revenir sur terre. Elle ouvrit la porte-fenêtre. Les jumeaux n'avaient pas changé de place. Ils étaient toujours sur le divan, au milieu de leurs livres épars.

– Où est Beth?

– Je crois qu'elle est sortie. Elle a dû aller se promener, répondit Péki.

Lorna tressaillit. Et si Beth l'avait suivie dans le

verger ? C'était improbable... elle s'inquiétait pour rien.

« C'est la première fois de ma vie que j'ai un secret, songea-t-elle. Je veux le garder pour moi. »

– C'est l'heure d'aller dormir ! reprit-elle à voix haute. Et n'oubliez pas de ranger vos livres. J'ai passé mon temps à mettre de l'ordre, ce matin.

– D'accord.

Les jumeaux se mirent à rassembler leurs affaires avec obéissance.

– Je voudrais bien savoir où est Beth, s'inquiéta Lorna.

Au même moment, la porte s'ouvrit et sa jeune sœur entra.

– Ah, te voilà. Je parlais justement de toi. Où étais-tu ?

– En promenade.

– Tu m'as l'air bien mystérieuse. En promenade où ?

Beth était incapable de cachotteries.

– Puisque tu veux tout savoir, j'ai marché jusqu'au château. J'espérais avoir une chance d'apercevoir le beau chef d'escadre.

– Tu as pris quel chemin ? fit Lorna sans la regarder, rangeant quelques objets sur le manteau de la cheminée pour se donner une contenance.

– Il n'y en a pas trente-six. J'ai suivi la route jusqu'à la grande allée.

Lorna se sentit soulagée.

– Et tu n'as rencontré personne ?

– Pas un chat. J'ai idée qu'ils doivent mettre les blessés au lit à neuf heures, les border et fermer les volets.

– Tu devrais dire à Michael d'ordonner qu'on retarde l'heure de leur coucher pour que tu puisses les passer en revue tous les soirs, ironisa Peter. Franchement, Beth, tu devrais te calmer un peu. Tu es la risée de tout le village.

– Je me fiche pas mal de ce que pense le village, répliqua-t-elle. Et d'abord, si tu étais un vrai frère, tu ramènerais des copains à la maison au lieu de traîner toujours avec ta sœur jumelle.

– Peuh, si tu crois que les copains de Peter feraient attention à toi! lança Péki, prenant la défense de son frère. Nos amis ont d'autres centres d'intérêt que les gamines en mal d'amour.

– Allons, ça suffit, les enfants, intervint Lorna, sachant que, à cet âge, les disputes de ce genre se terminent souvent par des coups et des larmes. Laissez-la tranquille, les jumeaux, et allez vous coucher. Quant à toi, Beth, tu ferais bien de te dépêcher. Tu es censée être au lit à dix heures et quart.

– J'en ai assez de toutes les choses que je suis censée faire! répliqua Beth, dépitée.

– Allons, sœurette. (Lorna passa un bras autour de ses épaules.) Je vais te dire ce qu'on va faire. Si tu te déshabilles vite, nous feuilletterons ensemble mon livre de patrons pour choisir la coupe de ta nouvelle robe de coton. J'ai le tissu, il est arrivé ce matin.

– Quoi? Celui avec les petites fleurs rouges? Il était disponible? Oh, chic alors!

– C'est bien celui-là, dit Lorna en montant l'escalier.

Beth la suivit en l'abreuvant de descriptions détaillées sur le style qu'elle désirait pour sa nouvelle robe, mais elle ne l'écoutait pas; elle entendait encore la voix de Jimmy quand il l'avait appelée « Fille de l'air ».

– Maintenant, dépêche-toi, Beth, reprit-elle en arrivant en haut des marches. Rejoins-moi dans ma chambre quand tu seras prête et n'oublie pas de te brosser les dents.

– Tu me parles comme si j'avais cinq ans, protesta Beth. J'en ai pour une minute.

Elle s'engouffra dans sa chambre en claquant la porte derrière elle. Les jumeaux arrivaient à leur tour sur le palier.

– Tu as pensé à fermer les volets? demanda Lorna.

C'était le travail de Peter.

– Non, j'ai oublié.

– Je vais le faire, dit Lorna. Il faut que je redescende. Je dois laisser un billet dans la cuisine pour rappeler à Minnie que papa a un office de bonne heure, demain matin. Elle oublie toujours les mercredis. Au fait, tu as rempli le chauffe-eau?

Il acquiesça.

– A ras bord. Ça devrait largement suffire jusqu'à demain.

– A condition que vous ne tiriez pas trop d'eau ce soir. Ça s'adresse à toi, Péki. Et va dire à Beth de ne pas prendre de bain. Tu sais que papa aime se baigner de bon matin, même dans de l'eau tiède.

– Message reçu! fit Péki en se dirigeant vers la chambre de sa jeune sœur.

Lorna ferma les volets du salon. « Tant que j'y suis, je vais aussi tirer les rideaux du bureau », se dit-elle.

Son père était en effet d'un naturel distrait. Il était fort capable de travailler très tard avec la lumière allumée et les volets ouverts, malgré le couvre-feu. Les gardes avaient de l'indulgence pour lui mais, un jour ou l'autre, il pourrait bien avoir une amende.

Elle finissait à peine quand elle entendit la voiture de Michael. L'instant d'après, son père entrait.

– Nous voilà, ma chérie! dit-il. Nous ne sommes pas trop en retard, hum? Par chance, notre conférencier séjourne chez le colonel et, prévenu que nous étions des couche-tôt, il s'est arrangé pour en avoir terminé sur le coup de neuf heures et demie.

– Qu'est-ce que vous avez fait depuis?

– On a papoté, répondit Michael en entrant derrière lui. Et ça m'a donné soif. Il y a de la bière, ici?

– Bien sûr. Et toi, papa, je vais te servir ton lait. Tu le veux froid ou chaud?

– Froid, s'il te plaît.

– Bon, installez-vous dans le salon, je m'occupe de tout.

– Je ne peux pas vous aider? demanda Michael.

– Si, avec plaisir. La bière est à la cave et j'avoue que j'ai peur d'aller la chercher. Minnie assure qu'elle a vu un rat gros comme un lapin, hier.

– Balivernes! Elle a dû un peu trop goûter à la bière elle-même quand elle y était.

– Oh, Michael! Minnie est la sobriété même.

– Il faudra que je lui prescrive une forte dose d'alcool trois fois par jour la prochaine fois qu'elle viendra à mon cabinet. Elle a bien droit à quelques petits plaisirs pour ses vieux jours, après toutes ces années qu'elle a passées à s'occuper de vous autres!

– Quarante-deux le mois prochain. Enfin, je veux dire: quarante-deux ans qu'elle est dans la famille. Mais ne faites pas de bruit, parce qu'elle va croire que ce sont des voleurs.

Elle alla prendre le gros pot à lait couvert de

mousseline dans le cellier et remplit un verre. Elle croisa Michael comme il remontait de la cave. D'une main, il chassait une toile d'araignée qui s'était accrochée à son visage et, de l'autre, tenait une bouteille de bière.

– Vous trouverez un verre dans la salle à manger, dit-elle. Vous voulez manger quelque chose ?

– Non, merci. J'ai seulement soif.

– Tant mieux. Je crois qu'il ne reste rien dans la maison. Les enfants sont de vrais rongeurs en ce moment. Je ne peux rien garder.

Michael était dans la salle à manger.

– Je ne trouve pas les verres !

– Dans le vaisselier, empoté ! Attendez, je vais vous montrer.

– J'ai trouvé ! annonça-t-il triomphalement au moment où elle entrait dans la pièce.

– Vous devriez quand même savoir où ils sont, depuis le temps, fit-elle, taquine.

Il la regarda de nouveau avec cette étrange expression qu'elle ne comprenait pas.

– C'est une nouvelle robe ? demanda-t-il. Je l'aime beaucoup.

– Qu'est-ce que vous avez tous, aujourd'hui ? s'étonna-t-elle. Je porte cette robe depuis deux ans, vous avez dû la voir cent fois et, pourtant, papa m'a fait la même réflexion ce soir.

– C'est peut-être notre façon maladroite de vous faire un compliment.

– En ce cas, « merci infiniment, cher monsieur ».

– Vous aimez les compliments, Lorna ?

– Parfois. Tout dépend de qui les fait, répondit-elle, songeuse.

Ses pensées allaient vers un autre. Ils restèrent tous deux muets, puis Michael rompit tout à coup le silence :

– Lorna!

Elle sursauta.

– O mon Dieu! Vous m'avez effrayée. J'ai failli renverser le lait de papa. Venez, il doit s'impatienter.

Elle se hâta et il la suivit, le front soucieux.

– Me voici, papa, dit-elle en posant le verre à côté de son père, assis dans un profond fauteuil. (Il avait l'air épuisé.) C'est malheureux que nous ayons été obligés de revendre la voiture, ajouta-t-elle. La bicyclette est trop pénible pour toi, n'est-ce pas, Michael?

– Beaucoup trop, reconnut-il. Votre père a somnolé pendant tout le trajet de retour.

– Je suis un peu fatigué, ce soir, avoua le pasteur. Et, cependant, il y a tant de choses à faire. Ce projet de garderie va demander un gros effort d'organisation.

– De quoi s'agit-il? demanda Lorna.

– Les autorités de Melchester nous ont fait part de leur intention de créer une garderie pour les enfants des femmes qui travaillent. Il y aura deux ou trois nurses attitrées, mais il faudra trouver le reste du personnel sur place.

– Excellente idée! approuva Lorna. Je serais ravie d'aider. Vous croyez que je peux?

– Vous en faites déjà assez comme ça, protesta Michael avec gravité. Vous êtes le soutien de la famille, ça devrait vous suffire.

– Oh, mais les enfants sont grands, maintenant. Ce n'est plus comme après la mort de maman. Beth n'était qu'une fillette, à l'époque. Ils n'ont plus besoin de moi, aujourd'hui, si ce n'est pour assurer leurs repas et raccommoder leurs habits. Et Minnie peut se charger de ça.

– Et que faites-vous des Guides, du catéchisme,

de l'ouvroir et des innombrables œuvres auxquelles vous participez?

– À vous entendre, je suis indispensable.

– Vous l'êtes.

– Ce n'est que trop vrai, commenta le pasteur. Ma fille aînée est vraiment une personne merveilleuse, Michael.

– Je m'en rends compte, monsieur.

Les regards des deux hommes se croisèrent et le pasteur soupira.

– Parfois, je me demande si je ne devrais pas la freiner un peu. Je suis sûr que sa mère me reprocherait de lui laisser supporter autant de responsabilités.

– Vous voulez bien finir, tous les deux? intervint Lorna. Papa chéri, je suis parfaitement heureuse de mon sort. Et quant à vous, Michael, vous êtes une vraie mégère! Toujours à me dire : « Ne vous fatiguez pas »... « Reposez-vous »... « Prenez une aspirine et allez vous étendre. » C'est devenu une seconde nature chez vous. Je ne suis pas grabataire. Quand allez-vous me dire enfin : « Allez-y, Lorna, faites tout ce qui vous plaira »?

– C'est bon, je m'incline, répondit Michael en riant. Mais je vous avertis que, si vous vous portez volontaire pour la garderie, je donnerai un avis défavorable en disant que vous êtes une irresponsable à qui il serait dangereux de confier des enfants innocents.

Elle se tourna vers son père.

– Papa, il m'insulte!

– Je suis obligé de lui donner raison, fit le pasteur. Tu as déjà bien assez à faire à la maison, ma chérie.

Au moment où elle allait protester, le téléphone sonna.

– Tiens! Pour qui cela peut-il être?

– Pour moi, j'en ai peur, dit Michael avec lassitude.

– Je crois aussi. Des triplés, au moins! Ne bougez pas, je vais répondre.

Le téléphone était dans le vestibule. Lorna réapparut au bout d'un instant en disant :

– Nous nous sommes trompés, c'est pour papa. Lady Abbott veut savoir si tu peux aller déjeuner chez elle dimanche. Dis oui : elle est assommante, mais sa table est bonne.

– Je vais aller lui parler, répondit le pasteur.

Lorna s'assit sur le divan.

– Vous devez être soulagé que ce ne soit pas pour vous, Michael. Vous semblez fatigué.

– Je vais bien. Lorna, si je trouve le moyen de passer à l'heure du thé, demain, vous serez seule?

– Sans doute.

« A moins que Jimmy ne soit là », ajouta-t-elle pour elle-même.

– Il y a trop d'enfants dans cette maison, poursuivit Michael. Je n'ai jamais l'occasion de vous parler.

– Les jumeaux rentrent vers quatre heures. Je suis toujours seule après le déjeuner.

– Sans espoir pour moi. Ce sont mes heures de service.

– C'est vrai, j'oubliais. De quoi voulez-vous me parler?

– Je ne peux pas vous le dire en une minute. Si je n'arrive pas à me libérer dans l'après-midi, pourrais-je venir dans la soirée?

– Oh, ça ne servirait à rien... Les enfants seront là.

Elle se sentait un peu coupable car, en réalité, elle songeait à son prochain rendez-vous avec Jimmy dans le verger.

– Eh bien, j'essaierai d'être là pour le thé. Mais vous savez ce que c'est, j'ai des horaires imprévisibles en ce moment.

Dans le vestibule, le pasteur venait de raccrocher et l'on entendait ses pas sur le plancher.

– Je vous attendrai avec beaucoup de curiosité, promit Lorna.

– Bon, je dois m'en aller, maintenant. (Il se leva.) Bonne nuit, Lorna.

– Bonne nuit.

Comme le pasteur s'attardait dans le hall, Michael hésita puis, mû par une tentation apparemment irrésistible, il porta la main de Lorna à ses lèvres. Il la baisa avec empressement et tourna les talons.

Elle entendit la voix de son père à côté, qui disait :

– Bonne nuit, Michael.

– Bonne nuit, monsieur.

Elle demeura sans bouger, les yeux fixés sur la porte ouverte, intriguée et perturbée.

4

– Beth est encore partie en retard pour l'école, aujourd'hui, dit Lorna à Minnie, qui était occupée à rouler une pâte à tarte au fond de la cuisine.

– Je sais, répondit Minnie. Elle en avait après ses cheveux. Elle m'a dit qu'elle essayait une nouvelle coiffure.

– O Seigneur ! Si elle pouvait laisser ses cheveux tranquilles ! Même papa lui a trouvé une drôle d'allure, l'autre jour.

– Je lui ai dit ce matin : « La beauté n'est qu'un

vernis et si vous vous occupiez autant de votre âme que de votre corps, le monde irait beaucoup mieux. » Mais c'est comme si j'avais parlé à un mur.

– Pauvre Minnie! fit Lorna en riant. Beth est la seule de la famille qui n'écoute pas vos sermons.

– Je me demande où elle a pris les airs qu'elle se donne. Votre chère maman était la plus adorable fille du monde et elle était naturelle comme tout. Elle ne se souciait pas de son apparence et ne passait pas son temps à se pomponner devant la glace.

– Et papa n'a rien d'un dandy. Regardez-moi ces chemises! Il lui en faudrait vraiment des neuves, dit Lorna en montrant le col et les poignets élimés de celle qu'elle était en train de repasser.

– Votre père est un saint, affirma Minnie en saupoudrant la pâte de farine.

– Si seulement il avait moins de soucis d'argent! Comment allons-nous faire, Minnie? Tout augmente si vite. D'ailleurs, ça me fait penser... Vous avez encore payé des choses de votre poche, Minnie. Il ne faut pas! Vous n'êtes pas plus riche que nous.

– Je ne sais pas de quoi vous voulez parler, bougonna Minnie.

– Oh, si, vous le savez très bien. Les poires et le beurre de crevettes, par exemple. M. Colbert m'a tout avoué. Vous êtes un ange, Minnie, mais je ne veux pas que vous vous priviez pour nous. Dieu sait que vos gages ne sont déjà pas très élevés.

– Ils le sont bien assez, allez. Je n'en veux même pas. C'est ce que j'ai dit à votre père, mais il refuse de m'écouter.

– Ça ne m'étonne pas.

– Mais les enfants ont besoin de manger. Ils sont en pleine croissance.

– Nous ne mourrons pas de faim, Minnie. Je ne veux pas que vous dépensiez votre argent en luxes inutiles. Enfin, merci quand même...

Elle lui sourit, et son regard trahissait toute l'affection qu'elle lui portait.

Minnie était la gouvernante des enfants du presbytère depuis leur naissance. Aujourd'hui, il était difficile d'imaginer la maisonnée sans elle. Plutôt corpulente, elle avait de l'énergie à revendre et, malgré ses cheveux gris, elle avait une capacité de travail que plus d'une jeune fille aurait pu lui envier.

Tout le monde, même le pasteur, lui demandait conseil et se soumettait à ses avis. Mais elle n'oubliait jamais de rappeler aux enfants leur devoir d'obéissance envers Lorna qui, en tant que fille aînée, remplaçait leur mère dans le rôle de maîtresse de maison.

Minnie n'avait jamais caché qu'elle préférait les garçons aux filles et Peter était son protégé. C'était d'ailleurs le seul qui pût la faire revenir sur une décision à l'occasion. Depuis que la guerre avait privé les jumeaux des largesses de leur tante, elle était prête à se saigner aux quatre veines pour eux, si bien qu'ils étaient toujours mieux lotis que le reste de la famille.

En repassant la lingerie fine de Péki, Lorna ressentait presque une pointe de jalousie.

– Regardez ces broderies, dit-elle à Minnie en lui montrant une merveilleuse chemise de nuit aux exquises passementeries. Elles ont été faites par des nonnes dans un couvent patronné par tante Edith. Péki m'a dit que, là-bas, même les fillettes savaient broder à la perfection.

– Dommage qu'elle n'en ait pas pris de la graine, commenta Minnie en mettant sa tarte au four.

– Péki est un vrai garçon manqué. Vous croyez qu'elle finira un jour par se marier et fonder un foyer? Je n'arrive pas à l'imaginer sans Peter à ses basques.

– Elle a bien le temps d'y penser. C'est vous qui devriez songer au mariage.

– Moi? Ce n'est guère le moment, j'ai bien trop à faire.

– Ta, ta, ta! A votre âge, c'est toujours le moment. Surtout quand on a un prétendant idéal.

– Justement, je ne l'ai pas encore rencontré.

– Vous en êtes bien sûre?

Surprise, Lorna reposa son fer.

– A qui faites-vous allusion, Minnie? Qui devrais-je épouser, selon vous?

– Si votre cœur ne vous donne pas la réponse, ce n'est pas à moi de vous la souffler.

– Mais je ne connais aucun homme. Enfin... à part Michael.

– Justement!

– Voyons, Minnie! fit Lorna en riant. Vous êtes ridicule, on croirait entendre Beth! Michael n'a pas ce genre de pensées. C'est... c'est un frère pour moi!

Ses mots résonnèrent dans la cuisine avec un air de « déjà entendu » : c'était au moins la troisième fois qu'elle les prononçait en vingt-quatre heures. Elle reprit son fer.

– Si vous commencez à jouer les entremetteuses, je vais m'enrôler dans l'Armée du Salut. Et, quand je répéterai ça à Michael, il va bien rire.

– Faites-le. Vous verrez bien ce qu'il dira.

Lorna ne répondit pas. Ce ne serait peut-être pas simple de rapporter ces propos à Michael. Il était si bizarre, dernièrement... Et pourquoi insistait-il tellement pour avoir un tête-à-tête avec elle? Pourquoi tant de mystères? Enfin, elle serait bientôt fixée, puisqu'il devait venir pour le thé.

Pauvre Minnie! Elle aimait les mariages, mais Lorna n'allait tout de même pas épouser Michael pour lui faire plaisir!

Comme elle se tournait pour régler la chaleur de son fer, qui était brûlant, elle se trouva face à une soudaine apparition sur le seuil de la porte... Jimmy!

– Je peux entrer? demanda-t-il gaiement. J'ai sonné plusieurs fois mais, comme personne ne répondait, je suis venu explorer les lieux.

– Au temps pour moi! s'exclama Minnie. Je voulais appeler l'électricien hier, et j'ai complètement oublié.

– Excusez-moi, bredouilla Lorna, gênée d'être surprise avec son vieux tablier et le fichu de soie qu'elle nouait toujours dans ses cheveux pour ses travaux domestiques du matin.

Il entra.

– Je n'ai jamais vu quelqu'un d'aussi industrieux. Vous travaillez tout le temps!

– C'est qu'il y a beaucoup à faire. Nous n'avons pas l'habitude de recevoir des visites avant l'après-midi.

– Je sais, mais, pour me faire pardonner, j'ai apporté des cadeaux. J'ai pensé que vous aimeriez peut-être m'inviter à déjeuner, alors je suis venu avec mes rations. Attendez une seconde. (Il s'éclipsa dans le couloir.) Eh, chauffeur, apportez ce baluchon!

En croisant le regard étonné de Minnie, Lorna se sentit inexplicablement coupable.

– Il sera là dans un instant, annonça Jimmy en reparaissant.

– Euh... je crois que vous ne connaissez pas encore Minnie, reprit Lorna. C'est la personne la plus importante de la maison. Minnie, je vous présente le chef d'escadre Braith. Il est en convalescence au château.

— Comment allez-vous ? fit Jimmy avec un large sourire, que Minnie, aussitôt charmée comme toutes les personnes de son sexe, lui rendit de bonne grâce.

— Puis-je rester pour le déjeuner ? lui demanda-t-il. J'ai cru comprendre que c'était à vous qu'il fallait quémander les invitations.

— Ce ne sont que des croquettes, je vous préviens, répliqua-t-elle avec une petite lueur au coin de l'œil.

— Pas du tout !

On entendit un pas pesant dans le couloir et un chauffeur entra en portant un grand panier d'osier.

— Posez ça là, ordonna Jimmy, et merci pour le dérangement. (Il glissa quelque chose dans la main de l'homme et se tourna vers Lorna.) Vous ne voulez pas le déballer ?

— Mais qu'est-ce que c'est ? Je ne comprends pas... Qu'est-ce que ça signifie ?

— Je vous l'ai dit, répondit-il. Je veux rester déjeuner mais, en temps de guerre, je me doute qu'une bouche de plus n'est pas la bienvenue, alors j'ai fait quelques courses... par téléphone, je l'avoue, mais on ne m'a pas laissé sortir avant la visite du docteur.

— Par téléphone ! s'exclama Lorna. (Elle regarda l'étiquette sur le panier.) Mais... ça vient de chez Forts, à Melchester ! C'est un magasin hors de prix.

— Eh bien, espérons que ce sera bon.

Lorna s'agenouilla près du panier et en souleva le couvercle. A l'intérieur, enveloppée dans du papier spécial, il y avait une dinde entière, vidée et prête à cuire. Ebahie, Lorna déballa lentement les autres paquets : du fromage de tête, un poulet farci tout cuit, des fruits en conserve, du miel, une boîte de biscuits au chocolat, un coq en gelée et enfin un grand pot de caviar.

Lorna n'en croyait pas ses yeux.

— Mais vous n'allez pas manger tout ceci pour le déjeuner et nous ne pouvons pas le garder, dit-elle. C'est impossible!

— Vous n'avez pas le choix, répondit-il. Le taxi est reparti.

— Le taxi! intervint Minnie. Vous voulez dire, jeune homme, que vous avez fait venir tout ça par taxi de Melchester? Quel gaspillage! Comment Forts a-t-il pu vous laisser faire cette folie alors que le bus de douze heures trente aurait déposé le tout au bas de l'allée?

— J'étais impatient, Minnie. Je voulais les provisions tout de suite. Vous comprenez, je pensais à mon déjeuner... qui sera la dinde ou le poulet.

— Ni l'une ni l'autre, trancha Lorna. Nous ne pouvons pas accepter, n'est-ce pas, Minnie?

Le regard de Minnie alla de Lorna à Jimmy, puis à la pile de victuailles sur le sol de la cuisine.

— Dire qu'on n'a pas pu avoir de dinde à Noël, fit-elle, et que c'est le plat préféré de Peter!

— Alors, ce sera la dinde, décida Jimmy.

— Le déjeuner aura du retard, répondit-elle, mais vous l'aurez, si vous sortez de ma cuisine. Je ne peux pas travailler quand j'ai du monde dans les pieds.

— Venez, Lorna, nous sommes congédiés jusqu'à l'heure du déjeuner.

Il lui tendit la main, mais elle se détourna pour ramasser les habits qu'elle était en train de repasser.

— Vous êtes sûre que vous y arriverez toute

seule, Minnie? demanda-t-elle en hésitant sur le pas de la porte.

Minnie soupesait la dinde.

– Une belle volaille, commenta-t-elle avec admiration. J'ai idée qu'ils vous l'ont fait payer le prix fort.

– Je vous dirai si elle le valait après le repas, promit Jimmy en riant. (Il ferma la porte de la cuisine et suivit Lorna dans le couloir.) Que faisons-nous maintenant?

– Nous? Rien. Vous, vous allez vous asseoir dans le jardin et moi, je vais finir mon travail.

– C'est déloyal!

– Mais j'ai beaucoup à faire, je vous assure.

– Eh bien, oubliez ça et bavardons.

Elle hésita, le regarda dans les yeux et céda.

– Bon, d'accord, mais laissez-moi le temps de retirer mon tablier et cet affreux fichu.

– Trois minutes, alors. Pas une de plus, sans quoi je viens vous chercher.

Lorna monta l'escalier en courant et disparut dans sa chambre. Elle posa les affaires repassées sur une chaise, ôta son vilain tablier et prit une robe de coton propre dans la penderie. Puis elle s'installa devant sa coiffeuse et se peigna soigneusement. Elle fut satisfaite du résultat : sa chevelure formait un halo doré autour de son visage. Enfin, elle se poudra le nez et mit du rouge sur ses lèvres.

Elle avait été vite... mais pas assez.

– Les trois minutes sont passées depuis longtemps, dit une voix à la porte.

Elle se retourna brusquement.

– Jimmy!

– Eh bien quoi, ne prenez pas cet air choqué, fit-il. Il est interdit d'entrer dans la chambre d'une

dame, même à onze heures du matin, au presbytère?

– Parfaitement interdit! Sortez immédiatement!

– Pas question! Je veux voir où vous dormez.
Oui, j'aime votre chambre : simple, fraîche et –
comment dire? – très virginale.

Il regarda autour de lui : des murs blancs, des
poutres au plafond, un gentil lit avec une courte-
pointe en lin, des rideaux bleu pâle, défraîchis mais
propres, et des vitres à petits carreaux en losange.
Il y avait aussi un fauteuil, également couvert de
bleu, une simple coiffeuse en chêne et un très joli
prie-Dieu italien ancien, qui avait appartenu à la
mère de Lorna.

– On dirait la chambre d'une nonne... mais,
quand je vous regarde, Fille de l'air, je vois bien
qu'il n'en est rien.

– Et pourquoi donc?

– Je vais vous montrer.

Il s'approcha d'elle et l'orienta face à la glace en
la tenant par l'épaule.

Elle aperçut son propre visage – ses joues légèrement roses, ses grands yeux étonnés, ses lèvres
entrouvertes – et, derrière elle, Jimmy dont le teint
hâlé contrastait avec le sien qui contemplait son
reflet. Il souriait, mais ce n'était pas un sourire
amusé. Elle détourna la tête. Il l'intimidait.

– Vous comprenez maintenant? fit-il d'une voix
légèrement voilée.

Elle s'écarta de lui.

– Descendons, implora-t-elle. Que diraient les
enfants s'ils vous trouvaient ici? Ou Minnie?

– Je ne peux pas répondre à leur place, mais la
plupart des gens diraient que je suis un sacré
veinard.

Elle rougit.

– Je vous en prie. Venez.

– Vous êtes très jeune, reprit-il en la suivant sur le palier.

– Je ne sais pas ce que vous sous-entendez, mais je ne suis pas assez vieille pour le prendre comme un compliment.

– Ne vous plaignez pas de votre âge. Il me convient tout à fait. Je vous aime telle que vous êtes.

– Je vous trouve décidément bien content de vous, répliqua-t-elle.

– N'ai-je pas toutes les raisons de l'être ? Voilà que la plus belle fille du monde s'apprête à déjeuner avec moi et à me consacrer sa journée pour apporter du bonheur dans mon existence solitaire.

– Vous êtes impossible ! Je ne m'apprête à rien de la sorte.

Et cependant elle se surprit à paresser dans le jardin, bavardant et riant tandis qu'une déplaisante petite voix intérieure lui soufflait qu'elle avait encore des milliers de choses à faire. Mais elle n'avait pas la force de résister à la tentation. C'était un bonheur nouveau pour elle que de pouvoir ainsi laisser filer les heures avec insouciance.

Le temps passa trop vite. Elle fut brusquement ramenée à la réalité en entendant le clocher sonner une heure. Voilà que Péki et Peter rentraient déjà ! Leur leçon était terminée. Ils coururent au-devant de Jimmy.

– Seigneur ! s'exclama-t-elle en se levant. Je n'ai pas mis la table et papa va arriver d'un instant à l'autre.

– Hello, ma chérie ! dit justement celui-ci. Pourquoi te presses-tu comme ça ?

– Jimmy est ici et il y a de la dinde pour le déjeuner, répondit-elle avec incohérence, avant de disparaître dans la salle à manger.

– Dieu du ciel!

Le pasteur considéra sa fille aînée avec étonnement et entra dans le jardin.

Jimmy se leva à son approche.

– Bonjour, monsieur. Je vous ai pris au mot et je vous inflige encore ma présence.

– J'en suis ravi. On dirait que Lorna vient à peine de se rendre compte que vous restiez pour déjeuner.

– Je crois qu'elle le savait déjà, fit Jimmy avec un sourire en coin.

– Bien. Alors, c'est parfait. On peut toujours compter sur Lorna.

– Elle est merveilleuse!

Il y avait quelque chose dans l'enthousiasme de Jimmy qui retint l'attention du pasteur. Il regarda intensément le jeune homme debout devant lui et répondit machinalement, sans réfléchir :

– Je ne sais pas ce que nous ferions sans elle.

La sonnerie stridente du téléphone retentit. Lorna, qui était en train de dresser le couvert, courut décrocher.

– Allô?

C'était Michael.

– Ecoutez, Lorna, je dois me rendre à Goldsdean cet après-midi et je ne pourrai pas être là pour le thé. Voulez-vous m'accompagner? La route est jolie. Je passerai vous prendre à trois heures et demie.

– Je ne peux pas.

– Comment! Bien sûr que vous pouvez!

– Non... franchement, Michael, c'est impossible.

– Pourquoi?

– Eh bien... j'ai du travail, il faut que je reste ici.

60

– Pas de discussion. Laissez tomber ce que vous avez à faire. S'il vous plaît, Lorna!

– Oh, Michael, c'est... difficile.

Elle cherchait ses mots, ne trouvait pas d'excuse plausible. Par la porte ouverte, elle pouvait voir Jimmy en conversation avec son père dans le jardin.

Michael s'impatientait. Une vive contrariété perçait dans sa voix. Il parlait vite.

– ... vous vous mettez martel en tête pour des riens et pour des gens sans intérêt.

Comment pouvait-elle lui expliquer? Comment lui faire comprendre qu'il était vital pour elle d'être à la maison cet après-midi-là?

– Je ne peux pas vous parler maintenant, Michael, le déjeuner attend.

– Je passe vous prendre à trois heures et demie.

– Non, soyez raisonnable... Je ne peux pas venir, je ne peux pas.

– Enfin, je ne comprends pas. Je devais vous voir, de toute façon.

– Ne soyez pas fâché, Michael.

– Fâché? Ma foi, oui, je le suis... mais vous êtes une personne sensée, d'habitude.

« Parfaitement », songea-t-elle, mais, aujourd'hui, rien n'était comme d'habitude. Elle était incapable de s'expliquer à elle-même ce qu'elle ressentait.

– Je suis désolée, je... je vous expliquerai quand je vous verrai... demain.

Elle essayait de gagner du temps.

– Je peux venir ce soir, si je rentre assez tôt?

– Je... oui, bien sûr...

– Vous n'avez pas l'air très enthousiaste. Quelque chose qui ne va pas, Lorna?

– Mais non, voyons. Simplement, je... oh, je ne peux pas vous expliquer maintenant.

– Parlez.

– Non, Michael. Je n'ai pas le temps. Le déjeuner est prêt et je n'ai pas mis la table.

– Au diable la table! Lorna... je veux vous voir.

– Vous me verrez... ce soir... ou demain.

– Accompagnez-moi cet après-midi.

– Je vous dis que je ne peux pas... Au revoir, Michael.

– Écoutez, Lorna... Lorna!

Il entendit le déclic du combiné et la ligne fut coupée.

5

Même les plans les mieux établis tournent mal quelquefois. Lorna eut plus d'une fois l'impression, au cours de l'après-midi, que le destin était contre elle.

Tout commença pourtant le mieux du monde. Le déjeuner fut un franc succès. La dinde était excellente; ce fut le pasteur qui la découpa et elle fit les délices de chacun.

– Ça, c'est un cadeau! s'exclama Peter. Si vous m'aviez entendu, à Noël, quand Lorna nous a annoncé qu'elle ne pourrait pas en acheter une! On a eu deux poulets à la place, mais ce n'est pas pareil.

– Il y avait tout de même du plum-pudding, précisa Péki.

– Et qui a eu la fève? voulut savoir Jimmy.

– Lorna. Ce que Beth a pu être jalouse!

– D'après la tradition, cela signifie qu'elle sera

mariée avant la fin de cette année, n'est-ce pas?
continua Jimmy.

– C'est ça, approuva Péki.

Jimmy posa les yeux sur Lorna, qui évita son
regard.

A la fin du repas, elle espérait être seule avec
Jimmy. Pendant qu'il attendait dans le jardin en
compagnie de son père, elle débarrassa la table,
aida Minnie à faire la vaisselle, puis monta se
coiffer et se poudrer le nez dans sa chambre.

Il était près de deux heures et demie quand elle
redescendit. A sa surprise, son père était encore là.
C'était la première fois depuis des semaines qu'il
flânait après le repas de midi. D'habitude, à deux
heures tapantes, il enfourchait sa bicyclette mais,
aujourd'hui, il conversait nonchalamment avec
leur invité, assis dans une chaise longue.

Elle surprit la fin d'une phrase en s'approchant
d'eux. Ils parlaient de cricket.

– Te voilà, ma chérie, dit le pasteur. (Jimmy se
leva.) Je viens de découvrir que le père de ce jeune
homme était à Oxford avec moi. Nous avons
même joué au cricket ensemble. Je me souviens
très bien de lui. Douglas Braith était l'un de nos
meilleurs espoirs. J'avais toujours pensé qu'il joue-
rait dans l'équipe d'Angleterre.

– Il ne pouvait pas se le permettre, expliqua
Jimmy. Il fallait qu'il travaille – et dur! Mon
grand-père était un vrai garde-chiourme.

– Et il a réussi? demanda le pasteur.

– Très bien. Notre firme est l'une des plus
importantes du monde – et certainement d'Angleterre.

– Et c'est pour cela qu'il a sacrifié le cricket...,
soupira le pasteur. La plupart des gens penseraient
sans doute que ce n'est pas un grand sacrifice
mais, pour un vrai amateur de cricket, rien ne se

compare à l'honneur de défendre les couleurs de son pays sur le terrain.

– Je ne suis pas un passionné, enfin pas au sens où vous l'entendez, mais je peux comprendre ça, monsieur. Mon père m'a éduqué dans le respect des traditions.

– Il était heureux à Oxford. Vous lui ressemblez beaucoup. Il était très gai, il semblait toujours aimer la vie plus que les autres.

– C'est ce qu'on m'a dit, mais je crois que vous le trouveriez changé aujourd'hui.

– Dommage. Il y a si peu d'occasions de rire dans la vie.

– Et trop de travail. En tout cas, à mon goût. C'était la source de tous mes ennuis jusqu'à la déclaration de guerre.

– Vous travaillez avec votre père?

– En principe, mais les usines n'ont jamais été mon fort. Franchement, je vous le demande, fit-il en se tournant vers Lorna avec un sourire, est-ce que j'ai l'air d'un industriel?

– Non, reconnut-elle.

– Douglas Braith non plus, quand je l'ai connu, précisa le pasteur.

– C'est drôle, à vous entendre, j'en viens presque à plaindre mon père. Jusqu'ici, je crois que j'ai toujours vu midi à ma porte.

– Nous en sommes tous un peu là.

– En tout cas, si père a été ce que vous dites, il devrait comprendre mon point de vue. Je veux profiter de la vie tant que je suis jeune. Père n'a sans doute pas tort quand il me met en garde pour mon avenir et m'incite au sérieux mais, au fond, je me demande si les épreuves qu'il a traversées ont vraiment amélioré son caractère. Il faudra que vous le rencontriez, monsieur, et vous me donnerez votre avis.

– Je serais ravi de le revoir, mais pour d'autres raisons. Rappelez-moi à son bon souvenir quand vous lui écrirez.

– Je n'y manquerai pas.

Le pasteur consulta l'horloge de l'église et se leva.

– Je suis en retard, dit-il. Mais je ne le regrette pas : j'ai pris beaucoup de plaisir à converser avec vous. Merci pour cet excellent déjeuner, mon garçon. C'était une fort aimable attention.

– Si vous saviez quel soulagement c'était pour moi de pouvoir m'évader du château – ne serait-ce que quelques heures –, vous comprendriez que c'est à moi de vous remercier.

– Alors, revenez bientôt, conclut le pasteur en posant la main sur son épaule.

– Avec plaisir.

– Prends ton temps, papa, conseilla Lorna. Il fait une chaleur terrible.

Après le départ du pasteur, Jimmy se rassit sur la chaise longue et tendit à Lorna son étui à cigarettes en disant :

– Voulez-vous en allumer une pour moi ?

Elle ouvrit l'étui, lui offrit une cigarette et lui présenta la flamme d'une allumette entre ses paumes incurvées. Il s'aida en lui tenant les mains et elle se sentit frémir au contact de ses doigts.

– Maintenant, reprit Jimmy avec un soupir satisfait, dites-moi tout. Vous avez pensé à moi ?

– Pas du tout !

– Une fille de pasteur ne devrait pas mentir...

– Comment savez-vous que c'est un mensonge ?

– J'en suis certain. Vous avez pensé à moi comme j'ai pensé à vous. C'est la vérité, n'est-ce pas ?

Elle baissa les yeux. Elle aurait voulu être gaie,

plaisanter, mais la voix de Jimmy l'inondait d'une vague d'extase et de magie contre laquelle elle résistait, effrayée par son pouvoir.

– Vous êtes très douce, fit-il d'un ton caressant. Je me demande comment vous seriez si vous viviez à Londres.

– Pourquoi serais-je différente ?

– Habillée chez Molyneux, coiffée par Antoine, avec des ongles peints, des bijoux de chez Cartier... vous seriez éblouissante, Fille de l'air. Quoique ça vous dénaturerait peut-être.

Elle regarda ses ongles.

– Teinte naturelle, commenta-t-elle, à moins que vous ne préfériez dire « vernis à deux sous ».

– Magnifique ! (Il se redressa soudain et tendit la main vers elle.) Chérie, vous êtes parfaite. Je ne veux pas que vous changiez. Je détesterais vous voir sophistiquée, fardée et enrubannée. Je vous adore telle que vous êtes.

Lorna baissait toujours les yeux.

– J'aurai des griffes écarlates la prochaine fois que vous me verrez.

– Lorna... vous n'avez pas entendu ce que je vous ai dit ?

Elle se tourna vers lui, leurs regards se croisèrent, mais elle n'eut pas le temps de répondre...

Au même moment, un bruit de voix leur parvint de la maison. C'étaient les deux demoiselles Piggott qui arrivaient en compagnie de Minnie, deux vieilles filles sans âge, qui étaient l'épine dorsale de toutes les organisations paroissiales. Venues voir Lorna pour régler un certain nombre de problèmes, elles s'installèrent à leur aise et « lui tinrent la jambe » pendant plus d'une demi-heure.

Mais Lorna ne laissa rien paraître de son impatience : les demoiselles Piggott étaient d'une aide inestimable pour son père, qui pouvait se décharger sur elles de maintes responsabilités. Quant à Jimmy, il prit moins de gants; il devint morose, ne répondant que par monosyllabes quand on lui adressait la parole.

Au moment où elles s'apprêtaient enfin à partir, un autre visiteur fit son apparition. C'était le colonel Summerfield, commandant de la Garde, qui voulait informer le pasteur que le clocher de l'église serait prochainement réquisitionné pour servir de poste d'observation. Il voulait la clé et un libre accès au jardin du presbytère pour le dimanche suivant, à l'occasion des manœuvres qui devaient se dérouler dans le village voisin de Great Walton.

Quand le colonel et ces demoiselles prirent congé, il était quatre heures passées. Jimmy croyait pouvoir être enfin seul avec Lorna, mais ce furent alors les jumeaux qui arrivèrent en courant, ravis de voir que leur héros était toujours là, prêt à répondre à leurs questions sur le sujet inépuisable de l'aviation.

— On avait peur que vous ne soyez reparti!

— Et il y a quelque chose qu'on voudrait vous demander!

— Oui, quoi? fit Jimmy, un peu sèchement.

— A propos du canon du bombardier Stirling, expliqua Peter. J'en parlais justement hier à un aviateur, au village, et il prétendait...

Lorna s'interposa.

— Vous ne croyez pas que vous devriez d'abord vous changer? Il fait très chaud et je suppose que vous voudrez jouer au tennis après le thé.

Il était entendu que les enfants ne devaient pas porter leurs meilleurs habits pour traîner dans le jardin, afin de les économiser. Lorsqu'ils rentraient de classe, ils enfilaient toujours des vêtements déjà usés.

– Une minute! protesta Peter.

– On en reparlera plus tard, fit Jimmy, pour couper court.

Les jumeaux s'engouffrèrent dans la maison, déjà impatients de revenir.

– Il y a toujours autant d'allées et venues, ici? s'étonna Jimmy. On se croirait à la gare Victoria. Je ne pourrai donc jamais être seul avec vous?

– Ça me paraît difficile, répondit Lorna avec regret. Je ne m'étais jamais rendu compte qu'il y avait autant d'animation dans ma vie. Mais je n'ai que ça à faire.

– Même maintenant?

– Maintenant, je préférerais parler avec vous, avoua-t-elle franchement. Mais ce ne sera pas possible : c'est bientôt l'heure du thé et les jumeaux ne me laisseront pas placer un mot.

– Seigneur! Moi qui croyais que c'était un village morne!

– Reconnaissez que ce n'est pas follement gai tout de même.

– Je vais me procurer une voiture et vous sortir d'ici. De gré ou de force!

– Nous ne pouvons pas faire la fête en temps de guerre, répliqua-t-elle en riant. Je ne veux pas donner le mauvais exemple.

– Je comprends maintenant pourquoi les enfants de pasteur sont élevés avec des œillères.

– Pourquoi?

– Pour qu'ils ne soient pas tentés de s'écarter du droit chemin. Vous êtes l'exception, ma chère. Bon ou mauvais exemple, que m'importe? Si vous refusez d'être gentille avec moi, je vais devenir fou.

– Je ne suis pas gentille? insinua-t-elle, taquine.

Avant qu'il ne pût répondre, Minnie arriva en portant la table à thé.

Lorna se leva d'un bond.

– Oh, le thé est déjà prêt, Minnie? Et je ne vous ai pas aidée. Je suis impardonnable.

– Je vous attendais.

Minnie était visiblement contrariée. On devinait même une pointe de mauvaise humeur chez elle, qui était d'habitude si affable.

– Je vais chercher le plateau!

Lorna s'éclipsa dans la maison.

– Il fait si bon dehors que nous avons oublié l'heure, expliqua Jimmy.

– J'ai remarqué! répliqua Minnie en tournant les talons.

– Qu'est-ce qui se passe? demanda Jimmy, quand Lorna revint avec le plateau.

– Aucune idée!

– Je voudrais bien savoir quelle mouche l'a piquée. Elle m'a regardé comme si j'étais un rat que le chat a rapporté à la maison.

– Je vais en avoir le cœur net, trancha Lorna en retournant à l'intérieur.

Minnie était en train de remplir la théière. Lorna disposa des canapés sur un plat et dit :

– Vous êtes fâchée, Minnie? Qu'est-ce que j'ai fait?

– Rien, justement.

– Qu'est-ce que vous voulez dire? Ne parlez pas par sous-entendus, vous savez que je n'aime pas vous voir contrariée.

– Je n'ai pas à me mêler de ce que vous faites. C'est à vous de prendre vos décisions.

Cela devenait sérieux. Lorna reposa son plat et passa un bras autour de l'épaule de la gouvernante.

– Vous êtes dure avec moi, fit-elle. Qu'est-ce que j'ai fait, Minnie? Expliquez-moi.

– Vous feriez mieux de servir le thé avant qu'il ne refroidisse.

– Quelqu'un est venu? Vous avez vu quelqu'un cet après-midi?

Minnie hésita.

– Martha Bates a fait un saut en passant. Mais elle n'est restée qu'un instant.

– Mme Bates! (Lorna commençait à y voir plus clair.) Et je suppose qu'elle vous a parlé de Michael.

– Elle m'a dit qu'il vous avait demandé de l'accompagner à Goldsdean et que votre refus l'avait beaucoup déçu.

– Et comment Mme Bates sait-elle ça?

Minnie parut embarrassée.

– Il a dû le lui dire.

– Je crois plutôt qu'elle a écouté notre conversation téléphonique! Je déteste cette vieille femme, elle est toujours à se mêler de ce qui ne la regarde pas. Michael ne peut se moucher sans que tout le village soit au courant! Qu'est-ce que ça peut lui faire que je n'aille pas à Goldsdean?

Minnie était surprise par la véhémence de Lorna.

– Eh bien, c'est dommage... autant pour vous que pour lui, mon enfant, répondit-elle d'une voix plus douce.

– Mais comment aurais-je pu? Il y a tant à faire, ici. Et, en tout cas, ça ne regarde pas Mme Bates. Dites-lui de s'occuper de ses affaires. Si vous avez peur, je le lui dirai moi-même.

– Je n'ai peur de personne. Mais le docteur Davenport est un homme bien. Vous ne trouverez pas facilement son pareil. Ceux qui aiment épater la galerie avec leur argent ne sont pas forcément les mieux placés pour vous rendre heureuse.

– A qui faites-vous allusion? Franchement, Minnie, je ne vois pas de quoi vous parlez. Et quant à Mme Bates... elle ne perd rien pour attendre.

– Allons, ma petite, vous ne voudriez tout de même pas me fâcher avec une vieille amie? Je connais Martha depuis trente ans. Elle est un peu commère, je le reconnais, mais c'est une brave femme et elle vendrait sa chemise pour M. Michael.

– Ce n'est pas une excuse pour écouter aux portes. Et vous savez très bien qu'elle ira répéter à tout le village ce qu'elle a entendu. De toute façon, je m'en moque : ce n'est pas une vieille radoteuse comme elle qui va briser mon amitié avec Michael. Vous pourrez le lui dire de ma part!

Lorna attrapa la théière, les canapés et sortit en coup de vent. Elle n'était pas seulement montée contre Mme Bates, mais aussi – bien qu'elle n'osât pas se l'avouer – contre Minnie.

« La présence de Jimmy lui déplaît, songea-t-elle. Elle ne changera jamais, elle a toujours eu ses têtes. Déjà quand nous étions petits, elle prétendait choisir nos camarades à notre place. Elle a une préférence pour Michael et elle en veut à tous les hommes qui viennent ici. Eh bien, tant pis pour elle, elle n'aura qu'à se faire une raison! »

Elle croisa Beth en traversant le couloir.

– Beth! s'exclama-t-elle, surprise. Pourquoi rentres-tu si tôt?

– Il est ici? demanda Beth.

– Réponds à ma question.

– Je me suis fait excuser.

– Tu n'as pas honte? Tu ne dois pas quitter l'école avant cinq heures et demie. Je vais écrire à la directrice.

– Je ne ferais pas ça, si j'étais toi. Je lui ai dit que tu avais besoin de moi.

– Eh bien, je lui expliquerai que tu lui as menti.

Je n'ai pas besoin de toi et tu n'avais pas le droit de t'absenter avant l'heure.

Beth n'écoutait pas. Elle regardait en douce par la porte du salon.

– Il est là! Oh, Lorna, c'est sensass! Je vais changer de robe.

Elle jeta ses affaires de classe sur la table et grimpa les marches quatre à quatre. « C'est sans espoir », songea Lorna en regagnant le jardin.

– Je n'ai pas pu porter les gâteaux, Peter, dit-elle. Ils sont dans la cuisine. Sois gentil avec Minnie, elle est de mauvaise humeur.

– O Seigneur! fit Peter en se levant. Qu'est-ce qu'elle a encore?

– Peu importe, répondit Lorna. Va chercher les gâteaux et calme-la si tu peux.

– Quelle vie! commenta Jimmy en riant.

– Comme vous dites! Et ce n'est pas tout : Beth est rentrée de l'école en avance... uniquement pour vous voir.

– Je suis flatté.

– Il n'y a pas de quoi, intervint Péki. Beth court après tout ce qui porte un pantalon. Elle nous rend tous malades, mais il n'y a rien à y faire. Elle est ce qu'on appelait une grisette pendant l'autre guerre. Dieu sait quel nom on leur donne aujourd'hui!

– Vous parlez comme si vous aviez passé l'âge des folies de la jeunesse, ironisa Jimmy. Vous ne vous intéressez jamais aux garçons?

– Pas le temps, fit-elle en hochant la tête. J'ai tellement de choses à faire avec Peter.

– Mais, un jour, Peter se mariera. Qu'est-ce que vous ferez alors?

– Je ne sais pas, répondit-elle sérieusement. J'y ai souvent pensé, mais j'ai l'impression que ça n'arrivera jamais. Je n'imagine pas la vie sans

Peter... je n'envisage même pas de le partager avec une autre fille.

– S'il s'enrôle dans l'armée de l'air, vous serez bien obligée de vous passer de lui.

– C'est différent. Il me quittera pour l'Angleterre, pas pour une personne.

– De toute façon, ce n'est pas pour tout de suite. Vous l'avez encore pour un an avec vous.

– Un an ? fit-elle, les yeux rêveurs, avec une sorte de résignation.

– Voilà les gâteaux ! s'écria Peter en revenant. Minnie s'est radoucie. Je n'ai pas réussi à savoir ce qui la tracassait, mais elle sourit à nouveau.

– Dieu merci ! dit Lorna, soulagée. Passe les canapés à Jimmy, Péki.

Elle commença à servir le thé. Au bout de quelques instants, Beth fit son apparition. Elle portait une de ses nouvelles robes, plus longues que l'année précédente, qui lui donnait un air plus sophistiqué. Elle avait brossé ses cheveux si soigneusement qu'ils ressemblaient à de l'or poli et avait un peu forcé sur le rouge et la poudre de Lorna.

« Elle est jolie, songea Lorna malgré elle en voyant sa sœur approcher. Dommage qu'elle ne soit pas aussi naturelle que Péki. »

Mais cela, Beth ne le serait jamais.

– Je suis tout simplement enchantée de vous voir, dit-elle à Jimmy en affectant un ton mondain. Figurez-vous qu'il y a eu une vraie conspiration pour me tenir à l'écart.

– Vous m'en voyez désolé, car j'étais également impatient de faire votre connaissance.

– Vraiment ?

– Bien sûr.

Beth regarda furtivement la famille, d'un air de dire : « Et toc ! au temps pour vous ! »

– Vous vous plaisez, au château? reprit-elle.

– Pas trop. C'est pourquoi j'ai l'intention de passer une bonne partie de ma convalescence ici.

– Oh, ce sera merveilleux, n'est-ce pas, Lorna?

– Sans doute..., répondit Lorna, sans s'engager.

– Bien sûr! affirma Peter. Mais, pour en revenir à ce que nous disions tout à l'heure, Jimmy...

Il vint s'asseoir entre Beth et le chef d'escadre, et il repartit dans une conversation sur les moteurs d'avion.

Furieuse, Beth contourna la table pour aller se placer de l'autre côté de Jimmy.

– Il faut excuser mon frère, lui dit-elle, il n'a pas de manières. Comme vous avez pu vous en rendre compte, il ne jure que par la mécanique. Malheureusement, son cerveau ne marche que sur un cylindre et il lui manque une soupape.

Jimmy éclata de rire.

– Beth, tu exagères! protesta Peter, écarlate.

Mais elle avait marqué un point.

– Y a-t-il d'autres hommes intéressants au château? demanda-t-elle.

– Un ou deux. Je les amènerai pour vous les présenter.

– Oh oui, s'il vous plaît!

– Ne l'encouragez pas, dit Lorna. Elle ferait mieux d'apprendre ses leçons.

– Bien dit! grommela Peter.

– Vous voyez comme ils sont avec moi! se lamenta Beth en papillotant des yeux comme une star de cinéma.

– Vous êtes vraiment martyrisée, compatit Jimmy.

– Peut-être pourriez-vous les persuader d'être plus gentils avec moi..., murmura-t-elle.

« Voilà autre chose! songea Lorna. Dans une minute, elle va se faire passer pour une pauvre petite Cendrillon maltraitée par ses sœurs. » Pour l'instant, c'était plutôt amusant, mais qu'en serait-il dans quelques années?

– Encore du thé, Jimmy?

– Non, merci. Il va falloir que je rentre.

– Oh, vraiment? demanda Beth, plaintive.

– Je le crains. Je dois faire examiner mon bras avant le dîner.

– Bon, eh bien, si vous avez tous fini, vous allez pouvoir m'aider à débarrasser, dit Lorna. Pas vous, bien sûr, Jimmy, vous êtes notre invité. Mais ça s'adresse surtout à toi, Beth. Allez, du nerf! Et sans rechigner, je te prie.

– C'est moi qui fais tout, ici, commenta Beth en se tournant vers Jimmy. Mais personne n'a l'air de s'en rendre compte.

– Je vous crois, répondit Jimmy d'un ton grave. C'est pathétique de voir une personne aussi séduisante que vous obligée de s'abaisser à des tâches domestiques.

– Ne lui dites pas ça, répliqua Lorna, tandis que Beth emportait le plateau. Elle va vous prendre au sérieux. Si vous saviez les soucis qu'elle me cause!

– Ne vous en faites pas, vous ne l'aurez pas longtemps sur les bras, affirma Jimmy avec bonne humeur. Elle sera une vraie beauté.

– J'en ai peur.

– Comme sa sœur aînée, dans un genre différent.

– Si c'est à moi que vous faites allusion, je n'ai jamais prétendu être une beauté.

– Vous n'avez pas besoin de le prétendre. La différence entre vous et Beth est la même qu'entre un chef-d'œuvre et une jolie aquarelle.

– Si vous revenez souvent, nous aurons bientôt « les chevilles qui enflent », dit Lorna en riant.

– Mais j'ai tout à fait l'intention de revenir souvent. Je dois me sauver, à présent, mais nous nous reverrons ce soir, n'est-ce pas?

– Je ne peux rien vous promettre. Un empêchement peut toujours surgir à la dernière minute. Vous avez pu le constater vous-même.

– Il faut que vous veniez! (Il se leva et la prit par le bras.) Accompagnez-moi jusqu'au verger.

Ils entendirent une voiture remonter l'allée.

– Je me demande qui ça peut être...

– Encore des intrus! Sapristi, quelle maison! Eclipsons-nous vite!

Malgré sa jambe blessée, Jimmy l'entraîna promptement à l'écart. Quand la voiture s'arrêta devant l'entrée, ils étaient cachés par les taillis et les buissons.

– Vous êtes ridicule, dit Lorna, essoufflée. C'est peut-être Michael. Il faut que j'aille voir.

– Il n'a qu'à attendre. Lorna, je vais devenir fou si je ne peux jamais vous voir seule.

Comme ils arrivaient au portillon de bois, ils tendirent la main ensemble vers le loquet. Leurs doigts se touchèrent. Lentement, très lentement, Jimmy referma sa main sur la sienne et il la prit dans ses bras, presque avec brusquerie. Elle retint son souffle... Elle était sa prisonnière.

– Ma chérie...

Sa voix n'était qu'un murmure. Elle leva les yeux vers lui. Sur le moment, ils restèrent envoûtés tous les deux, puis Lorna se rendit compte qu'elle tremblait. Elle fit mine de se dégager, mais il était trop tard.

Le bras de Jimmy était comme une barre d'acier. Il pencha la tête et elle sentit sa bouche sur la sienne... fébrile, passionnée et triomphante, qui prenait possession de ses lèvres.

6

Michael poussa la porte et entra dans le vestibule. Il était épuisé et sentait encore les vibrations du volant sous ses mains.

Lui qui d'habitude était très prudent sur la route, il avait roulé à tombeau ouvert pour rentrer de Godsdean. Il faisait très chaud et, tout au long des trente derniers kilomètres, il avait rêvé d'une tasse de thé.

Combien de fois n'avait-il observé Lorna servant le thé à la famille! Sa grâce, la beauté de ses mains – que les besognes domestiques n'avaient pas altérée – étaient autant de souvenirs indélébiles gravés dans sa mémoire.

Il conservait des milliers d'images d'elle photographiées dans son esprit : Lorna riant avec les enfants; Lorna au chevet d'un invalide; Lorna accroupie devant le feu, les yeux fixés sur les braises et les pensées perdues dans quelque monde lointain qu'il ne voyait pas.

Ces visions hantaient Michael en permanence; mais elles appartenaient à son jardin secret, elles étaient trop chargées d'émotion pour qu'il pût les traduire par des mots.

Dans le vestibule, il rencontra Beth qui revenait de la cuisine.

– Hello, Michael! Nous finissons juste de prendre le thé, mais Minnie va vous préparer un plateau. Je vais la prévenir.

– Je vais y aller moi-même pour m'excuser de mon retard.

– Elle savait que vous deviez venir? Lorna aussi?

– Oui, je le lui ai dit. Pourquoi?

– Pour rien..., fit Beth d'un air lourd de sous-entendus.

Elle passa au salon et vit, par la fenêtre, que le jardin était vide. Lorna et Jimmy avaient disparu. Elle poussa un petit sifflement, une manie qu'elle tenait de son frère.

– Ils se cachent! dit-elle.

Dans la cuisine, Peter et Péki empilaient des tasses sales dans l'évier, tandis que Minnie rangeait les gâteaux dans une boîte métallique.

– Y aurait-il une tasse de thé pour moi, Minnie? demanda Michael, sur le pas de la porte.

– Bien sûr, répondit-elle, le visage radieux. Péki, prends le plateau qui est derrière la porte. Voilà une brave fille.

– Salut, Michael! dit Peter. Je ne savais pas qu'on vous verrait cet après-midi.

– Tu as l'air surpris.

– Mais non, pas du tout, assura Minnie. Comment serait-il surpris de voir quelqu'un qui vient presque tous les jours ou qui devrait, s'il savait à quel point il est le bienvenu?

– Merci, Minnie.

– Vous avez faim? demanda-t-elle en beurrant une tranche de pain.

– Très faim. Il y a eu un contretemps ce matin et j'ai dû manger sur le pouce.

– Martha Bates me l'a dit.

– Martha? Elle est venue ici? Encore pour des cancans, je suppose.

– Pas du tout, elle est simplement passée me voir.

– Je suis sûre qu'elles ont parlé de vous, Michael, intervint Péki. Nous devons avoir une de ces réputations, avec tout ce qu'elles racontent sur notre dos, ces deux-là. Je les ai entendues!

– Oh, ça, ce n'est pas gentil! protesta Minnie, mais sans méchanceté.

Elle aimait être taquinée et, à la différence de Martha Bates, elle était la discrétion même. Personne n'avait jamais pu la faire parler du presbytère – bien qu'elle n'eût jamais les oreilles dans sa poche quand il s'agissait du reste du village.

– Votre thé est prêt, reprit-elle. Allez, Péki, va le porter dehors pour le docteur et veille à ce qu'il mange de tout. Il a l'air affamé.

– Je répéterai ça à Martha, fit Michael. Elle voudrait que je sois gros et gras, et considère ma sveltesse comme une injure personnelle.

– Elle peut bien! répliqua Minnie. Martha n'a jamais su cuisiner.

Michael se mit à rire.

– Vous avez toujours le dernier mot, Minnie.

Il suivit Péki dans le jardin, où Beth était assise seule, entourée de chaises vides.

– Où est Lorna? demanda-t-il.

– Quelque part par là, répondit Beth. Elle était ici il y a quelques minutes.

Elle avait les yeux vifs comme ceux d'un oiseau. Michael s'installa et se servit de canapés.

– Où est Jimmy? lança Peter en accourant de la maison. Il est reparti?

– Jimmy Braith? s'étonna Michael.

– Exact, dit Péki. Il était ici toute la journée.

Seule Beth remarqua l'effet que ces mots produisaient sur Michael.

– Il est formidable, continua Peter. Il nous a apporté des livres fantastiques sur l'aviation. Je vous les montrerai si vous voulez.

– Avec plaisir.

– C'est fou ce qu'on en apprend en l'écoutant, ajouta Peter. Il m'a expliqué des tas de choses que je ne comprenais pas en deux ou trois phrases. Et il est drôlement généreux. Vous avez entendu parler du déjeuner?

– Non. Qu'est-ce qu'il y a eu?

Péki et Peter se mirent à parler en même temps. Beth ne tarda pas à les interrompre.

– Oh, les cochons! s'exclama-t-elle. Vous avez eu droit à tout ça pendant que je n'étais pas là! Franchement, vous n'êtes pas sympa.

– Il y a encore plein de choses, la rassura Péki. Va voir dans le cellier. Et Jimmy a dit qu'il nous en apporterait encore. Pour que Lorna ou papa ne protestent pas, il appelle ça modestement ses « rations ».

Michael était silencieux. Il se versa une tasse de thé et continua à grignoter.

– Après tout, ça ne nous fait pas de mal de voir de nouvelles têtes de temps en temps, commenta Beth.

Il y avait une sorte de défi dans sa voix. Michael ne s'y trompa point : elle avait parfaitement compris ce qu'il ressentait.

– Bien sûr, fit-il en s'efforçant d'avoir l'air détaché.

– Bon, je vais aller chercher ces livres, vous voulez, Michael? reprit Peter.

– Oui, vas-y.

– Je t'accompagne, dit Péki.

Ils disparurent. Beth se pencha vers Michael pour lui dire :

– Vous croyez que Lorna a le béguin pour lui, Michael?

Michael reposa sa tasse sur la soucoupe d'une main un peu tremblante.

– C'est à elle de répondre à cette question, Beth.

La jeune fille parut déçue. Son visage avait une expression malicieuse.

– Justement, la voilà qui arrive, chuchota-t-elle. Vous n'avez qu'à lui demander.

Lorna traversait lentement la pelouse. Elle ne vit pas tout de suite Michael. Quand elle l'aperçut, elle hésita, puis se dirigea vers la maison.

– J'en ai pour une minute! lança-t-elle.

Elle pressa le pas et entra dans le salon presque en courant.

– Qu'est-ce que vous pensez de ça? fit Beth.

Michael détourna la conversation.

– Tu es rentrée de l'école en avance, ce soir, on dirait?

– J'avais hâte de voir le beau chef d'escadre. Je m'attendais à être déçue, après tous les compliments que j'avais entendus sur lui, mais ça n'a pas été le cas. Il a vraiment de l'allure, vous ne trouvez pas?

– Je n'ai pas fait attention.

– Vous n'avez pas vu ses yeux? Et sa petite mèche sur le front! Il a un faux air de Clark Gable.

– Tu crois qu'il trouverait la comparaison flatteuse?

– Bien sûr, comme tous les hommes, affirma-t-elle avec beaucoup de sérieux. En fait, il est encore mieux. Plus distingué, plus anglais. Vous croyez qu'il est riche?

– Aucune idée!

Il se leva et s'approcha de l'aile de droite du presbytère, faite de colombages noir et blanc. C'était dans cette partie de la maison que se trouvait la chambre de Lorna.

– Lorna! appela-t-il.

Au bout d'un instant, elle apparut à sa fenêtre.

– Oui? Vous avez besoin de moi?

– Bien sûr. Descendez.

– J'arrive tout de suite. Vous avez eu du thé?

– Minnie s'est occupée de moi, mais je trouve que vous me négligez.

– Pauvre Michael! Vous avez tout le reste de la famille pour vous consoler.

– Descendez!

– D'accord!

Dans sa chambre, elle s'attarda devant la glace de sa coiffeuse. Ses yeux luisaient; elle ne se reconnaissait pas. Ses cheveux semblaient électrisés et tout son être magnétisé. Elle toucha ses joues : elles étaient brûlantes, et ses mains glacées.

Elle poussa un petit cri – un cri de joie qui s'échappa de ses lèvres malgré elle, comme l'expression d'un excès de bonheur. Puis elle descendit.

– Désolée, Michael. (Elle lui sourit et lui donna le bras.) Comment ça s'est passé, à Godsdean? J'ai eu un après-midi très chargé. La maison ne désemplissait pas. Il y a d'abord eu les demoiselles Piggott, puis le colonel Summerfield et, bien sûr, Jimmy, ainsi que les enfants ont dû vous le dire.

– En effet.

– Les jumeaux l'adorent. Peter ne jure que par lui. D'ailleurs, je vois qu'il a apporté ses livres pour vous les montrer. Allons les feuilleter.

– Rien ne presse. Dites-moi ce que vous avez fait d'autre. Vous semblez avoir passé un excellent moment.

– C'est vrai. Oh, Michael... un moment magnifique!

– Tant mieux.

Il l'entraîna à l'écart, dans le jardin de la cuisine, en la tenant par le bras, et ils arpentèrent lentement l'allée en friche entre les groseilliers.

– Pourquoi venons-nous ici? demanda-t-elle tout à coup.

– Parce que je veux vous parler.

– Oh, oui, bien sûr. Je m'en suis voulu de ne pas pouvoir vous accompagner cet après-midi... mais vous me comprenez, n'est-ce pas?

– J'en ai peur... Et puis non, je ne dirai pas ça. Je ne veux pas comprendre vos raisons. Je voulais que vous veniez, c'est tout.

– Cher Michael...

Elle posa la main sur son bras. Elle était heureuse et le monde lui semblait un havre de bonheur. Elle voulait que Michael soit heureux aussi, que chacun partage sa joie.

Michael s'arrêta et lui prit la main, la retenant prisonnière.

– Lorna, dit-il avec ferveur, voulez-vous m'épouser?

Il eut conscience du choc qu'il lui causait. Elle se raidit.

– Michael! s'écria-t-elle.

– Écoutez, Lorna, il y a longtemps que je voulais vous le demander, mais c'était impossible. Je pensais, naïvement peut-être, que vous aviez deviné mes sentiments. Hélas, avec mon père malade et tous mes problèmes professionnels, je n'avais pas le temps de songer au mariage. Et puis, il y a deux jours, j'ai eu avec mon père une conversation qui a tout changé.

« J'ai toujours fait semblant de le remplacer de façon provisoire, mais il m'a avoué qu'il n'avait plus d'illusions. '' Michael, m'a-t-il dit, je sais que je ne guérirai jamais. Mais j'ai un dernier souhait avant de mourir... voir ta femme. '' Pour moi, Lorna, ce fut un révélateur. Tous les obstacles étaient balayés. C'était un tel calvaire pour moi, ces dernières années, de ne pouvoir vous confier le secret de mon cœur... »

– Ô Michael!

C'était un cri de pitié, cette fois. Elle ne le regardait plus, elle avait lâché son bras.

– Peut-être que vous ne m'aimez pas, continuat-il. Pas encore. Mais j'attendrai... toute la vie, s'il le faut. Lorna, voulez-vous essayer de me considérer, non comme un frère, mais comme un homme qui vous aime et qui veut, plus que tout au monde, avoir le privilège de vous protéger et de veiller sur vous ?

– Je ne peux pas. Oh, Michael, ne comprenezvous pas que je ne peux pas ?

Elle eut un geste de désespoir et leva vers lui des yeux mouillés de larmes.

– Pourquoi ?

– Je ne sais pas, je... Vous avez toujours fait partie de la famille. Je vous aime comme j'aime Peter, mais ce n'est pas cette sorte d'amour que vous attendez de moi. Je n'ai jamais pensé... jamais deviné...

– Je sais. (Il posa les deux mains sur ses épaules.) Je sais tout ça. Mais... Lorna, vous tremblez ! Pardonnez-moi, je ne voulais pas vous mettre dans cet état. Oh, Lorna, je vous aime tant !

– Il ne faut pas ! Je vous en supplie, Michael, il ne faut pas m'aimer !

Il sourit.

– Il me serait plus facile d'arrêter les marées que de cesser de vous aimer. C'est plus fort que moi. Je crois que je vous aimais déjà quand vous étiez petite fille et que vous me suiviez partout où j'allais.

– Si je me souviens bien, je vous agaçais plutôt, à l'époque, fit-elle en essayant de plaisanter.

– Et puis, je vous ai vue grandir. Je vous ai vue vous transformer en jeune femme responsable et embellir d'année en année. C'est vous qui avez pris la famille en charge à la mort de votre mère. Lorna, vous êtes si merveilleuse!

Elle frissonna, comme si ses paroles la faisaient souffrir.

– Que puis-je vous répondre? Je ne veux pas vous faire de peine, mais... oh, c'est impossible.

– Pourquoi? Il vous suffit de vous habituer à cette idée et, peu à peu, je vous apprendrai à m'aimer. Lorna, laissez-moi essayer!

Sa voix était voilée par l'émotion. Il était tout près d'elle à présent, il n'avait qu'un geste à faire pour qu'elle se retrouve dans ses bras. Comme si elle avait deviné le danger, Lorna recula d'un pas.

– N'y pensez plus, Michael. Oubliez-moi, je vous en supplie. Vous... vous ne pourriez pas aimer Péki... ou Beth, plutôt?

– Je crains que non. Mais ne vous désespérez pas. Je vous l'ai dit, avec le temps, vous finirez par vous habituer à cette idée.

– Jamais! s'exclama-t-elle en se détournant.

Il ne réagit pas. Alarmée par son silence, elle pencha la tête pour le regarder. Il y avait dans ses yeux une lueur qui... qui, pour la première fois de sa vie, l'effrayait.

– Ne me dites pas qu'il y a quelqu'un d'autre? reprit-il.

Ses mots vibrèrent dans l'air. Elle les reçut comme un coup. Elle savait qu'il finirait par lui poser cette question, elle savait qu'elle ne pourrait pas y échapper.

– Non... non... bien sûr que non, balbutia-t-elle d'une voix irréelle, la bouche sèche.

Michael parut soulagé. Il se détendit.

– C'est tout ce que je voulais savoir. Lorna, je ne veux pas que vous vous tracassiez pour tout ceci.

Continuez à m'aimer à votre façon... comme si j'étais un membre de la famille.

– Vous l'avez toujours été. Pourquoi faut-il que vous gâchiez notre vieille amitié?

– Je n'ai rien gâché. Je vous le promets.

– Mais si. Vous ne comprenez donc pas? Je ne pourrai plus jamais être la même avec vous, désormais. Je ne pourrai plus venir vous demander conseil comme par le passé.

– Bien sûr que si, grâce à Dieu! Rien n'est changé entre nous. Je vous aime depuis des années. Simplement, vous ne le saviez pas. Rien ne nous empêche de continuer à être heureux.

– Je ne sais pas... j'ai peur.

– Vous n'avez aucune raison d'avoir peur.

– Vous n'en parlerez à personne?

– A personne, à moins que vous ne le désiriez. C'est notre secret... à tous les deux.

– Je crois que Minnie s'en doute, mais c'est la seule. Si les jumeaux ou Beth venaient à l'apprendre, je ne saurais plus où me mettre. Surtout Beth, rendez-vous compte!

– Personne ne saura.

– Rentrons, maintenant. Ils vont trouver notre absence bizarre.

– Allons donc! Ce n'est pas la première fois que nous nous promenons ensemble et jamais personne n'y a vu de mal.

– Tout devient si compliqué..., soupira-t-elle. Je veux une vie droite et sans faux-fuyants. Oh, Michael, pourquoi m'avoir dit ça?

– Parce que je vous aime, Lorna, répondit-il simplement, avec un sanglot dans la voix.

L'irritation de Lorna se dissipa. Elle était un peu rassérénée. Elle reconnaissait enfin le Michael qui lui inspirait confiance depuis toujours... cet homme solide, rassurant. Elle lui donna la main.

– Je vous aime sincèrement, Michael, mais pas de la façon que vous souhaiteriez.

Il serra sa main avec ardeur et, l'espace d'un instant, elle eut à nouveau peur de lui, comme s'il était animé par une force intérieure capable de la vaincre. Elle scruta son visage avec appréhension, mais ses traits familiers étaient la bonté même.

– Nous ferions bien de rentrer, suggéra-t-elle. Peter est impatient de vous montrer son livre sur les avions.

– Le nommé Braith semble prendre goût à votre hospitalité.

Elle ne s'attendait pas à cette remarque. Elle resta de marbre, de crainte que l'expression de son visage ne la trahisse. Mais Michael ne la regardait pas.

– Papa a connu son père à Oxford. Ils jouaient au cricket ensemble. Il doit s'ennuyer terriblement au château... Lady Abbott doit être difficile à supporter à fortes doses.

– C'est bien vrai. D'un autre côté, s'il vient trop souvent, je vais être jaloux.

Elle ne répondit pas. Son cœur palpitait... Elle sentait encore les lèvres de Jimmy sur les siennes, elle entendait encore ses derniers mots, lorsqu'il l'avait quittée dans le verger :

– A ce soir, Fille de l'air. Une éternité à vous attendre... alors, ne me décevez pas, je ne le supporterais pas!

7

Lorna sortit du lit et ouvrit les rideaux. Dehors, le soleil du matin touchait de ses doigts d'or les fleurs qui s'ouvraient. La rivière, qui serpentait dans le village en passant sous le vieux pont de pierre, scintillait de reflets d'argent. Au loin, on pouvait voir la colline de Bredon, qui bleuissait à l'horizon, mystique sous le ciel matinal.

Elle aimait la vue qu'elle avait de sa fenêtre. Elle l'avait toujours aimée, mais aujourd'hui plus encore.

« Je dois être encore en train de rêver », se dit-elle.

Mais ce n'était pas un rêve! Elle ne se réveillait pas de quelque fantasmagorie nocturne. Pour une fois, la réalité était plus belle que ses songes.

« Je suis amoureuse! S'il vous plaît, mon Dieu, faites que ça dure toujours! »

Elle était exaltée, mais humble – fière, et pourtant implorante.

Combien de temps resta-t-elle à la fenêtre? Elle n'aurait su le dire. Elle se rendait vaguement compte qu'elle aurait dû descendre aider Minnie à préparer le petit déjeuner, mais elle ne voulait pas bouger, de peur de rompre le charme qui l'envoûtait. Elle craignait encore un peu malgré tout que ce ne fût finalement qu'un rêve.

Comme une somnambule, elle se rendit à sa coiffeuse. Son visage, dans la glace, lui parut changé.

« Je suis belle, se dit-elle. Belle pour lui. C'est lui qui en est la cause, car je n'étais pas ainsi avant. »

Et cette transformation qu'elle ressentait en elle devait transparaître dans sa façon d'être car, lorsqu'elle appela les enfants pour le petit déjeuner après avoir dressé le couvert, ceux-ci la regardèrent d'un œil neuf.

– Tu es radieuse, ce matin! commenta Peter. Qu'est-ce qui t'arrive?

– On fait quelque chose de spécial, aujourd'hui ? demanda Péki.

Beth était la seule qui fût assez intuitive pour deviner la vérité.

– Quand vas-tu revoir ton aviateur, Lorna ? insinua-t-elle.

– Je ne sais pas de quoi tu veux parler, Beth, répliqua Lorna. Dépêche-toi de finir ton petit déjeuner, tu vas être en retard à l'école.

Elle essayait d'avoir un ton réprobateur, mais le cœur n'y était pas.

– Quelle merveilleuse matinée ! dit-elle. Je regrette que vous soyez obligés d'aller en cours.

– Pas autant que nous, fit Peter.

Le pasteur entra.

– Bonjour, les enfants. Bonjour, Lorna. Je ne suis pas en avance. J'ai dû trop dormir.

Lorna se sentit coupable : d'habitude, c'était elle qui réveillait son père en frappant à sa porte dès qu'elle se levait. Elle se hâta de lui servir son café et son porridge. Même dans ces petits gestes quotidiens, elle avait l'impression de donner une partie d'elle-même, de faire partager son bonheur à ceux qu'elle aimait.

Elle ne mangea rien. Comment une chose aussi ordinaire que le porridge aurait-elle pu lui inspirer la moindre envie, un jour comme aujourd'hui ?

Les enfants lambinaient, mais elle ne se sentait pas d'humeur autoritaire. A la longue, ils finirent par prendre leur courage à deux mains, rassemblèrent leurs affaires de classe, enfourchèrent leurs bicyclettes et disparurent au bout de l'allée en soulevant un nuage de poussière derrière eux.

Son père ne tarda pas à partir à son tour. Par la fenêtre du salon, elle le regarda traverser la pelouse en direction de l'église. Elle le suivait des yeux, mais ses pensées allaient à Jimmy.

Elle avait lu quelque part qu'on pouvait penser simultanément à deux choses. Et c'était vrai. Tout en s'occupant des petits riens de la vie de tous les jours, ce matin-là – se laver, s'habiller, préparer le petit déjeuner –, elle avait été constamment accaparée par le souvenir de Jimmy.

– Je l'aime, murmura-t-elle.

Le téléphone sonna.

Mais elle ne se sentait pas la force de s'abstraire de sa rêverie. Si elle s'était écoutée, elle l'aurait laissé sonner jusqu'à ce qu'il s'arrête de lui-même. Elle finit toutefois par se ressaisir et alla décrocher.

– Allô, c'est toi, Lorna? Ici Sally.

– Sally? Quel plaisir d'entendre ta voix! Il y a si longtemps que nous n'avons eu de tes nouvelles! Je commençais à croire que tu étais morte.

– J'ai bien failli... Sans blague! Notre maison de Londres a été touchée par une bombe, la nuit dernière.

– Oh, c'est affreux!

– J'ai pensé venir te voir quelques jours. J'ai tout le week-end pour moi. Mais il faudra que je rentre lundi. Mère va dans le Devonshire et je me suis dit que ce n'était pas la peine de l'accompagner pour si peu de temps. Tu veux bien m'accueillir?

– Bien sûr, voyons. Mais tu me fais peur. C'est grave, pour la maison?

– Eh bien, la plupart des plafonds ont cédé et le salon est dans les gravats. Heureusement que j'ai réussi à sauver quelques habits, sans quoi je n'aurais eu que mon uniforme à me mettre. Je pars maintenant. J'arriverai vers l'heure du déjeuner.

– Tu viens en voiture?

– Oui, j'ai juste assez d'essence. Les trains sont

impossibles. Au revoir, Lorna. Merci de me recevoir.

Lorna raccrocha et courut à la cuisine.

– Minnie, devinez qui vient! Sally! La maison de Charles Street a été touchée par une bombe et tante Julie va dans le Devonshire.

– Personne n'a été blessé, j'espère?

– Sally ne me l'a pas dit. Ça ne doit pas être trop grave, parce qu'elle a pu sauver ses robes.

– Ça ne m'étonne pas de lady Serena. Ça ne lui aurait pourtant pas fait de mal d'être privée de ses fanfreluches quelque temps.

Lorna sourit intérieurement. Sa cousine Sally n'était pas en odeur de sainteté auprès de Minnie, qui la trouvait snob et ne voyait pas d'un bon œil ses visites périodiques au presbytère.

Il y avait longtemps que Sally n'était pas venue. Lorna savait très bien qu'elle les trouvait vieux jeu et ne venait à Little Walton que lorsqu'elle n'avait rien de mieux à faire ou désirait un coin tranquille pour se reposer des fatigues de ses fêtes débridées.

– Tante Julie doit être furieuse. Elle avait refait faire la maison de fond en comble juste avant la guerre.

– Bah, à l'heure qu'il est, elle l'aurait trouvée démodée de toute façon, fit Minnie, sarcastique. Votre tante a toujours eu « une araignée au plafond ».

C'était une vieille plaisanterie dans la famille et Lorna ne put s'empêcher d'éclater de rire.

– Je vais débarrasser la table, dit-elle. Puis je vais préparer la chambre bleue. Nous devons rendre le séjour de Sally aussi agréable que possible.

– Elle n'a qu'à nous prendre tels que nous sommes, répliqua Minnie.

Lorna se dépêcha. Sally était sa cousine ger-

maine, leurs mères étant sœurs. Mais, tandis que
Mme Overton avait épousé un pauvre pasteur de
village, Julie avait convolé avec le comte de
Lothe.

Quand tante Julie venait, elle avait toujours la
meilleure chambre, des menus spéciaux et tout le
monde, même le pasteur, se mettait en quatre
pour satisfaire ses moindres désirs.

En revanche, quand les Overton allaient en visite
chez les Lothe, dans leur maison de Charles Street,
Berkeley Square, ou le château de Burnley, dans le
Devon, ils étaient traités comme des personnes
insignifiantes.

Bien sûr, on les recevait avec courtoisie et affection, mais même les domestiques les considéraient
comme des gens de peu – ne fût-ce qu'en regard
des faibles pourboires qu'ils leur laissaient.

Lorna remercia le ciel que tante Julie n'ait pas
choisi de venir elle aussi. Dans ses vieux jours, sa
tante, naguère jolie et attrayante, était devenue
assommante et guindée.

Lorna se demandait souvent si elle était heureuse avec son distingué mari. Le comte de Lothe
était en effet un homme bizarre, sujet à des accès
de mélancolie, qui s'intéressait principalement à sa
ferme modèle et à ses serres d'orchidées, d'ailleurs
les plus belles de leur genre dans le pays.

C'était étrange de penser que Sally était la fille
de tels parents.

« Comme elle est belle ! » songea Lorna avec une
pointe de jalousie lorsque, quatre heures plus tard,
elle accourut au-devant de sa cousine qui arrivait
au volant d'une longue voiture de sport bleue.

Les cheveux de Sally tombaient comme des
rideaux sombres de chaque côté de son visage
expressif. Elle était svelte et pleine d'énergie. Per-

sonne ne pouvait paresser quand Sally était dans les parages : elle galvanisait tout le monde.

– Hello, chérie, me voilà !

Elle descendit de voiture, laissant voir de longues jambes parfaitement galbées dans des bas de soie d'une extrême finesse.

– J'ai très bien roulé. Trois heures et demie ! Mais je suis vannée – surtout après la nuit dernière. Je peux avoir un cocktail ?

Lorna embrassa sa cousine.

– Désolée, Sally, tu sais que nous n'avons pas ce genre de choses. Mais il y a du sherry.

– Va pour le sherry, alors. Quelqu'un peut me porter mes bagages ?

– Je vais m'en charger, répondit Lorna en sortant les valises du coffre.

Debout sur le pas de la porte, Sally regardait faire sa cousine en retirant ses gants de daim lie-de-vin assortis à son manteau et à ses chaussures. Il ne lui serait jamais venu à l'idée de porter elle-même ses bagages.

– Je suis contente que vous puissiez me recevoir, dit-elle. Je n'aurais pas supporté le château, ce week-end.

« Maman ne fait que gémir à cause de ce qui est arrivé à Charles Street. Figure-toi que papa voulait déménager les meubles le mois dernier et qu'elle s'y était refusée. Elle s'imaginait que la maison était immunisée contre les bombes. Elle a fini par perdre ses illusions. »

– Pauvre tante Julie ! Mais je suis contente de te voir.

– Quoi de neuf depuis mon dernier passage ?

– Pas grand-chose. Le château a été transformé en centre de soins.

– Oh, voilà une nouvelle. Il y a des gens intéressants ?

– Tout dépend de ce que tu appelles « intéressants », fit Lorna, prudente. Va dans le jardin. Tu trouveras des chaises sur la terrasse. Je t'apporte le sherry.

Il lui fallut un moment pour trouver la carafe dissimulée au fond du buffet, préparer un plateau et astiquer deux verres. Quand elle retourna sur la terrasse, Sally n'était pas seule.

Lorna sentit son cœur bondir et faillit renverser le plateau. Le rouge lui monta aux joues. Toute la matinée, elle s'était demandé quand elle le reverrait... et il était là! Sally l'avait vu la première.

– Eh bien, Lorna! s'exclama-t-elle joyeusement. Pourquoi ne m'as-tu pas dit que Jimmy Braith était ici? J'ai été stupéfaite de le voir traverser la pelouse.

– Tu ne m'as pas laissé le temps de te dire grand-chose, répondit Lorna en souriant. (Elle se tourna vers Jimmy.) Bonjour.

Un simple mot, mais dans lequel elle avait mis tout son cœur.

– Laissez-moi prendre ce plateau, dit-il en la débarrassant.

Elle sentit ses doigts effleurer les siens.

– Non, non, protesta-t-elle. C'est trop lourd. Vous n'avez qu'une main.

Ils le posèrent ensemble sur la table. Lorna sentait son sang battre dans sa gorge. Elle était heureuse... tout bêtement heureuse.

– Vous allez devenir fou si vous restez ici longtemps, reprit Sally.

– Qu'est-ce qui vous fait penser ça? demanda Jimmy.

– C'est le dernier endroit que Dieu a fait, expliqua Sally en sortant son étui à cigarettes de son sac. Il ne s'y passe jamais rien. Vous ne tarderez pas à comprendre.

– Il y a des compensations, fit Jimmy en regardant Lorna, dont les lèvres se mirent à trembler.

– Je ne les ai pas encore trouvées, avoua Sally. Mais c'est un havre de paix après Londres. La nuit dernière était un enfer, mais je n'aurais manqué ça pour rien au monde. Vous pouvez comprendre ça ?

– Tout à fait. J'ai déjà éprouvé la même chose.

Lorna se sentit très seule, tout à coup. Elle n'avait jamais connu le danger. Jimmy et Sally avaient une complicité qu'elle ne pouvait partager. Leur bavardage se poursuivit.

Sally était dans le Corps des volontaires civils – elle passait le plus clair de son temps à servir de chauffeur à un vieux mais très important général – et cependant elle trouvait le temps de voir ses amis, de mener une vie de noctambule et de participer à des cocktails dans les endroits à la mode. Jimmy et elle parlaient le même langage : ils échangeaient des potins et des plaisanteries sur leurs relations communes.

Quand Lorna se retira pour préparer le déjeuner, elle eut l'impression qu'ils ne remarquaient même pas son absence. Tandis qu'elle mettait la table, son bonheur commençait à se dissiper. « Allons, se répétait-elle pour se morigéner, faut-il que je sois sotte pour être jalouse de Sally ! » Pourtant, elle devait bien s'avouer qu'elle commençait à craindre sa cousine.

– Elle a déjà tant... murmura-t-elle. Et moi, je n'ai que Jimmy... Oh, je deviens ridicule. Sally n'est ici que depuis vingt minutes et déjà je me fais une montagne pour des riens.

Elle connaissait Jimmy depuis si peu de temps et il occupait déjà une place immense dans sa vie.

– Le chef d'escadre Braith est là, annonça-t-elle

à Minnie en entrant dans la cuisine. Je suppose qu'il va rester déjeuner.

– Alors, il aura son propre poulet. Il n'y a que ça et de la dinde froide. Lady Serena sera ravie... Elle adore avoir un homme à ses côtés.

Lorna reçut les paroles de Minnie comme un coup au cœur.

– Je vais leur dire que le repas est prêt, reprit-elle. Je crois avoir entendu les jumeaux rentrer, il y a un instant.

Quand elle revint dans le jardin, Jimmy et Sally étaient encore en train de parler.

– A table! lança-t-elle.

– Il faut que j'aille faire une toilette. Quelle est ma chambre, Lorna?

– La bleue.

– Dieu soit loué! C'est le seul lit convenable de la maison.

Et elle s'éclipsa.

Lorna ramassa le plateau et la carafe.

– Chérie! (Jimmy était debout tout près d'elle.) J'ai pensé à vous toute la nuit. Et vous?

Le monde était à nouveau radieux, aveuglant de lumière.

– Toute la nuit, moi aussi.

– Vous m'aimez? demanda-t-il d'une voix caressante, les yeux fixés sur sa bouche.

– Vous le savez bien, murmura-t-elle.

– Je veux être seul avec vous, ma chérie. Au diable votre famille! Elle est trop nombreuse.

Lorna avait l'impression de ressentir une joie presque au-dessus de ses forces et que rien ni personne ne pourrait plus détruire désormais.

Ils passèrent à table. Le pasteur était en retard. Il fut agréablement surpris de voir Sally. Contrairement à ce qu'on aurait pu croire, il était extrêmement attaché à sa nièce pourtant si mondaine. Elle aimait le taquiner et essayait vainement de le choquer en s'attribuant des théories révolutionnaires sur l'existence humaine et en se faisant plus noire qu'elle n'était.

– Vous apprécieriez beaucoup les changements de Mayfair, oncle Arthur, dit-elle. Concrètement, ce ne sont que des dégâts matériels, mais, moralement, tout le monde y est trop occupé pour songer au péché.

– J'ai peine à le croire, fit le pasteur.

– Je vous assure. L'adultère est devenu très démodé, n'est-ce pas, Jimmy?

Jimmy parut interloqué. Pour une fois, il était à court de réplique. Son embarras fit sourire le pasteur.

– Ma nièce, expliqua-t-il, croit de son devoir de faire notre éducation chaque fois qu'elle vient. C'est pourquoi les mots bibliques comme celui qu'elle vient d'employer sont monnaie courante à cette table lorsqu'elle nous fait l'honneur de sa présence. Alors, pour lui être agréables, nous jouons le jeu en lui faisant croire qu'elle enrichit notre vocabulaire.

– Touché, oncle Arthur, s'esclaffa-t-elle. Je m'incline. Vous avez toujours le dessus dans les joutes verbales. Ce sont les avantages de l'instruction. Moi, j'ai été élevée dans les meilleures écoles et, résultat, je suis une ignare!

Le pasteur sembla apprécier le compliment.

– Il y a différentes façons d'apprendre. Mais ce que j'admire chez toi, Sally chérie, c'est ton aplomb.

– Merci, oncle Arthur. Quand la guerre sera finie, je vous emmènerai dans une boîte de nuit pour vous montrer ma gratitude. Je regrette que mère ne voie pas les choses comme vous. Elle est furieuse parce que je n'ai pas eu de promotion.

Elle pense que je devrais être au moins générale en ce moment!

– Ta mère a toujours été une femme ambitieuse.

– Cher oncle Arthur, c'est la première fois que je vous entends dire une méchanceté sur quelqu'un.

– Oh, je t'assure que je n'ai pas voulu être blessant, fit le pasteur, désolé.

– Trop tard. Vous l'avez dit! C'est la vérité, d'ailleurs, mais la vérité fait souvent mal.

– Vous dites toujours la vérité? demanda Jimmy.

Sally lui fit une petite grimace.

– Il est dur avec moi, Lorna, reprit-elle. Nous nous sommes rencontrés dans des circonstances assez inhabituelles. Il m'a aidée à m'échapper d'un night-club de fort mauvaise réputation lors d'une descente de police. Tous mes amis, sauf un, se sont fait prendre. Nous avons été plus rapides que les autres et nous avons pu filer par les cuisines. Jimmy a eu la même idée que moi et nous nous sommes retrouvés dans l'escalier de secours.

« Malheureusement, nous nous sommes revus la semaine suivante chez les O'Connor. Vous vous souvenez d'eux, oncle Arthur? Le juge est un grand ami de papa. Eh bien, quelqu'un a laissé entendre que j'étais au club, ce soir-là. Un journaliste m'avait vue, paraît-il. J'ai dû jurer à papa et au juge que je n'y étais pas et j'ai prévenu Jimmy qu'il fallait être prudent. Ç'a été un week-end affreux! Ils n'ont pas arrêté de me soupçonner mais, comme ils n'avaient pas de preuves, je m'en suis bien sortie. »

– Grâce au plus beau numéro d'actrice que j'aie jamais vu, dit Jimmy. On aurait cru un ange blessé chaque fois qu'on lui posait une question. On prétend toujours qu'un criminel ne peut pas mentir en vous regardant droit dans les yeux, eh bien, je vous assure que Sally, elle, en est parfaitement capable. Je ne la croirai jamais plus sans preuve tangible.

– N'en soyez pas si sûr, fit Sally, malicieuse. Je vous réglerai votre compte, un de ces jours.

– Me régler mon compte ? Qu'est-ce que j'ai fait ? Permettez-moi de vous rappeler que je vous ai rendu un fier service.

– Justement. Il n'y a rien de plus enrageant que d'être l'obligée de quelqu'un.

– Quelle perversion du sens des valeurs, n'est-ce pas, monsieur ? ironisa Jimmy en se tournant vers le pasteur.

Tout au long du déjeuner, Sally et Jimmy continuèrent à badiner ensemble. Lorna ne disait rien. Elle se sentait à l'écart. De temps à autre, Jimmy posait les yeux sur elle et cela lui suffisait. Elle était même amusée de voir Sally faire le joli cœur devant Jimmy... en pure perte.

« Il est à moi, se disait-elle, à moi... et je suis la fille la plus heureuse du monde. »

Pendant que la conversation se poursuivait sur la terrasse, Lorna débarrassa la table et s'occupa des jumeaux. A son retour, elle constata que son père était déjà parti. Sally et Jimmy étaient seuls.

Sally était alanguie sur un plaid, la tête renversée sur un coussin orange. Sa silhouette était parfaite et elle le savait. Aucun homme n'aurait pu être insensible à la beauté de ses jambes.

Lorna se rendait compte que sa pauvre robe et ses bas ne valaient pas le vingtième du prix de ceux de Sally, mais elle n'était pas inquiète. Elle avait simplement un peu honte des circonstances dans lesquelles sa cousine et Jimmy s'étaient connus.

« Il a dû côtoyer des dizaines de filles comme

elle, se dit-elle avec sagesse. S'il avait voulu d'elles, il n'aurait pas voulu de moi. »

Jimmy se leva et elle eut l'impression que son regard contenait un message personnel pour elle.

– J'étais seulement venu vous voir, expliqua-t-il. Il faut que je reparte, à présent. Votre ami le docteur n'a pas pu passer, ce matin. Il était retenu par une opération, je crois. Donc, nous l'attendons cet après-midi. Puis-je revenir pour le thé ?

– Et pour le dîner ! dit Sally. Lorna, invite-le à dîner. Il y a des tas de choses que j'ai envie de lui susurrer à la lueur de la pleine lune.

– Il faudra attendre la semaine prochaine pour ça, répondit Jimmy.

– Bah, une demi-lune fera tout aussi bien l'affaire. Venez. Votre présence mettra un peu de vie dans le presbytère.

Jimmy se tourna vers Lorna.

– Bien sûr, dit-elle. Je servirai le caviar. Je le réservais pour une occasion spéciale.

– Du caviar ! s'exclama Sally. Ma parole, oncle Arthur a volé le tronc des pauvres ?

– C'est un cadeau de Jimmy, expliqua Lorna.

– Et tu l'as accepté ? Ça ne te ressemble pas. Figurez-vous, mon cher Jimmy, que lorsqu'on veut faire un présent un peu luxueux à Lorna, elle demande à l'échanger contre une paire de bottes neuves pour les enfants ou une veste pour son père. Maman et moi avons renoncé à choisir ses cadeaux. A Noël, nous lui écrivons pour savoir ce qu'elle veut et elle réclame toujours des objets affreusement domestiques.

– En ce cas, elle devra manger les trois quarts du caviar à elle seule, ce soir.

– Oh, non, pas question, protesta Sally. Pas si je suis là.

– L'abstinence ne vous ferait pas de mal, répliqua Jimmy. Au revoir, Lorna. Je reviendrai pour le thé.

– Au revoir, répondit Lorna.

Elle se demanda s'il se doutait à quel point elle aurait voulu l'accompagner jusqu'au verger...

Quand il fut loin, Sally se redressa en disant :

– Ma chère, tu es plus rusée que je ne pensais. Je te tire mon chapeau.

– Que veux-tu dire ?

– D'après toi ? Je parle de Jimmy Braith, évidemment. Du caviar ! Accepte tout ce qu'il te donnera sans te faire prier, si tu veux mon avis.

– Je n'y suis pour rien. Il voulait prendre ses repas ici et il a insisté pour contribuer.

– C'est la moindre des choses. Il peut se le permettre.

– Vraiment ?

– L'innocente ! Voyons, ma chère, c'est le fils de Douglas Braith – sir Douglas Braith, patron des *Amalgamated Oxygen Industries*. Tu as sûrement entendu parler de lui ? C'est l'un des hommes les plus riches d'Angleterre et Jimmy est son fils unique.

Lorna eut l'impression que son bonheur furtif la quittait à nouveau, comme les eaux se retirant à marée basse. Elle faisait l'impossible pour s'y raccrocher. « Ça ne change rien, se répétait-elle. Même si son père était Crésus, ça ne changerait rien. »

Mais elle avait peur... terriblement peur.

8

Lorna, trempée et frigorifiée, cheminait sur la route. Il avait plu toute la journée et l'on n'y voyait pas plus loin que le bout d'un champ. Le reste du monde disparaissait dans la brume et les trombes d'eau.

Aujourd'hui, la nature était en accord avec les sentiments de Lorna, qui, de même, nageaient en plein brouillard. Elle était triste et son cœur était aussi glacé que ses os.

Tout tournait mal depuis la veille. En venant pour le thé, Jimmy avait annoncé qu'il devait repartir le lendemain pour Londres.

– Votre ami le docteur veut que sir Alfred Dormer examine mon bras, lui avait-il dit. C'est le grand spécialiste des os. Ils lui ont téléphoné et il a promis de m'ausculter demain, bien que ce soit un samedi.

L'espace d'un instant, Lorna avait soupçonné Michael de chercher à écarter Jimmy à dessein, puis elle avait chassé cette idée de son esprit. C'était indigne de lui, il ne se serait jamais abaissé à une chose pareille.

– Quand rentrerez-vous ? avait-elle demandé.

– Lundi, je pense. A moins que le vieux professeur ne souhaite me réexaminer. Les trains du dimanche sont toujours bondés.

Lorna n'avait pas trouvé les mots pour lui dire combien cela lui pesait de le voir partir, même aussi peu de temps.

Tout l'après-midi, elle s'était répété que l'argent ne pouvait rien changer à ce qu'ils éprouvaient l'un pour l'autre et, pourtant, même dans l'obscurité magique du verger, dans les bras de Jimmy, lèvres contre lèvres, elle avait compris que leur différence de statut social risquait de dresser une barrière entre eux. Les mots tendres et les soupirs d'amour n'arrivaient plus à franchir le seuil de sa bouche.

Ne serait-elle pour lui qu'une passade, alors que pour elle il était l'éveil de la vie même ?

– Je vous aime, Fille de l'air... vous êtes adorable... embrassez-moi... ô ma chérie...

Elle lui avait rendu ses baisers et la vague déferlante de son amour avait momentanément balayé ses doutes.

– Il faut que je m'en aille, avait-elle pourtant dit, tandis que le fond de l'air fraîchissait et qu'une légère brise se levait dans le jardin.

– Je ne veux pas que vous me quittiez. Je ne veux pas partir non plus, je veux rester. O mon amour ! Si vous saviez comme je voudrais rester ! Je vous désire tant !

Comment ne pas croire à ces brûlants serments qu'il chuchotait à son oreille ? Mais ils avaient dû se séparer finalement, et elle s'était retrouvée seule sur le chemin du presbytère, les mains froides et tremblantes.

En arrivant dans sa chambre, elle s'était effondrée sur son lit en enfouissant son visage dans l'oreiller. Elle devait avoir le courage d'affronter la réalité : malgré toute la ferveur de ses paroles et la sincérité de ses regards, à aucun moment il n'avait évoqué le mariage.

Combien de temps se serait-elle bercée d'illusions si Sally ne l'avait pas ramenée à la réalité en lui faisant comprendre que Jimmy appartenait à un autre monde et n'était pas pour elle ?

Seule la guerre avait pu les amener à se rencontrer. En d'autres circonstances, comment aurait-il pu être séduit par une simple fille de la campagne?

Si Jimmy pouvait la voir en ce moment, songeait-elle à présent, cheminant le long de la route après une nuit sans sommeil, avec son vieil imperméable et son chapeau de feutre bosselé, il comprendrait que tout un univers les séparait.

Que faisait-il maintenant? Flânait-il dans quelque restaurant élégant? Sally lui avait appris que, malgré les ravages de la guerre, la bonne société londonienne continuait à se réunir autour des meilleures tables.

Maintenant que Jimmy avait retrouvé ses amis, accorderait-il seulement une pensée furtive à la jeune fille qu'il avait clandestinement embrassée dans le jardin d'un presbytère?

« Il faudra que je demande à Sally ce qu'il fait dans la vie civile, se dit Lorna. Passe-t-il, comme elle, toutes ses journées avec la jeunesse dorée? »

Mais elle n'aurait pas l'occasion de lui poser la question avant longtemps. Ce matin, à son réveil, elle s'était souvenue qu'elle avait une réunion avec les Guides à neuf heures, et Sally n'était pas encore levée quand elle était partie. Il était maintenant midi passé, sa réunion était terminée et elle rentrait à la maison. Or, quand elle arriva, ce fut pour découvrir que Sally les avait quittés.

– Elle vous a laissé un mot sur la table du vestibule, expliqua Minnie. « Permission annulée », c'est tout ce qu'elle m'a dit, et elle a ajouté que vous comprendriez.

– J'espère qu'il n'y a pas eu un nouveau raid dans la nuit! s'exclama Lorna. J'en ai bien peur. Comment en avoir le cœur net?

– Nous le saurons bien assez tôt. Les mauvaises nouvelles vont vite.

Lorna parcourut la lettre de Sally. A part de

chaleureux remerciements pour leur hospitalité, elle n'y trouva pas grand-chose. En retirant son uniforme de Guide, elle se dit qu'après tout ce départ n'était pas un mal. Si Sally avait prolongé son séjour, elle n'aurait fait qu'augmenter ses doutes et approfondir son chagrin.

Elle se changea et, quand les enfants rentrèrent pour le déjeuner, elle était prête.

– Où est Sally? demanda Péki.

Lorna le lui expliqua.

– Oh, zut! fit Peter. Elle m'avait promis de m'emmener dans sa voiture cet après-midi. Je ne suis jamais monté dedans. Je suis sûr que ça doit décoiffer.

– Personne ne l'a vue, ce matin? voulut savoir Lorna.

– Si, moi, répondit Beth. Juste au moment où je sortais, elle m'a crié de lui monter le journal et l'annuaire téléphonique. Oh, Lorna, si tu avais vu sa chemise de nuit! En soie rose, avec de la vraie dentelle. Et tu sais ce qu'elle m'a donné?

– Aucune idée.

– Un bâton de rouge!

– Eh bien, elle a eu tort. Je t'interdis de t'en servir, sans quoi je le dirai à papa.

– Ne sois pas vache, protesta gentiment Beth. Il est magnifique, il a dû coûter au moins sept shillings. Quand je te le montrerai, tu seras morte de jalousie. D'ailleurs, je n'en mettrai pas beaucoup. Il faut que je l'économise pour les grandes occasions.

Lorna ne put s'empêcher de sourire. Peter, lui, continuait de maugréer en regrettant sa promenade en auto.

– Si elle avait attendu jusqu'après le déjeuner, on aurait pu faire un bout de chemin à bord avec elle et rentrer par le bus.

– Ma foi, il est trop tard maintenant pour penser à ce que nous aurions pu faire, dit Lorna, se parlant autant à elle-même qu'à son frère. Au fait, qu'est-ce que vous allez faire cet après-midi?

Cette grave question alimenta la conversation pendant tout le repas. Il en ressortit clairement une chose : personne ne voulait accompagner Lorna au village pour livrer les magazines.

Little Walton était une commune bien distribuée. La mairie, le presbytère, la maison du médecin et une douzaine de cottages étaient groupés près de l'église. Mais le magasin général, la poste et une grande partie du village étaient à un kilomètre de là.

Lorna déposa ses magazines dans les cottages puis, passant devant le cabinet médical, elle hésita. Entrerait-elle? Il y avait une chance que Michael soit chez lui et elle avait envie de lui parler. Elle se sentait perdue. Michael était un homme équilibré, fiable, et elle avait besoin de réconfort. Elle gravit l'allée.

En arrivant devant la porte, elle entendit une voiture derrière elle. C'était Michael. Il parut ravi de la trouver là.

– Lorna! Qu'est-ce qui vous amène?

– Je crois que j'avais envie de vous voir. Je passais livrer des magazines et je me suis demandé si vous étiez à la maison.

– J'y suis.

Il ouvrit la porte et la fit entrer.

– Vous êtes mouillée. Posez votre imperméable là. Je vais faire du feu dans le bureau.

Il l'aida à se dévêtir et, la prenant par le bras, il la conduisit dans son sanctuaire personnel, au bout du couloir aux poutres de chêne. C'était une grande pièce tapissée de livres, qui communiquait avec le cabinet médical par un petit corridor.

– Asseyez-vous, dit-il.

Elle obéit. Il jeta une bûche dans la cheminée et elle s'adossa dans le grand fauteuil, les paupières closes. Elle se sentait tout à coup fourbue – épuisée par ses émotions.

– Vous êtes fatiguée, dit-il d'une voix douce.

Il lui souleva les pieds.

– Ne vous en faites pas pour moi, répondit-elle.

– Je vais vous retirer vos chaussures, elles sont mouillées. Quelle idée de sortir sous la pluie avec des semelles pareilles !

Elle sourit. Elle aimait que Michael la réprimande sur ce ton amical, comme lorsqu'elle était enfant. Il mit ses souliers à sécher devant l'âtre.

– Votre chapeau, à présent.

– Merci, Michael.

– Vous semblez éreintée. Qu'avez-vous donc fait ?

– Rien.

Elle détourna la tête en refermant les yeux. D'une certaine manière, elle avait trouvé la paix.

– Restez tranquillement ici pendant que je vais voir s'il y a quelqu'un dans la salle d'attente. J'ai dû aller à Great Walton après déjeuner et, s'il y a des patients, ils doivent trouver le temps long. J'aurai vite fini. Ensuite, nous prendrons une tasse de thé et je vous reconduirai chez vous.

– Je ne veux pas de thé.

– J'aurai vite fini, répéta-t-il. Pourquoi ne pas dormir jusqu'à mon retour ?

Et il disparut.

Le silence régnait dans la pièce. On n'entendait que le craquement du feu. Lorna connaissait cet endroit depuis son enfance : il était mal rangé et manquait de cohésion artistique dans sa décoration, mais c'était une pièce pleine de cachet.

Des générations de patients s'étaient succédé dans cette maison, pour soigner leurs troubles physiques aussi bien que moraux.

« Un docteur est meilleur confesseur qu'un prêtre n'est médecin », disait souvent le pasteur et Lorna savait que le vieux D. Davenport avait guéri autant de cœurs que de reins.

Elle se demanda si Michael entendait des confessions, lui aussi. Les gens s'ouvraient-ils de leurs malheurs devant lui lorsqu'ils venaient le consulter pour tout autre chose?

Il faisait bon et chaud au coin du feu. Elle sentit ses paupières s'alourdir... Et, lorsqu'elle rouvrit les yeux, Michael était assis à côté d'elle.

– Je me suis assoupie.

– Ça vous a fait du bien.

– J'ai dormi longtemps?

– Non.

– J'espère que je n'ai pas ronflé!

– Pourquoi étiez-vous si fatiguée?

Lorna le connaissait assez pour comprendre qu'il lui posait cette question autant comme médecin que comme ami.

– Parce que je suis une idiote, si vous voulez savoir!

Il haussa les sourcils.

– C'est le dernier mot qui me serait venu à l'esprit pour vous décrire.

– C'est pourtant la vérité.

– Pourriez-vous m'en convaincre ou est-ce un secret?

Elle hésita.

– Vous ne devinez pas?

– Peut-être.

– Alors, vous savez que je vous ai menti l'autre jour.

– Je m'en doutais un peu. Je ne vous aurais pas posé la question si je n'avais pas eu de soupçons.

– Eh bien, Michael, sachez à présent qu'il n'y a réellement personne d'autre. Je suis si malheureuse.

– Je l'ai compris en vous regardant dormir. Vous savez à quoi vous m'avez fait penser ?

– Non.

– À une enfant perdue dans une forêt inconnue.

– C'est très poétique... Mais j'avoue qu'il y a du vrai. Pourquoi ces choses arrivent-elles ?

– Pour nous apprendre à grandir, je suppose.

– Un dur apprentissage, alors. Tout est si merveilleux et... l'instant d'après, si effrayant.

– Je sais.

– Vous avez déjà ressenti ça ?

Elle crut qu'il allait lui répondre qu'il le ressentait en ce moment même.

– Il y a un poème que j'ai lu un jour, dit-il enfin. Je ne me souviens plus de qui il est. Il commençait par : « Ouvre tes ailes et vole. » C'est ce que nous devrons tous faire, tôt ou tard. Certains de nous ne le feront que contraints et forcés ; mais pour chacun, l'aventurier comme le peureux, il y a un moment de vertige, mi-peur, mi-exaltation, quand il faut prendre son essor pour la première fois.

– Peut-être que certaines personnes, fit Lorna d'une toute petite voix, commencent à voler sans s'en rendre compte tout de suite, avant d'avoir la sagesse de comprendre ce qui leur arrive.

– Quelle qu'en soit la raison, le moment d'ouvrir ses ailes finit toujours par arriver. Il le faut.

– Vous êtes sûr que ça en vaille la peine ?

– Certain.

Ils se turent. Lorna pensait à elle, à ses propres ailes qui s'ouvraient pour l'emporter loin de la sécurité du foyer qu'elle avait toujours connu, vers un conflit émotionnel auquel elle ne pouvait échapper. Oui, Michael avait raison, ça en valait la peine !

« Ouvre tes ailes et vole... » Jamais elle n'oublierait ces quelques mots.

– Merci, Michael.

Il se leva.

– De quoi ? demanda-t-il avec gravité. D'avoir reçu de vous le plus grand compliment que vous puissiez me faire, à savoir venir vers moi quand vous avez des problèmes ? C'est moi qui vous remercie, Lorna. Je ne souhaite rien d'autre que d'être auprès de vous quand vous avez besoin de moi.

– Vous l'avez toujours été.

Il détourna les yeux.

– Grâce à Dieu !

9

– Lorna ! Lorna !

Lorna s'étira et se réveilla.

– Qu'est-ce qui se passe ?

Les volets étaient fermés et la chambre baignait dans la pénombre, mais elle reconnut la silhouette de Beth qui se découpait dans l'encadrement de la porte.

– Je veux quelque chose pour ma gorge. Elle me fait mal.

– Tout de suite. Quelle heure est-il ?

– Presque sept heures. Il y a longtemps que je suis réveillée, mais je ne voulais pas te déranger.

– Tu es gentille, mais tu ne m'aurais pas dérangée. (Elle sauta du lit et ouvrit les rideaux.) Bien, voyons ce que tu as. Tu as pris froid? Tu as les yeux chassieux.

– Ils me font mal aussi. C'est peut-être le rhume des foins.

Beth avait la voix rauque. En la voyant à la lumière du jour, Lorna poussa un cri.

– Oh, mais tu as vraiment l'air mal en point. Laisse-moi regarder ta poitrine.

Beth déboutonna le devant de sa chemise de nuit. Finis les grands airs qu'elle se donnait. À présent, elle n'était plus qu'une petite écolière chagrine et malade.

– La rougeole! conclut Lorna au premier regard.

– Oh, non, ne me dis pas ça! D'ailleurs, c'est la gorge qui me fait mal.

– Hum, tes ganglions sont enflés.

– C'est vraiment douloureux, je t'assure.

– Alors, c'est bien la rougeole. J'espère que ce n'est pas la rubéole...

– Oh, flûte! maugréa Beth. Je ne peux pas rester au lit, il y a des tas de choses que j'ai envie de faire.

– Je vais demander à Michael de venir t'ausculter. Mais ne sois pas stupide, Beth. Si c'est la rougeole, tu n'y couperas pas, il faut que tu restes au chaud. Allez, au lit, vite!

– Je suis sûre que c'est juste un mauvais rhume, persista Beth d'une voix plaintive.

Elle obéit néanmoins.

« Oh, la pauvre! songea Lorna. Pourvu que ce ne soit pas grave. La rougeole peut entraîner des complications si elle n'est pas bien soignée. »

Elle enfila sa robe de chambre et alla regarder dans l'armoire à pharmacie. « Je vais attendre une heure avant d'appeler Michael. Il a peut-être travaillé très tard, hier soir, pour un accouchement ou que sais-je ? Et, de toute manière, il est surmené en ce moment. Il a bien droit à une nuit de repos complète. »

Elle apporta un sirop à Beth, qui était couchée avec les couvertures remontées jusqu'au menton.

– Lorna, murmura-t-elle d'une voix étranglée, tu penses que c'est sérieux ? Je ne veux pas être malade.

– Tu vas vite te rétablir, ma chérie. Tu dois avoir de la fièvre. Michael te donnera quelque chose pour faire baisser ta température.

– Suppose... suppose que je meure. Tu crois qu'on me regretterait ?

– Allons, allons, ne dis pas de bêtises !

– J'y ai pensé toute la nuit. Je me demandais qui viendrait à mon enterrement. Le village serait là par curiosité – tu sais comme ils sont ! – mais il n'y a guère que toi et papa qui auraient vraiment du chagrin. Je suis sûre que les jumeaux ne verseraient même pas une larme.

– Qu'est-ce que c'est que ces idées noires ? Ce n'est pas une malheureuse rougeole qui va te faire succomber.

– Oh, tu n'as pas de cœur. Si maman était encore de ce monde, elle me comprendrait, elle.

Lorna était blessée. Elle faisait l'impossible pour combler le vide laissé par leur mère. Elle savait évidemment qu'elle ne pourrait jamais la remplacer mais, chaque fois qu'un des enfants se plaignait d'un manque d'amour maternel, elle se sentait accusée et trouvait le reproche injuste.

Ne trouvant rien à répondre, elle mit de l'ordre dans la chambre, suspendit les robes de sa sœur dans l'armoire et rangea ses chaussures sous la coiffeuse, sans desserrer les lèvres. Au bout d'un moment, une petite voix s'éleva derrière elle :

– Je te demande pardon, Lorna. Ce n'est pas ce que je voulais dire.

Désarmée, Lorna s'approcha du lit.

– Ce n'est rien, va. Je comprends, Beth. Il m'arrive de ressentir la même chose, moi aussi.

– C'est vrai? Oui, je suppose qu'elle doit te manquer aussi... peut-être même plus qu'à nous. Je n'y avais jamais pensé. Excuse-moi, Lorna. Tu es merveilleuse avec nous et nous ne te méritons pas.

– Ne dis pas ça. (Lorna était gênée, maintenant. Elle embrassa sa petite sœur sur la joue.) Je vais appeler Michael et je reviens tout de suite voir si tu n'as besoin de rien.

– J'ai tout ce qu'il me faut.

En descendant, Lorna repensa à ce que Beth venait de lui dire. Ces derniers jours, elle avait beaucoup souffert de l'absence de sa mère, elle aussi. L'amour et la tendresse qu'elle lui avait prodigués dans son enfance lui faisaient tellement défaut, à présent...

« Je ne suis qu'une égoïste », songea-t-elle. Voilà qu'elle trouvait déjà des reproches à se faire. « Dès hier, j'aurais dû m'apercevoir que Beth n'allait pas bien. Maman aurait tout de suite remarqué qu'elle était trop calme pour être en bonne santé. »

Elle décrocha le téléphone, composa le numéro des Davenport et entendit bientôt la voix de Michael.

– J'espère que je ne vous réveille pas, dit-elle.

– Je suis prêt à tout vous pardonner, répondit-il, même de me tirer du sommeil.

– Je suis désolée, fit-elle, contrite, mais je crois que Beth a la rougeole.

– Qu'est-ce qui vous fait penser ça? reprit-il d'un ton professionnel, qui changeait complètement sa voix.

Elle lui décrivit les symptômes de sa sœur.

– Bon, il faut que je voie ça, commenta-t-il. Je serai là dans une petite heure. Qu'elle reste au chaud, et pas de remède de grand-mère, surtout !

– Promis.

Elle monta prévenir Beth. Les jumeaux étaient déjà levés et se disputaient pour avoir la baignoire en premier. Elle s'habilla, frappa à la porte de son père et descendit à la cuisine pour avertir Minnie que le docteur prendrait peut-être le petit déjeuner avec eux.

Michael confirma le diagnostic de Lorna : c'était bien la rougeole.

– Je me demande où tu l'as attrapée, dit-il pensivement, au chevet de Beth. Je n'ai vu qu'un seul autre cas, ce mois-ci, et c'était un des hommes de la défense antiaérienne de Great Walton.

– Il ne peut pas être contagieux à cette distance, commenta Lorna.

Mais elle surprit aussitôt, sur le visage de Beth, une expression coupable qui ne trompait pas. Elle ne souffla mot sur le moment mais, après le départ de Michael, une fois la vaisselle faite, elle remonta voir sa sœur.

Les rideaux étaient tirés, mais le soleil du matin dessinait des rais de lumière sur le plancher. Elle s'assit au bord du lit.

– Comment te sens-tu ? demanda-t-elle.

– Mieux. J'ai toujours pensé que Michael était un excellent docteur.

– Tu peux me dire comment tu as rencontré ce monsieur de la défense antiaérienne ?

Le visage déjà rouge de Beth devint écarlate.

– Eh bien, je passais par là et… je leur ai apporté des livres. Ça doit être affreux, pour eux, de rester toute la journée dans un champ de labour. Ils sont à plus de trois kilomètres du village.

– Où as-tu pris ces livres?

– Dans le bureau de papa. Ce sont de vieux romans qu'il ne lit jamais... Tu sais bien qu'il n'aime pas les romans.

– Oh, Beth... Qu'est-ce que je vais faire de toi? Tu es impossible, vraiment! Pourquoi ne peux-tu pas te conduire comme les autres filles de ton âge?

– Je ne sais pas. Je dois faire partie de la mauvaise lignée de la famille. Regarde Sally, par exemple. Je serai peut-être comme elle, plus tard. J'espère, en tout cas.

– Sally est différente.

– Je ne vois pas en quoi. Elle est très portée sur les garçons, tu ne peux pas le nier. Tu as vu le cinéma qu'elle a fait à ton Jimmy.

– Surveille ton langage. Et, d'abord, ce n'est pas « mon » Jimmy. J'espère au moins que ton escapade t'aura servi de leçon : tout ce que t'aura rapporté ton subit intérêt pour le moral des troupes, ce sont dix jours au... lit!

– Inutile de me le rappeler. Et, si tu veux savoir, les livres ne leur ont même pas plu. Ils les ont trouvés démodés.

– Ça ne m'étonne pas. Papa a dû se les procurer à Oxford. Tu aurais mieux fait d'accompagner Mlle Lawson. Elle leur apporte des illustrés tous les quinze jours.

– Franchement, tu me vois avec cette vieille rombière?

– Ma foi, c'est toujours mieux que d'attraper la rougeole.

– Elle l'attrapera peut-être aussi... et ça va jaser.

Lorna ne put s'empêcher de sourire. Comment être sévère avec Beth, quand elle la voyait dans cet état? La pauvre, d'habitude si exubérante, n'était plus que l'ombre d'elle-même.

Néanmoins, elle se promit d'en toucher un mot à son père : il était grand temps qu'il ait une conversation sérieuse avec la benjamine de la famille.

« Si seulement elle avait d'autres centres d'intérêt! Peter et Péki ne posent pas tant de problèmes », se dit-elle. À moins que la passion de Peter pour l'aviation ne leur réserve quelque surprise d'ici peu...

Elle mit un tablier, noua un fichu dans ses cheveux et balaya le salon. Jimmy aurait dû rentrer la veille de Londres et il n'avait toujours pas donné signe de vie.

« Je suis une idiote. J'aurais dû m'y attendre... Mais je n'arrive toujours pas à regarder la réalité en face. »

Maintenant que Jimmy avait retrouvé ses amis, il n'avait sans doute aucune envie de rentrer de Londres. Il ne s'était intéressé à elle que pour tromper son ennui. Il n'avait recherché qu'une petite amourette pour passer le temps. Elle aurait dû le comprendre, au lieu de commettre la fatale erreur de lui en demander plus, de lui demander des sentiments sérieux quand il lui offrait un simple moment de légèreté.

Elle changea l'eau des vases, jeta les fleurs fanées et descendit dans le jardin avec des cisailles et un panier.

« Des lupins pour la table devant la fenêtre, se dit-elle, des roses pour le secrétaire et des œillets à côté de la bibliothèque. »

Sa cueillette était presque terminée quand la voix de Jimmy la fit sursauter.

– Vous n'arrêtez jamais de travailler? demanda-t-il.

Elle pivota en réprimant un cri de joie. Mais, quand il lui tendit la main, elle recula d'un pas.

– N'approchez pas, nous sommes en quarantaine.

– Quoi ?

– Beth a la rougeole.

– Aucun danger, je l'ai déjà eue. Maintenant, accueillez-moi comme il se doit.

– Que voulez-vous que je vous dise ? « Hello, comment allez-vous ? »

– Vous pourriez m'embrasser.

– Ici, en pleine lumière, devant la maison ? Vous êtes fou ?

– Seulement impatient.

– Vous arrivez trop tôt, ce matin, dit-elle en se baissant pour ramasser son panier. J'ai à peine commencé mon travail.

– Je vais vous aider.

– Vous ne préférez pas vous asseoir dans le jardin en attendant que j'aie fini ?

– Pas du tout. Nous pourrons parler pendant que vous mettrez les fleurs dans les vases.

Elle se tourna vers la maison.

– Je n'ai pas le temps de me disputer avec vous. Vous gagnez. Comment va votre bras ?

– Oh, impeccable ! Il sera guéri bien plus tôt que prévu.

Lorna ressentit un choc, mais elle n'en laissa rien paraître.

– Tant mieux, dit-elle. Vous êtes impatient de repartir, n'est-ce pas ?

– Bien sûr, je déteste être loin du front. Mais je ne veux pas non plus vous quitter...

– J'espère que vous m'accorderez une petite pensée à l'occasion.

Elle essayait de lui répondre avec légèreté, supposant que c'était le ton juste pour un simple

« flirt ». Il l'accompagna au salon. Elle posa son panier sur la table devant la fenêtre. Jimmy ne l'avait pas quittée d'une semelle. Elle percevait sa présence juste derrière elle, mais n'osait pas tourner la tête, elle n'osait même presque pas respirer.

– Regardez-moi, Fille de l'air.

Elle baissa la tête, toute tremblante. Puis elle sentit sa main sur son épaule. Elle céda, se retourna et se retrouva prisonnière. Leurs lèvres s'unirent. Il l'embrassa tendrement d'abord, puis avec passion.

– Maintenant, dites que vous êtes heureuse de me voir, fit-il, impérieux.

– Je suis heureuse... si heureuse!

Elle était captive, enchaînée par son magnétisme... elle ne pouvait penser à rien d'autre qu'à lui, à sa proximité, à son amour.

– Vous êtes si douce, si pure, si parfaite après... Londres.

Il avait hésité avant de prononcer le dernier mot; il s'apprêtait à dire autre chose.

– Je vous attendais hier.

– Je sais, ma chérie, mais je suis arrivé tard. Le temps de remettre le rapport de sir Alfred, de voir la commandante, de régler divers détails et il ne me restait plus qu'à me mettre au lit.

– Bien sûr, je ne vous fais pas de reproches. Je voulais vous voir, c'est tout.

– Moi aussi. Plus que tout au monde. Vous avez pensé à moi pendant mon absence?

– Bien sûr.

– Vous êtes incomparable. Je vous aime... vous le savez, n'est-ce pas, Lorna?

– Je voudrais le croire. Jusqu'à quel point m'aimez-vous, Jimmy?

Il la serra dans ses bras. Leurs bouches se frôlaient.

– Qu'attendons-nous? demanda-t-il. Je vous veux... Je veux que vous m'apparteniez. Pourquoi attendre encore?

– Que voulez-vous dire? murmura-t-elle.

– Que croyez-vous, adorable puritaine? Voulez-vous être ma femme?

Elle eut l'impression que quelque chose craquait en elle. Elle s'affaissa et enfouit son visage contre l'épaule de Jimmy. Sa veste sentait le tweed et le tabac. Le tissu était rêche contre sa joue. Et, en son for intérieur, une petite voix chantait. Il l'aimait! Sincèrement! Il voulait l'épouser!

Par la suite, elle ne pourrait jamais se souvenir clairement de ce qui s'était passé dans la demi-heure qui suivit. Elle se rappellerait seulement l'extase, l'émerveillement de se savoir aimée. Finalement, elle se dégagea de son étreinte et, s'approchant de la cheminée, se haussa sur la pointe des pieds pour se regarder dans la glace.

– Pourquoi a-t-il fallu que vous me fassiez votre demande au moment où je ressemblais à une soubrette? reprit-elle en retirant son fichu pour arranger ses cheveux.

– Désolé, répondit-il en s'asseyant sur le bord de la table. Dois-je recommencer?

– Oui. Je veux porter ma plus belle robe, je veux la pleine lune, un rossignol, le parfum des seringas et les accents d'une valse de Strauss dans le lointain.

– Quelle enfant vous faites! Venez ici.

Elle ne lui obéit pas tout de suite.

– Vous ne m'avez pas entendu? Je vous veux.

Elle s'approcha lentement et il l'attira contre lui en la prenant par la taille.

– On vous donnerait douze ans, dit-il. J'ai l'impression d'être un voleur d'enfants.

– Vous parlez comme si vous étiez Mathusalem.

– Il n'y a pas que les années, il y a l'expérience. De ce point de vue, je crois être un très vieux monsieur. Je me fais même l'effet d'un vieux satyre. Tandis que vous...

Elle posa ses doigts sur ses lèvres.

– En ce cas, n'abusez pas de ma faiblesse, monsieur. Et, pour ce qui est de l'expérience, je serai une élève docile.

– Et je serai le plus heureux des maîtres.

Il lui donna un baiser dans le cou et elle jeta ses bras autour de lui.

– Je vous aime, Jimmy.

– Ô mon amour...

La porte s'ouvrit brusquement et ils se séparèrent en sursaut. C'était Minnie.

– Bonjour, monsieur. Je ne savais pas que vous étiez là.

Lorna se ressaisit et courut vers la vieille femme.

– Chère Minnie, félicitez-nous. Nous sommes si heureux.

Sur le moment, Lorna crut que Minnie allait rester sur la réserve. Mais elle sourit, l'embrassa affectueusement et tendit la main à Jimmy.

– Vous avez choisi l'une des plus charmantes filles qui aient jamais vu le jour, monsieur, dit-elle. Rendez-la heureuse.

C'était un ordre.

– Je vous le promets, répondit Jimmy.

– Et quand pensez-vous vous marier?

– Dès que j'aurai obtenu une licence spéciale.

Lorna en resta bouche bée.

– Oh, mais... vous m'aviez dit...

120

– À quoi bon attendre? Il va falloir que je rejoigne mon escadre et je serai peut-être envoyé hors des frontières. Le plus tôt sera le mieux, ma chérie. Nous voulons être ensemble, n'est-ce pas?

– Oui, bien sûr.

D'une façon inexplicable, cela l'effrayait presque. Aimer Jimmy était une chose; c'en était une autre de décider en quelques minutes d'abandonner son ancienne vie, de rompre d'un seul coup les liens de tant d'années pour commencer une nouvelle existence avec un homme qui était presque un inconnu...

L'espace d'un instant, les craintes que Sally avait instillées en elle resurgirent... Mais elle les oublia vite en se serrant tout contre lui. De quoi pouvait-elle encore avoir peur? C'était un avenir radieux et sublime qui s'ouvrait devant elle.

– Hum, reprit Minnie. J'étais venue vous demander ce que Beth prendrait pour son déjeuner.

– Beth! Ô mon Dieu, je l'avais complètement oubliée! Vous croyez qu'elle voudra manger? Il n'y a pas de sonnette dans sa chambre... je vais aller voir.

Elle lâcha la main de Jimmy et monta en toute hâte, pour arriver haletante à la porte de Beth. Elle entra sur la pointe des pieds. Beth, qui somnolait, ouvrit les yeux.

– Excuse-moi d'avoir un peu tardé, dit Lorna. Tu veux quelque chose?

– Non, ça va. J'ai seulement chaud.

Lorna la toucha.

– C'est vrai, tu es en nage. Je vais te donner une chemise de nuit propre.

Elle en prit une dans le tiroir et aida Beth à se changer. Mais elle ne put pas garder son secret bien longtemps.

– Beth, dit-elle quand celle-ci fut recouchée, je suis si heureuse... Je vais épouser Jimmy.

– Non! Oh, sensass! Il t'a demandé ta main? Quand?

– À l'instant. Il est arrivé pendant que je coupais des fleurs.

– C'est bien ma veine d'avoir été clouée au lit pendant ce temps. Je rate toujours tout.

– Même si tu avais été là, ça n'aurait pas changé grand-chose. Ce n'est pas une représentation théâtrale, tu sais.

– Je sais, mais je suis loin de tout, ici.

– Il montera te voir, promit Lorna. Il a déjà eu la rougeole, alors il ne craint rien. Oh, Beth, c'est magnifique.

– Qu'est-ce que tu ressens?

– Je ne peux pas l'expliquer, c'est... Je suis heureuse... et tout excitée.

– Comment sera ta robe? Je pourrai être demoiselle d'honneur?

– Oh, je n'ai pas encore pensé à tout ça. Nous allons nous marier très vite. Presque tout de suite.

– Presque tout de suite! Mais alors, qu'est-ce que nous allons devenir?

Lorna était interdite.

– Eh bien, je... je ne sais pas, dit-elle lentement. Je n'y ai pas songé... Oh, Beth, vous saurez bien vous débrouiller, non?

– Bah, on s'en tirera, va! Mais ce sera affreux sans toi.

– Et puis, il y a papa. Il est si distrait. Je veux épouser Jimmy et, en même temps, cela me peine de vous quitter... Je serai toute triste.

Elle se détourna brusquement et alla jusqu'à la fenêtre. Il y avait des larmes dans ses yeux et elle ne voulait pas que Beth les voie. Elle comprenait pour la première fois tout ce que son foyer représentait pour elle, combien elle aimait son père et les enfants.

Ici, à la maison, elle connaissait la sécurité. Un bref instant, elle faillit renoncer à s'en aller... elle voulut soudain rester ici... continuer à vivre comme elle avait toujours vécu... Mais cela ne dura pas. Elle sentit bientôt la chaleur de son amour pour Jimmy couler à nouveau dans ses veines et tout fut oublié.

Comment pouvait-elle être assez sotte pour douter que le mariage lui apporterait un bonheur parfait? Elle voulut vite rejoindre Jimmy. Seule sa présence pouvait dissiper ses craintes. Elle désirait être près de lui.

Elle regagna la porte.

– Où tu vas? demanda Beth.

– Je descends. Je vais retrouver Jimmy.

– Ne pars pas. Il y a tant de questions que je voudrais te poser.

Lorna hésita, la main sur le bouton de la porte.

– À quel sujet?

– Au sujet du mariage. Qu'est-ce que tu vas faire? Où vas-tu vivre?

– Je ne connais pas moi-même les réponses.

– Sally prétend que Jimmy est immensément riche. Ce ne sera pas merveilleux, Lorna, de ne plus être obligée d'économiser les bouts de chandelles? Tu auras d'aussi belles toilettes que Sally. Des chemises de nuit en soie rose avec de la vraie dentelle!

– Je ne suis pas sûre que ça m'irait, fit Lorna, dubitative.

– Allons bon, bien sûr que si! Après tout, tu seras la riche Mme Jimmy Braith. Penses-y.

– Ne parle pas comme ça, Beth! rétorqua

Lorna, d'un ton tranchant qui stupéfia sa sœur. Excuse-moi, ajouta-t-elle, je ne voulais pas être méchante. Mais ne comprends-tu pas que je n'ai pas ce genre de désirs? J'aime Jimmy pour lui-même, pas pour son argent. Je préférerais qu'il n'ait pas un sou.

– Comme Michael?

– Comme Michael, répondit Lorna d'un air absent.

– Tu lui diras, quand il viendra ce soir?

– Oui, sans doute, je lui dirai, fit-elle d'une voix triste et troublée.

Elle ouvrit la porte et, lentement, très lentement, redescendit l'escalier.

10

À la surprise de Lorna, son père fut très ferme en ce qui concernait les préparatifs du mariage. Elle était si habituée à s'occuper de lui et à le voir distrait que cette soudaine manifestation d'autorité paternelle l'étonna beaucoup.

– Avant tout, mon cher garçon, dit-il à Jimmy, il faut écrire à vos parents. Vous l'auriez fait de toute façon, évidemment, mais, avec votre permission, j'aimerais envoyer un mot à votre père pour que nous nous rencontrions afin de discuter de votre avenir à tous les deux.

Lorna se rendit compte que cette attitude « vieille Angleterre » agaçait Jimmy.

– J'ai déjà tout prévu, monsieur, répondit-il au pasteur. Mon bras sera guéri dans une dizaine de jours au plus tard. J'aurai alors une permission d'une semaine et j'ai l'intention d'épouser Lorna aussitôt, de sorte que nous pourrons nous offrir une petite lune de miel – problème assez difficile en temps de guerre.

Lorna lui sourit par-dessus la tête de son père. Une semaine seule avec Jimmy! Rien ne pouvait être plus merveilleux!

Mais le pasteur resta intransigeant.

– Pourquoi est-il comme ça? demanda Jimmy à Lorna, quand ils furent en tête à tête. Il ne me trouve pas assez bien?

– Bien sûr que si. Simplement, il n'aime pas trop les mariages à la sauvette. Maman et lui ont été fiancés trois ans.

– Seigneur! Il n'espère pas que nous allons suivre son exemple, tout de même?

– Non, bien sûr. Mais il craint peut-être qu'une trop grande précipitation de notre part ne fasse croire à vos parents que je suis une aventurière en quête d'un riche parti.

C'était la première fois que Lorna faisait allusion à l'argent de Jimmy et elle se sentit gênée.

– Il leur suffira de vous regarder pour savoir qu'il n'en est rien. Vous vous entendrez à merveille avec eux. Et vous savez qui vous allez aimer? Ma sœur.

– Votre sœur! Je ne savais pas que vous en aviez une. J'ai toujours cru que vous étiez fils unique.

– En un sens, je le suis. Muriel est ma demi-sœur. Ma mère était veuve quand elle a épousé mon père. Muriel est beaucoup plus âgée que moi, elle approche de la quarantaine, mais je suis sûr que vous serez les meilleures amies du monde.

– Et votre mère? Vous pensez qu'elle m'aimera?

Il hésita.

– Bien sûr, fit-il sans conviction.

– Vous n'en avez pas l'air certain.

– C'est que... mère est un peu bizarre. Elle est toujours en train de tout régimenter. Vous comprendrez quand vous la verrez. Ses journées sont réglées comme du papier à musique et on a toujours l'impression de lui voler son temps.

– Vous me faites peur.

– Oh, non, rassurez-vous. Elle nous donnera sa bénédiction. Mais ça s'arrêtera là.

– Vous croyez que vos parents viendront ici?

– Ça m'étonnerait fort mais, si votre père veut les inviter, libre à lui. J'aime bien le pasteur. Après tout, il m'a donné son bien le plus précieux.

– Merci.

Lorna sourit, ce qui ne l'empêchait pas d'éprouver une certaine appréhension. La famille de Jimmy semblait effrayante. Elle aurait voulu s'enfuir avec lui et l'épouser sans le dire à personne.

Les jumeaux accueillirent la nouvelle des fiançailles avec beaucoup de calme. Mais ils étaient fous de joie. Surtout Peter : il avait tant de choses à dire à son futur beau-frère que Lorna fut horrifiée de voir, en regardant par la fenêtre de la cuisine pendant qu'elle faisait la vaisselle après le repas, qu'il était encore en train de bavarder avec lui dans le jardin au lieu d'étudier avec M. Maidstone.

– Peter! appela-t-elle. Tu es en retard. Dépêche-toi.

– D'accord, répondit-il, mais sans faire mine de se lever.

« Vraiment, Peter n'est pas raisonnable », se dit-elle. Elle se demandait si Minnie aurait assez de force de caractère pour le gourmander quand elle ne serait plus là. Mais Minnie avait déjà tant à faire. Il faudrait qu'ils puissent engager une bonne, songeait-elle. « Si Jimmy est réellement si riche, je vois déjà toutes sortes de dépenses à faire ici... De nouveaux rideaux dans le bureau de papa... des habits neufs pour les enfants et un manteau de fourrure pour Minnie cet hiver. Elle souffre terriblement du froid et sa vieille pelisse est tout élimée. Et, si nous sommes millionnaires, papa pourra avoir un vicaire, Beth pourra finir ses études et les jumeaux auront un court de tennis en dur. Mais tout cela coûtera une fortune et je ne pense pas que Jimmy me laissera faire. »

La vaisselle faite, elle retourna dans le jardin. En passant, elle entendit claquer la porte d'entrée et vit Peter et Péki enfourcher leurs bicyclettes.

— Mon Dieu! s'exclama-t-elle. Deux heures et demie! Maidstone va encore se plaindre à papa.

Jimmy paressait, étendu sur l'herbe, le chapeau sur les yeux.

— Venez vous asseoir, ma chérie, dit-il à Lorna, et donnez-moi votre main. Je veux sentir votre présence pour être sûr que vous êtes bien réelle et que vous n'allez pas vous évaporer.

— Ne craignez rien.

— Vous en êtes sûre? Je sais que vous m'acceptez « pour le meilleur et pour le pire », mais, dans l'éventualité du pire, n'allez-vous pas faire comme toutes les autres et demander le divorce?

— Oh, Jimmy! Comment pouvez-vous dire ça?

— Ne soyez pas choquée, Fille de l'air. Je me doute qu'une fille de pasteur désapprouve le divorce, mais n'êtes-vous pas un peu effrayée tout de même de vous engager pour la vie?

— Bien sûr que non. Croyez-vous que je vous épouserais si je n'étais pas absolument certaine de vouloir être votre femme, même si les choses devaient aller mal?

— Dieu vous bénisse! (Il lui prit la main et posa un baiser sur ses doigts, puis au creux de sa paume.) Vous êtes parfaite, mais vous m'effrayez.

– Pourquoi?

– Vous avez une notion si tranchée du bien et du mal. La plupart des gens sont moralement indécis. Pour eux, rien n'est jamais tout noir ou tout blanc mais, disons, vaguement gris.

– Vous ne me demandez pas de vous aimer pour toujours?

– Bien sûr que si. Je parlais en général. Je me demandais simplement ce que vous feriez si je vous décevais.

– Impossible.

– Vous avez de telles certitudes! Lorna, vous ne devriez pas épouser quelqu'un comme moi. Je n'attache pas le même prix que vous à certaines valeurs. Franchement, je ne suis pas sûr de savoir toujours distinguer le vice de la vertu. Tandis que vous, vous savez chaque fois où est le péché. Vous devriez plutôt épouser quelqu'un comme votre ami le docteur. Il vous ressemble.

– Mais c'est vous que je veux épouser. Pourquoi vous montrer sous un jour aussi noir?

– J'essaie d'être sincère et de vous avertir que vous feriez mieux de me chasser. Si j'en avais la force, je renoncerais à vous.

– Jimmy! Je ne vous comprends pas. Vous ne voulez pas de moi? Alors pourquoi m'épouser?

Il releva son chapeau et se redressa.

– Ma chérie, je dis des bêtises. Je vous épouse parce que je vous désire plus que tout au monde. Je cherche seulement à vous faire comprendre, par honnêteté, que vous êtes trop bien pour moi.

– Vous avez raison, vous dites vraiment des bêtises. N'avez-vous jamais pensé que ça pouvait être le contraire? Je ne sais pas quel est votre type de femme, mais je suis sûre que ce n'est pas une personne comme moi. Il faudra que vous m'appreniez à être élégante, spirituelle, à la mode... enfin, tout ce que les gens sont en droit d'attendre d'une Mme Jimmy Braith.

– Embrassez-moi, dit-il tout à coup.

Elle regarda vers la maison et hésita.

– Peu importe si on nous voit, insista-t-il. Embrassez-moi.

Elle s'inclina et leurs lèvres s'unirent pour un long moment d'extase.

– Voilà, fit-il. C'était pour vous dire que je ne veux plus vous entendre parler de la sorte. Je ne veux pas que vous changiez. Restez telle que vous êtes. Compris?

– Compris, monsieur. Je vois que vous commencez déjà à me houspiller.

– C'est que je serai très jaloux si je m'aperçois que trop d'hommes tournent autour de vous. Ces fossettes que vous avez au coin de la bouche sont les choses les plus aguichantes que j'aie jamais vues.

– Vraiment?

– Vous le savez bien. Beaucoup de gens ont dû vous le dire.

– Vous êtes le premier.

– Quoi? Même pas le docteur?

– Qui? Michael? Bien sûr que non.

– Pourquoi êtes-vous aussi catégorique tout à coup? fit-il en la regardant du coin de l'œil. Ne me racontez pas qu'il n'est pas amoureux de vous.

Elle ne répondit pas.

– Il n'est pas amoureux?

– Je crois que si.

– Je me demande pourquoi vous ne l'épousez pas.

– Pourquoi parlez-vous toujours de lui? Je vous répète que c'est un frère pour moi. Enfin, il l'était jusqu'à l'autre jour.

– Quand il vous a demandé de l'épouser. C'était avant ou après mon arrivée?

– Après, avoua-t-elle en tressant négligemment un brin d'herbe.

– Ainsi donc, j'ai été la pierre qui a déclenché l'avalanche, n'est-ce pas? Et pourquoi avez-vous refusé?

– Parce que... je crois que j'étais déjà amoureuse de vous.

– Eh bien, nous serons bons princes et nous lui accorderons une danse à la noce. Quand allez-vous lui annoncer l'heureuse nouvelle?

– Ce soir, je pense... quand il viendra examiner Beth. Ça me rappelle que je dois monter la voir. Je n'en aurai pas pour longtemps.

– J'espère bien!

Michael ne fit son apparition que tard dans la journée. Il avait téléphoné pour prévenir qu'il avait un après-midi chargé. Chacun, dans la famille, avait remarqué que Lorna attendait sa venue avec appréhension : ce qu'elle avait à lui apprendre risquait d'être pénible.

Pourtant, lorsque le moment fut venu, elle s'aperçut que c'était beaucoup moins difficile qu'elle ne l'avait craint. Michael ausculta Beth, rassura Lorna sur sa santé et sortit avec elle de la chambre de la malade.

En haut des marches, elle hésita. Les jumeaux étaient au salon et son père dans son bureau.

– Je... j'ai quelque chose à vous dire, commença-t-elle.

– Ne vous donnez pas ce mal. J'ai déjà deviné. J'espère que vous serez très heureuse.

– Comment avez-vous su?

– Votre visage est très expressif. Ce soir, j'ai lu dans vos yeux que vos rêves étaient exaucés.

– Ça se voit vraiment tant que ça?

– Pour moi, oui. Et j'ajouterai que le chef d'escadre Braith est l'homme le plus chanceux du monde.

– J'espère qu'il le pense aussi.

– Dieu vous bénisse, Lorna, reprit-il en posant ses mains sur les épaules de la jeune fille. Si quelqu'un mérite le bonheur, c'est bien vous.

Il s'écarta d'elle et commença à descendre les marches.

– Ne partez pas, dit-elle. Papa veut vous voir et les jumeaux sont au salon.

– Je suis très occupé.

Elle devina qu'il mentait.

– Ne partez pas, Michael. Il y a tant de choses que je voudrais vous dire, fit-elle en le suivant dans le vestibule.

– Le chef d'escadre n'est pas là ? demanda-t-il.

– Il ne sera pas de retour avant neuf heures au moins. Lady Abbott préside le dîner et vous savez comme elle est bavarde.

– Les pauvres diables ! Alors, je resterai un peu, si vous le désirez. Asseyons-nous ici, ajouta-t-il en allant s'installer sur le divan devant la cheminée.

– Pourquoi ici ? s'étonna-t-elle.

– Je ne reste que pour vous parler. Je n'ai guère envie de voir du monde ce soir.

Elle lui saisit le bras.

– Cher Michael, dites-moi que vous ne le prenez pas mal. Vous savez que je ne veux pas vous faire souffrir.

Il rit. Un rire amer, sans la moindre gaieté.

– Vous êtes assez grande, Lorna, pour comprendre que, lorsqu'on arrache à une mouche ses pattes et ses ailes, il ne faut pas lui demander ensuite si elle souffre. Laissons là mes sentiments personnels. S'il y a quoi que ce soit que je puisse faire pour vous, je suis à vos ordres.

Lorna se sentait soudain piteuse. Michael était dur avec elle – presque cruel –, d'une manière détournée. Elle le regarda, des larmes apparurent dans ses yeux... Et, tout à coup, Michael – un étrange Michael, avec des yeux froids et des traits sévères – la prit par les épaules avec brusquerie en lui disant :

– Souffrir? Bien sûr que je souffre! Que croyez-vous, jeune innocente? Mais il faut que vous soyez heureuse. Il le faut, vous m'entendez? Et, si vous ne l'êtes pas, je me ferai un plaisir de tordre le cou de ce beau monsieur!

Lorna était trop stupéfaite pour prononcer un mot. Elle le dévisagea, interdite et troublée. Puis, sans autre forme de procès, il la relâcha et prit la porte.

– Au revoir, lança-t-il.

Il était blême.

Elle demeura longtemps assise là, seule, décomposée. Puis elle se leva pesamment et alla rejoindre les jumeaux au salon.

– A quelle heure revient Jimmy? demanda Peter.

– Vers neuf heures.

– Nous irons à sa rencontre. Il a l'habitude de couper à travers champs, n'est-ce pas?

– Oui, toujours.

Lorna était lasse. Soudain, elle aurait préféré que Jimmy ne vînt pas ce soir-là, elle aurait préféré rester seule en famille comme par le passé. Elle monta dans la chambre de Beth et s'assit à son chevet. Au bout de quelques minutes, Peter et Péki entrèrent.

– Tu ne descends pas? dit Péki. Jimmy est ici, mais il ne veut pas monter parce qu'une infirmière lui a affirmé qu'on pouvait attraper la rougeole deux fois.

– C'est très rare, répondit Lorna.

– Il dit qu'il ne veut pas courir le risque, parce qu'il veut être beau pour son mariage.

– Il est ridicule, fit Lorna en riant. Et moi, alors?

– Oh, toi, tu pourras te cacher derrière ton voile, répliqua Peter. Bon sang! C'est Beth qui aurait besoin d'un voile, en ce moment!

– Tu n'as pas l'air si fringant toi non plus, même sans rougeole! rétorqua Beth. Si tu es venu pour faire ce genre de remarques, tu peux repartir.

– Elle a raison, approuva Péki qui, pour une fois, ne prenait pas la défense de son frère. Ce n'est pas sa faute et tu étais bien pire quand tu as eu la varicelle. Pauvre Beth! Tu veux qu'on t'apporte quelque chose?

– Oui, du raisin muscat, des pêches et une énorme boîte de chocolats!

– L'espoir fait vivre! commenta Peter.

Puis son regard croisa celui de sa sœur jumelle et ils eurent la même idée au même moment.

– Jimmy! s'exclamèrent-ils à l'unisson.

– On va lui demander de t'apporter quelque chose de vraiment bon. Des aspics de poulet, par exemple.

– Il n'en est pas question, s'interposa Lorna.

– Bien sûr que si.

– Il a dit qu'on pouvait lui demander tout ce qu'on voulait, maintenant qu'il était de la famille, expliqua Péki.

– Eh bien, n'y pensez plus, trancha Lorna. N'essayez pas de profiter de lui sous prétexte qu'il a de l'argent.

– Pardi! A quoi sert l'argent, alors? demanda Peter. Ce serait de l'orgueil mal placé.

– Nous, en tout cas, on n'est pas comme ça, ajouta Péki.

– Moi non plus, affirma Beth. Vous croyez qu'il va m'offrir une étole en renard argenté? J'en ai tellement envie.

– Bien sûr que non, répondit Peter. Il ne te fera que des cadeaux intelligents. D'ailleurs, quelle idée de vouloir se mettre un animal mort autour du cou!

– J'ai honte de vous! s'exclama Lorna. Je vais de ce pas dire à Jimmy de ne rien vous donner du tout, enfants cupides que vous êtes.

Elle sortit et referma la porte derrière elle. Un court silence s'ensuivit, puis Peter et Péki se regardèrent.

– On lui dit? fit Peter.

Péki acquiesça.

– Puisqu'elle est malade... oui!

Les yeux de Beth pétillèrent.

– Qu'est-ce que c'est? demanda-t-elle. Dites-le-moi.

Il était rare que les jumeaux aient assez confiance en elle pour lui confier un de leurs nombreux secrets. Cette fois, la situation leur paraissait différente. Ils s'assirent de part et d'autre de son lit.

– Écoute, Beth... commença Peter à voix basse.

11

– De la langue froide? demanda le pasteur en prenant le couteau à découper. Ça m'a l'air délicieux.

– J'espère que ce le sera, dit Lorna. Elle vient de la réserve que Minnie et moi avons constituée en vue d'une éventuelle invasion. Nous avons un peu honte d'avoir entamé nos stocks, mais nous n'avons vraiment pas eu le temps de préparer autre chose. Le salon est propre comme un sou neuf. Si quelqu'un ose y mettre les pieds avant l'arrivée de lady Braith, je vais m'évanouir.

– Ne t'en fais pas, ma chérie. C'est toi qu'elle regardera, pas la maison.

– Je sais. J'ai un de ces tracs. J'ai l'impression d'être un rebut dans une salle des ventes et je l'entends déjà dire : « Jimmy n'a pas fait une affaire... Il y avait beaucoup mieux sur l'étalage. »

– Elle n'osera jamais me dire ça en face, tu peux me croire.

– Ne prends pas cet air féroce. C'est l'idée de voir ta fille aînée se jeter à l'eau qui t'inquiète ?

– Un peu, je l'avoue. Après tout, ça n'arrive pas tous les jours. Quand viendra le tour de Beth, je commencerai peut-être à m'habituer.

– Au fait, c'est l'assiette de Beth que tu es en train de remplir. Ne lui en donne pas trop. Michael l'a mise au régime.

– Ça ira, comme ça ? fit-il en coupant une fine tranche de langue.

– Parfait. (Elle posa l'assiette sur un plateau qui attendait sur la desserte.) Je vais la lui monter dans sa chambre.

– Qu'est-il arrivé aux jumeaux ?

– Ils devraient rentrer d'un instant à l'autre. Ils doivent lambiner en chemin, à moins que M. Maidstone ne les ait punis. Je reviens tout de suite.

Elle alla servir Beth et, quand elle redescendit, le téléphone sonna. C'était M. Maidstone. Elle écouta, devint toute pâle et se tourna vers la salle à manger en criant :

– Papa!

Au même moment, la porte d'entrée s'ouvrit. Péki était de retour. Lorna se figea.

– Péki! s'exclama-t-elle. Que s'est-il passé? M. Maidstone vient d'appeler pour dire que vous n'étiez pas allés le voir. J'ai cru que vous aviez eu un accident.

Elle remarqua soudain que Péki avait pleuré et qu'elle était seule.

– Où est Peter?

– Il va bien, fit Péki d'une voix éteinte.

– Qu'est-ce que ça signifie? Où est-il?

– Il va bien, je te dis. (Elle regarda Lorna d'un air boudeur puis, perdant son sang-froid, poussa un cri.) Il est parti! Voilà! Et tu ne pourras plus l'arrêter. Vous ne pouvez pas comprendre... C'est la faute à cette horrible guerre.

Elle tourna les talons et courut dans sa chambre en sanglotant. Lorna entendit la porte claquer et la clé tourner dans la serrure. Que faire? Le plus sage était de laisser Péki seule un instant et d'aller expliquer la situation à son père.

– Les jumeaux sont de retour? demanda le pasteur. Je t'ai entendue parler à quelqu'un.

– C'était Péki. Peter n'est pas rentré.

– Bah, si Péki est ici, il ne va pas tarder. Ils ne sont jamais loin l'un de l'autre.

– Pour une fois, ce n'est pas le cas. Oh, papa, ça y est... Peter a sauté le pas.

Le pasteur reposa son couteau et sa fourchette.

– Tu veux dire qu'il est parti?

– M. Maidstone a téléphoné pour dire qu'il ne les avait pas vus ce matin et Péki vient de rentrer seule. Elle est toute retournée.

– Ça ne m'étonne pas. La pauvre! La séparation sera terrible pour elle.

– Que vas-tu faire, papa?

– Je ne sais pas. Franchement, je n'en ai aucune idée. La première chose à savoir, c'est : où est-il parti? Est-ce que Péki te l'a dit?

– Elle ne m'a pas dit grand-chose. J'essaierai de lui tirer les vers du nez plus tard. Oh, et lady Braith qui doit venir! On ne peut pas reporter sa visite?

– Impossible. Jimmy est allé la chercher à Melchester. Elle sera là à deux heures et demie.

– Heureusement qu'elle ne reste pas pour la nuit. Papa, il faut faire quelque chose pour Peter.

– Tu veux que j'aille parler à Péki?

– Non, finis d'abord de déjeuner. Elle s'est enfermée à clé et elle n'ouvrira à personne pour le moment : elle est en train de pleurer et tu sais qu'elle déteste montrer ses sentiments. Je vais chercher le pudding.

Quand son père se fut servi de crème anglaise et de raisins secs, elle remonta chez Beth pour lui apporter son dessert.

– C'est quoi? fit celle-ci quand Lorna entra dans sa chambre. Encore des raisins secs? Je commence à en avoir assez.

– Beth, dis-moi la vérité. Est-ce que tu savais que Peter allait partir aujourd'hui?

Beth ne répondit pas directement, mais son visage la trahissait.

– Péki est de retour? demanda-t-elle.

– Elle vient de rentrer. Où sont-ils allés, Beth? Où est parti Peter?

– Tu n'as qu'à poser la question à Péki.

– Elle est en train de pleurer.

– Elle pleure? Oui, il fallait s'y attendre. Dès que Peter n'est plus à côté d'elle, elle est perdue.

Lorna s'assit sur le lit.

– Dis-moi ce que tu sais. Pense à papa. Peter est trop jeune.

– Vous ne pourrez rien y faire. On lui donne facilement dix-huit ans. Personne ne se doutera de rien.

– Mais, Beth, tu ne veux tout de même pas qu'il risque sa vie ? Nous serons prêts à l'aider quand il aura l'âge. Mais, pour le moment, il doit encore attendre.

– Ne t'en fais pas. Il sera bien entouré.

– Comment le sais-tu ?

– Je le sais, c'est tout. Tout a été prévu.

– Il y a quelque chose derrière tout ça, n'est-ce pas ? reprit Lorna, suspicieuse. Quelqu'un a dû... (Elle s'interrompit brusquement.) Le billet de train ! Je n'y avais même pas pensé. Où Peter s'est-il procuré l'argent ? Il n'avait plus un sou, la semaine dernière. Quelqu'un a dû l'aider. Jimmy ! C'est Jimmy ?

– J'ai promis de ne rien dire.

Beth faisait la coquette, mais la réponse sautait aux yeux.

C'était Jimmy !

Lorna bondit sur ses pieds.

– Je ne t'ai rien dit, hein ? demanda Beth avec inquiétude. Les jumeaux ne me feront plus jamais confiance s'ils pensent que je les ai donnés.

– Non, tu ne m'as rien dit. J'ai été une idiote de ne pas tout deviner plus tôt.

Elle descendit retrouver son père.

– C'est Jimmy ! s'exclama-t-elle en entrant dans la salle à manger. C'est Jimmy qui a aidé Peter. Oh, papa, quel malheur ! Comment a-t-il pu me faire ça ?

– Peter a dû être très persuasif.

Il avait fini de manger et tournait lentement son verre d'eau dans sa main. À la lumière du soleil qui filtrait par la fenêtre, Lorna lui trouva soudain l'air vieilli – vieilli et fatigué. Il y avait une sorte de fragilité en lui.

Elle sentit son cœur se serrer. Elle contourna la table pour aller passer un bras autour de ses épaules.

– C'est ma faute, papa. Je n'aurais jamais dû introduire un aviateur dans la maison.

– Tu n'y es pour rien, mon enfant.

– Si seulement il avait été marin ou soldat... tout sauf aviateur. Tu ne trouves pas que le destin est cruel, parfois ?

– Non, seulement inévitable. Ce qui doit être sera. Et nous ne pouvons pas nous y opposer.

– Je vais dire deux mots à Jimmy ! Enfin, si j'arrive à être seule avec lui une minute. Pourquoi a-t-il fallu que ça arrive justement aujourd'hui ?

– Que veux-tu ? C'est comme ça. Attendons qu'il arrive.

– Oui, il n'y a rien d'autre à faire. Péki refusera de me parler. Et maintenant, si tu as fini, je vais débarrasser la table.

– Mais tu n'as rien mangé.

– Je ne pourrais pas avaler une bouchée. J'ai la gorge nouée.

Elle empila les assiettes sur un plateau et les porta à la cuisine. Tandis qu'elle cherchait ses mots pour annoncer la nouvelle à Minnie, elle vit que la vieille femme pleurait.

« Elle sait », songea-t-elle.

On ne pouvait jamais rien cacher à Minnie. Dès que quelque chose n'allait pas, son intuition l'en avertissait. Peut-être même avait-elle déjà interrogé Beth ou Péki.

– Nous ne pouvons rien faire pour le moment, dit Lorna d'une voix douce, mais papa est sûr de pouvoir le retrouver. Ne vous inquiétez pas.

– Il a fait son choix, répondit Minnie d'un ton

bourru. Ce n'est plus un enfant. Il faut respecter sa décision.

– C'est ce que vous pensez? s'étonna Lorna. Vous croyez vraiment qu'il n'y a rien d'autre à faire?

– J'en suis convaincue. C'est un brave garçon. Il ne reste qu'à prier pour qu'il ne lui arrive pas malheur.

Lorna en avait les larmes aux yeux. Il y avait de la noblesse dans la résignation de Minnie. La vieille gouvernante adorait Peter et, même dans ces moments pénibles, elle lui conservait toute sa sympathie et sa compréhension.

– Vous avez peut-être raison, commenta Lorna, mais je ne pardonnerai jamais à Jimmy d'avoir été son complice. Après tout, c'est le seul fils de papa.

– Le chef d'escadre doit être pour beaucoup dans cette histoire.

– Ne le jugeons pas avant d'avoir entendu ses explications.

– Peuh, les explications n'y changeront rien, répliqua Minnie en se frottant les yeux du revers de la main. Dire qu'hier encore je le tenais dans mes bras et que maintenant c'est un homme!

Qu'ajouter à cela? Lorna monta dans sa chambre. Elle mit sa plus belle robe, se coiffa et alla frapper doucement à la porte de Péki. Pas de réponse. Elle tourna la poignée... La porte était toujours fermée à clé.

– Péki, laisse-moi entrer. C'est Lorna.

– Va-t'en, je veux rester seule. Je ne veux parler à personne et, de toute manière, je ne te dirai rien.

Lorna soupira et redescendit. Elle avait de la peine pour sa sœur. Certes, celle-ci était en grande partie responsable de ce qui s'était passé, elle avait

140

été dans la confidence depuis le début, elle avait participé à la conspiration, mais elle souffrait à présent. C'était inévitable : toute sa vie était centrée autour de Peter.

Ils avaient été éduqués ainsi, à cause de leur riche tante qui les avait pris sous sa protection. Ils avaient passé presque toutes leurs vacances avec elle à l'étranger et profité de ses largesses. Cependant, le luxe ne les avait jamais tentés. Les jolies toilettes et toutes ces choses qui faisaient rêver Beth n'intéressaient pas Péki. Tout ce qu'ils voulaient, c'était faire du sport, skier, patiner... et maintenant voler !

« Nous sommes tous si différents dans la famille, songea-t-elle. Et je semble la seule à n'avoir aucun talent... en dehors du ménage – un piètre talent, sans doute, aux yeux de lady Braith ! »

Le portrait que Jimmy lui avait brossé de sa mère l'effrayait. Elle aurait tellement préféré une femme douce, maternelle, qui aurait pu combler un peu le vide laissé dans son cœur par sa propre mère.

Mais à quoi bon avoir des regrets ? L'essentiel était de ne pas déplaire à lady Braith. Il fallait absolument – absolument ! se répétait-elle – que la famille de Jimmy approuve son choix.

Elle entendit un moteur de voiture dans l'allée et sa première réaction fut la terreur. Elle aurait donné n'importe quoi pour s'enfuir, pour pouvoir se cacher derrière les rhododendrons comme quand elle était petite. Mais elle ne tarda pas à se ressaisir, passa dans le vestibule et se força à sourire poliment.

Minnie attendait près de la porte d'entrée. Elle ouvrit au moment précis où Jimmy aidait sa mère à descendre de voiture.

– Hello, Minnie, nous voilà. Mère, je vous présente Minnie. Elle a élevé toute la famille depuis le berceau, y compris ma future épouse. Et voici Lorna, ajouta-t-il en conduisant sa mère dans le vestibule.

Lorna alla vers elle, la main tendue. Elle se demanda si lady Braith l'embrasserait, puis elle se rendit compte qu'une telle idée ne traverserait même pas l'esprit de la mère de Jimmy.

– C'est très aimable à vous d'être venue, dit-elle.

– Je n'avais pas beaucoup de temps, mais j'ai fini par trouver un moment. Jimmy nous réserve toujours des surprises de dernière minute. Vous vous en apercevrez vite.

– Vraiment? fit Lorna, qui ne savait que répondre.

Jimmy n'avait pas menti : sa mère en imposait. Elle n'était pas très grande, mais elle avait un air dominateur qui écrasait les autres.

– Oh, papa, tu es là.

Lorna se tourna avec soulagement vers son père.

– Vous devez être épuisée après ce long voyage, dit le pasteur à lady Braith, surtout par cette chaleur. Pouvons-nous vous offrir une boisson fraîche ou un thé?

– Non, merci, j'ai déjeuné dans le train.

– Désirez-vous passer au salon ou préférez-vous le jardin? demanda Lorna.

– Le salon, trancha lady Braith.

Elle était très prompte dans ses réponses.

– Ne vous en faites pas pour mère, dit Jimmy. Elle aime voyager – en fait, elle aime tout ce qui lui permet de bouger. N'est-ce pas?

– Je ne sais pas comment je dois le prendre, répondit sa mère. Il est exact que je voyage beaucoup et je me suis aperçue depuis longtemps que, lorsqu'on avait quelque chose à faire, ça n'avançait à rien de rechigner. Je suis sûre que vous m'approuvez, ajouta-t-elle en s'adressant au pasteur.

Lorna se demanda qui, même parmi les plus téméraires, oserait désapprouver lady Braith!

– Bien sûr... tout à fait..., dit son père. Et votre époux? Comment va-t-il? Il y a si longtemps que nous ne nous sommes vus.

– Vous étiez à Oxford ensemble, c'est cela? Il me l'a dit après avoir reçu votre lettre, une lettre qui, je ne vous le cache pas, nous a pris de court.

– Je pense que la surprise a été la même pour nous tous, répondit le pasteur avec bonhomie.

– Y compris pour moi! affirma Jimmy. Comme vous le savez, mère, je n'ai jamais voulu me marier avant d'avoir le coup de foudre. Eh bien, ça a fini par arriver. Ma folle vie de garçon s'achève.

– Et nous avons tout lieu de nous en réjouir, crois-moi, répliqua-t-elle.

Elle regarda son fils avec une expression étrange comme si, tout en l'aimant, elle ne pouvait s'empêcher de lui parler sur un ton dur et même sarcastique.

– Bon, comme nous n'avons pas beaucoup de temps, je propose que nous abordions sans tarder les questions d'avenir. Mon fils m'a dit qu'il souhaitait se marier le plus tôt possible et m'a demandé de vous convaincre d'accepter, pasteur.

– Je ne suis naturellement pas pressé de perdre ma fille.

– C'est compréhensible, mais les jeunes gens veulent fonder leur propre foyer et nous ne pouvons pas les garder éternellement accrochés à nos basques. J'ai toujours été très ferme sur ce plan avec mes enfants. Je me suis efforcée de leur donner une éducation équilibrée jusqu'à dix-huit ans, mais, passé cet âge, je considère que mon rôle est terminé. Ce sont des individus à part entière et ils doivent voler de leurs propres ailes.

– Malheureusement, père est moins compréhensif, intervint Jimmy.

– Tu devais t'y attendre. Ton père est peut-être un peu vieux jeu, il aime que ses enfants soient dépendants de lui. Mais reconnais que j'ai toujours insisté pour que tu aies une rente dès que tu as quitté l'école.

– Je ne l'oublie pas. Vous m'avez magnifiquement soutenu.

– J'ai toujours considéré que les enfants devaient assumer leurs responsabilités, surtout financièrement. Hélas, Jimmy a un sens de l'économie assez peu développé, comme vous pourrez le constater quand vous serez mariée, précisa-t-elle en regardant Lorna dans les yeux.

– J'ai peur de ne pas comprendre, dit Lorna d'une voix hésitante.

– Mère me reproche d'être trop dépensier, expliqua Jimmy. Mais rassurez-vous, chérie. Je serai un bon pater familias et nous nous débrouillerons à merveille.

– Où allez-vous habiter ? demanda lady Braith.

– Je ne suis pas encore fixé, répondit Jimmy. Je ne peux faire aucun projet avant d'avoir rejoint mon escadre. Avant mon crash on parlait d'un mouvement de troupes et, bien sûr, je peux toujours être envoyé en mission à l'étranger.

– A l'étranger..., murmura Lorna, catastrophée.

Lady Braith, elle, ne manifesta pas la moindre émotion.

– C'est l'une des raisons pour lesquelles je veux me marier rapidement, continua Jimmy. J'aurai une permission et je veux une lune de miel.

– Où ?

– J'ai pensé aux Cornouailles. Vous pourriez peut-être ouvrir la résidence des Tours pour nous, mère ?

– Si tu veux. Ça demandera un certain nombre de préparatifs, mais je m'en chargerai.

– Parfait ! Ensuite, nous pourrions passer une ou deux nuits chez vous avant mon départ. Et, si l'escadre ne change pas de quartiers, nous pourrons trouver une maison dans le voisinage. Mais je ne peux rien décider avant mon retour. On ne peut pas faire de projets en temps de guerre.

– En effet. Eh bien, c'est entendu comme ça. Vous irez aux Tours, puis vous viendrez nous voir. Maintenant, voyons les dates. (Elle sortit de son sac un agenda en maroquin noir.) Alors, quel jour penses-tu quitter l'infirmerie ?

Lorna les écoutait sans se mêler de la conversation. Tout se passait comme dans un rêve. Dans une semaine, elle serait mariée... elle serait la femme de Jimmy. Cette perspective la ravissait et la terrifiait à la fois. Serait-elle capable de le rendre heureux ?

Elle supposait que lady Braith ne l'avait pas mal jugée. L'entrevue était brève mais c'était une femme qui se décidait vite. « Quoi qu'il advienne maintenant, se dit-elle, je n'oserai jamais contrecarrer ses plans. »

Lady Braith échangea encore quelques mots avec le pasteur et l'affaire fut conclue.

– Bon, voilà qui est réglé, reprit lady Braith. A présent, Jimmy, j'ai un aveu à te faire. Ton père et moi avons bien réfléchi et il nous sera impossible de venir à la noce.

– Dommage, fit Jimmy. Mais je m'y attendais.

– Ton père ne peut pas s'absenter une journée entière et, pour ma part, j'ai réservé les trois semaines à venir à l'Association pour l'effort de guerre et je ne peux pas me décommander. Je dois superviser les activités des trois plus grandes villes, pasteur.

– Inutile de vous dire que mère est indispensable, expliqua Jimmy. Si d'aventure quelqu'un s'offrait à la remplacer, elle l'évincerait.

– Absolument pas, mon enfant. Au contraire, j'aimerais beaucoup être secondée, mais je me suis tellement dévouée au pays depuis de nombreuses années qu'ils ont pris l'habitude de se reposer sur moi.

– A présent, reprit Jimmy, je vais m'éclipser dans le jardin avec Lorna pour vous laisser expliquer au pasteur quelle chance il a de m'avoir pour gendre. Ne lui parlez pas trop de mes défauts, mère... laissez-lui quelques surprises.

– D'accord, répondit lady Braith de bonne grâce, mais surveille l'heure. Je dois impérativement être partie à quatre heures et demie.

– En ce cas, vous désirerez peut-être un thé à quatre heures ? demanda Lorna.

– Ce serait très gentil à vous, merci.

– Venez ! dit Jimmy en prenant Lorna par le bras. Notre présence est superflue.

Elle se laissa entraîner dans le jardin.

– Alors ? fit-il dès qu'ils furent seuls. Je ne vous avais pas prévenue ?

– Elle me terrifie, avoua Lorna. Oh, Jimmy... vous croyez que je lui plais ?

– Si ce n'était pas le cas, elle l'aurait déjà dit depuis longtemps. Entre nous, je crois que vous la rassurez. Mes parents sont un peu collet monté et ils craignaient que je n'épouse une girl de music-hall ou que je ne m'enfuie avec une femme mariée. Père espère être nommé pair du royaume et il veille jalousement à la réputation de la famille.

– Cela signifie que vous pourriez un jour avoir un titre? En ce cas, j'espère qu'il n'y arrivera pas.

– Pourquoi? Vous ne voudriez pas être une lady? Je suis prêt à parier que son nom figurera sur la prochaine liste des honneurs.

– Les choses deviennent plus intimidantes à chaque minute.

– Vous n'avez rien à craindre tant que je serai là. Je n'aspire qu'à vous être agréable, répondit-il d'un ton badin.

– Je n'en crois rien. Vous avez fait une chose affreuse! Je suis furieuse contre vous.

– Qu'est-ce que j'ai fait? De quoi parlez-vous?

Mais son air innocent n'était pas très convaincant.

– Vous le savez très bien. Oh, Jimmy, où est Peter?

– Calmez-vous. Il est en bonnes mains, je veille sur lui.

– Mais où est-il allé? Papa se fait un sang d'encre. Nous sommes bouleversés, tous les deux.

– Aïe, j'avais oublié le pasteur. Il le prend mal?

– Pas trop, mais ça l'a beaucoup chagriné.

– Honnêtement, ma chérie, je n'ai pas du tout pensé à lui. Maintenant, je comprends... son seul fils. Mais Peter m'a tellement répété qu'il voulait s'enrôler dans l'armée de l'air – il ne m'a parlé que de ça depuis mon arrivée – que je me suis dit: pourquoi ne pas lui accorder sa chance? La vie est trop courte pour passer son temps à ronger son frein. Alors, je lui ai donné un peu d'argent et une lettre de recommandation pour un de mes amis.

– Mais pourquoi ne pas nous avoir consultés d'abord? Nous ne pouvons pas le laisser partir comme ça. Vous ne comprenez pas ? Papa va aller le rechercher.

Jimmy réfléchit.

– C'est ennuyeux. Je lui ai promis de ne pas révéler où il allait mais, d'un autre côté, si votre père insiste, il me sera difficile de garder le silence... Alors, voici ce que je vais faire : je vais dire que je me suis contenté de lui prêter de l'argent sans lui demander où il allait.

– Vous ne pouvez pas mentir.

– Vous en êtes sûre ? Peter doit rester en contact avec moi afin que je sache toujours où il est et ce qu'il fait. Mais, si vous continuez comme ça, je ne vous communiquerai pas mes informations.

– Oh, je vous déteste !

– Oh, non, je sais que votre frère représente beaucoup pour vous, mais je représente quelque chose aussi. Regardez-moi et osez me dire que vous me détestez.

Il lui prit le menton pour la forcer à le regarder dans les yeux.

– Allez, insista-t-il. Dites-moi que vous me détestez et essayez d'être convaincante.

Il avait gagné. Il la retint captive un long moment avant de poser ses lèvres sur sa bouche... Le monde des problèmes et des difficultés s'évapora... Quelle importance ?... De quoi se souciait-elle, du moment que Jimmy l'aimait et qu'elle l'aimait ?... Il la relâcha et se mit à rire tendrement.

– Il y a quelque chose d'extraordinairement excitant à briser vos résistances, dit-il. C'est peut-être pour ça que je vous aime tant.

– Peut-être qu'un jour vous vous lasserez de ces conquêtes faciles. Il faudra que j'apprenne à être moins conciliante.

– Je vous battrai si vous ne m'obéissez pas.

Elle lui sourit et se tourna vers la maison.

– Je n'ai pas peur de vous et, maintenant, nous ferions bien d'aller nous occuper du thé de votre mère. Je vous préviens, vous n'êtes pas bien vu par Minnie en ce moment.

– Je m'en doutais. Je ne peux pas dire que ça m'empêchera de dormir.

– Le plus curieux, c'est qu'elle est, au fond, du même avis que vous. Elle pense que Peter est grand et doit agir comme il l'entend.

– Mais bien sûr! Écoutez, chérie, cessez de vous mettre martel en tête. Je vais en toucher un mot à votre père et tâcher de le raisonner.

– Je crois qu'il est déjà résigné. C'est moi qui ne le suis pas.

– Alors, arrêtez de vous occuper des autres et pensez à moi.

– Vous ne seriez pas un peu égoïste? demanda-t-elle, mi-sérieuse, mi-ironique.

– En ce qui vous concerne, oui. Je vous veux pour moi tout seul et sans délai.

Ils suivaient l'étroit sentier qui menait à la porte de derrière, à travers les buissons. Jimmy attira soudain Lorna contre lui.

– Au diable tous ces préparatifs de mariage! J'en ai assez de faire des projets, assez d'attendre... Je vous veux maintenant... tout de suite... cette nuit!

Il la serra contre lui et l'embrassa avidement... Elle sentit ses lèvres sur ses cheveux, ses yeux, son cou, sa bouche... Incapable de lui résister, elle laissa le flot de sa passion déferler sur elle en frémissant dans la fièvre de son étreinte.

12

Lorna traversa la pelouse et passa entre les tombes du vieux cimetière.

Dans l'église, les bougies de l'autel projetaient une lumière dorée qui scintillait sur la haute croix et sur les vases de fleurs blanches et rouges que Lorna avait choisies avec amour pour son mariage.

Elle alla s'agenouiller sur l'antique prie-Dieu en chêne sculpté. Il n'y avait que deux ou trois autres personnes dans l'église, des silhouettes qu'elle reconnaissait vaguement, mais à qui elle n'accorda aucune attention. Son père entra, paré de ses vêtements sacerdotaux.

Jamais l'office n'avait été aussi mystique et inspiré aux yeux de Lorna. Il lui semblait qu'il contenait un message particulier pour elle, un message d'espoir et de sanctification. Elle se voua au culte de l'amour, un amour qui était pour elle un écho de l'amour divin qu'elle vénérait.

« S'il vous plaît, mon Dieu, implorait-elle, aidez-moi à rendre Jimmy heureux. »

A la fin de l'office, elle s'éclipsa avant les autres. Elle ne voulait parler à personne, elle ne voulait pas écouter leurs félicitations et leurs vœux de bonheur; elle désirait être seule avec ses pensées et ses sentiments.

« Dans quelques heures, Jimmy et moi ne ferons qu'un. C'est un adieu à mon ancien moi. »

Elle traversa le jardin du presbytère et marcha jusqu'au verger. Elle s'arrêta sous le cerisier où elle avait rencontré Jimmy et se laissa envelopper par la paix et la beauté du matin tandis que le soleil dardait ses pâles et frêles doigts d'or.

« Je suis si heureuse, se dit-elle. Si merveilleusement heureuse ! »

Finalement, elle reprit le chemin de la maison. C'était un déchirement de s'arracher à cette extase spirituelle pour retourner au monde quotidien, mais elle avait encore beaucoup à faire pour mettre la dernière main aux préparatifs de cette grande journée.

Le salon était rempli de fleurs au parfum capiteux. Avec l'aide de Péki, elle avait passé toute la journée de la veille à le décorer de roses, de delphiniums et de lupins.

Elle monta dans sa chambre. En son absence, Minnie avait fait le lit et préparé sa robe de mariée, une robe magnifique, la plus belle qu'elle eût jamais possédée. C'était le cadeau de mariage de tante Julie, qui la lui avait envoyée avec d'autres toilettes. « Je me suis souvenue que tu avais exactement la même taille que le mannequin vedette de Sylvia », avait-elle expliqué dans sa lettre.

Quel contraste avec la pauvre toilette fanée et le chapeau de paille défraîchi qu'elle portait en ce moment ! Elle palpa la douce soie bleue de sa robe de mariée et les parements de renard qui décoraient le manteau assorti. Il y avait aussi une petite coiffe de plumes bleues et des gants de la même couleur. Tante Julie avait vraiment pensé à tout.

– C'est trop beau, murmura Lorna. J'aurai l'impression de n'être plus moi-même.

Quand elle fut vêtue, elle se mira avec stupéfaction. C'était tout juste si l'on reconnaissait encore, dans l'exquise silhouette qui se reflétait dans le miroir, la fille aînée du pasteur de Little Walton.

Péki et Peter n'en crurent pas leurs yeux.

– Ce que tu es élégante ! s'exclama Péki. Si je

t'avais rencontrée dans la rue, je t'aurais prise pour une autre.

– Eh bien, espérons que Jimmy ne s'y trompera pas. Ce serait malheureux s'il interrompait l'office en déclarant que je ne suis pas sa vraie fiancée !

– C'est la plus jolie robe que j'aie jamais vue ! commenta Beth, admirative. Oh, comme je regrette de ne pas pouvoir aller à l'église ! Je ne pardonnerai jamais à Michael de me l'avoir interdit.

– Estime-toi déjà heureuse qu'il t'ait laissé descendre. Si cela avait été un vrai repas de noces, il s'y serait opposé.

– Il a promis que je pourrais avoir un peu de champagne.

– N'en bois pas trop, je t'en supplie. Je serais à jamais inconsolable si tu étais saoule à mon mariage.

– Ne t'inquiète pas. Pour ne rien te cacher, je préfère la limonade.

– Dire que Peter ne sera même pas là pour boire à ta santé, dit tristement Péki.

– C'était gentil à lui de m'envoyer un télégramme, fit Lorna.

Elle relut le message posé sur la cheminée :

« Joyeux atterrissage. Le sommet du monde pour vous deux. »

Elle prévoyait de lui écrire une longue lettre à la première occasion. Tout le monde s'était résigné à son départ, désormais. Jimmy avait su présenter la chose très finement au pasteur, car il n'en voulait même plus à son futur gendre d'avoir pris une part active dans l'enrôlement de Peter. Celui-ci lui avait d'ailleurs fait parvenir une lettre dans laquelle il demandait le pardon en disant : « Il fallait que je parte. »

– Bon, est-ce qu'il ne me manque rien? reprit Lorna.

– Tes fleurs! s'écria Beth. Elles sont arrivées ce matin. Tu ne les as pas vues?

– Non, va les chercher, vite. Tu te rends compte si je les avais oubliées!

Jimmy avait envoyé un énorme bouquet d'orchidées violettes, qui allait magnifiquement avec sa robe.

– Je suis vraiment chic, fit-elle plaisamment en se regardant à nouveau dans la glace. Je ne remercierai jamais assez tante Julie.

– N'oublie pas de nous donner toutes les robes dont tu ne voudras plus, dit Beth.

– Bien sûr, et je t'en offrirai des neuves aussi, dans la mesure du possible. Mais à une condition.

– Laquelle?

– Que tu m'écrives régulièrement pour me tenir au courant de tout ce qui se passe à la maison, dans les moindres détails.

– Promis.

– Et veille bien sur papa. Qu'il n'oublie pas de mettre un cardigan quand il fera froid. Tu sais comme il est distrait. Je compte sur toi aussi, Péki.

– Je ferai de mon mieux.

– Et encore une chose, Beth. Dès que Michael estimera que tu es rétablie, retourne à l'école et travaille bien. Et essaie d'oublier un peu les garçons du canton.

– D'accord, répondit Beth solennellement.

Puis, tout à coup, elle se mit à pleurer.

– Non, Beth, non! fit Lorna qui, ne pensant plus à sa robe, alla s'agenouiller auprès de sa sœur.

– C'est plus fort que moi, sanglotait Beth. Je ne

veux pas que tu nous quittes. Ce sera affreux sans toi... absolument affreux.

– Je regrette de devoir partir, dit Lorna d'une voix tremblante. J'ai bien envie de ne plus me marier... Je me demande comment vous allez vous débrouiller sans moi.

Beth cessa de pleurer et la regarda, bouche bée.

– Mais tu ne peux pas reculer maintenant. Oh, Lorna, c'est impossible. Tout est prêt. Et, de plus, tu serais obligée de renvoyer tes robes.

– Tu as raison, ce ne serait pas raisonnable. Mais ne pleure pas, Beth, tu me fais trop de peine.

Beth s'essuya les yeux en reniflant.

– Moi qui croyais que les mariages étaient gais..., fit-elle.

Minnie ouvrit la porte. Elle avait son manteau, son chapeau et des roses blanches à la boutonnière.

– Je vais à l'église, mon enfant. Tout le monde vous attend, en bas.

– Jimmy doit être arrivé, dit Lorna. Viens, Péki. Et toi aussi, Beth. Tu pourras attendre notre retour au salon.

– Et Muriel? demanda Péki.

– Oh, je suppose qu'elle est prête, répondit Lorna. Mais va voir, on ne sait jamais.

Péki se rendit dans la chambre d'ami. Restée seule, Lorna regarda une dernière fois son lit et la photographie de sa mère, qui ne quittait jamais son chevet. Elle dit adieu à son enfance, à sa vie de jeune fille et, la tête haute, descendit lentement l'escalier.

L'église n'était qu'à moitié pleine. Ils n'avaient pas envoyé de faire-part, seuls leurs intimes étaient venus. Il y avait le colonel, les demoiselles Piggott, lady Abbott, resplendissante de satin fleuri sous sa grande capeline, et les villageois qui avaient connu Lorna au berceau.

Il n'y avait pas de chœur. Seul un organiste accompagna les fiancés en sourdine quand ils remontèrent ensemble l'allée centrale. Les rayons du soleil, qui filtraient par les vitraux, formaient un halo au-dessus de la tête du pasteur.

Jimmy prêta serment d'une voix grave et ferme; celle de Lorna ressemblait plus à un murmure, mais empreint de ferveur. La cérémonie fut brève.

– Puis-je être le premier à embrasser ma femme? demanda Jimmy, lorsqu'ils furent réunis dans la sacristie pour signer le registre.

Il lui baisa les lèvres et elle se tourna vers son père.

– Dieu te bénisse, mon enfant. Puisses-tu être très heureuse.

– Merci, papa. Je suis heureuse.

Péki et Muriel signèrent le registre à leur tour, puis les mariés sortirent de l'église, suivis par les villageois impatients de leur serrer la main et de les féliciter.

Tout le monde se retrouva dans le jardin du presbytère, où le pasteur avait invité quelques personnes à porter un toast. Hélas, lady Abbott était du nombre.

– Je me sens un peu responsable de tout ceci, dit-elle plaisamment au pasteur. Au fond, c'est à cause de moi que vous perdez aujourd'hui votre jolie Lorna. Je ne suis pas sûre que vous m'en soyez reconnaissant.

– Tant qu'elle sera heureuse comme aujourd'hui, je vous en serai reconnaissant.

– Les charmants tourtereaux! reprit-elle. La cérémonie m'a fait venir les larmes aux yeux. Les mariages en temps de guerre sont toujours un peu tristes, vous ne trouvez pas? (Elle se tourna vers Jimmy.) Vos chers parents ont dû être très déçus de ne pouvoir venir.

Jimmy n'avait aucune envie d'être mêlé à la conversation.

– Ils ont été dignement représentés par ma sœur, répondit-il pour couper court. Muriel, permets-moi de te présenter lady Abbott. Je t'ai souvent parlé de la grande bonté qu'elle m'a témoignée pendant que j'étais chez elle.

– Votre frère était un patient modèle. Je suis enchantée de faire votre connaissance.

Jimmy en profita pour entraîner Lorna à l'écart.

– Je ne peux pas supporter cette vieille bavarde. J'ai soif, allons nous servir un verre.

Ils retrouvèrent Beth sur le seuil de la porte. Elle les embrassa affectueusement.

– Tout s'est bien passé? Jimmy n'a pas fait tomber l'alliance?

– Pas la moindre anicroche, répondit Lorna. Et toi, tu ne t'es pas trop ennuyée?

– Un peu. J'ai grignoté quelques canapés pour tuer le temps.

– Oh, la vilaine! S'il n'y en a pas assez pour tout le monde, tu devras en préparer d'autres toi-même.

– Allons constater les dégâts, fit Jimmy en conduisant Lorna dans la salle à manger.

– Où est Michael? demanda-t-elle soudain. Je ne l'ai pas vu à l'église.

– Il n'y était pas, répondit Beth. Il vient juste d'arriver. Il se lave les mains, il a été retenu par une urgence.

– Il aurait tout de même pu venir à mon mariage, protesta Lorna.

– Sa présence n'était pas indispensable, commenta Jimmy.

Elle le regarda subrepticement et devina qu'il était jaloux. « Il est ridicule, songea-t-elle. Etre jaloux de Michael! » Mais cette idée l'amusait et, quand Michael fit son apparition dans la salle à manger quelques minutes plus tard, elle lui réserva un accueil encore plus chaleureux que d'habitude.

– Cher Michael! s'exclama-t-elle en lui tendant les mains. Souhaitez-moi bonne chance. Je suis furieuse que vous ne soyez pas venu à la cérémonie.

– Je n'ai pas pu me libérer, fit-il sans autre explication.

Elle savait qu'il mentait.

– Bonjour, Davenport, dit Jimmy. Mon bras va bien. Un peu raide, mais sans plus.

– Tant mieux. Ne faites pas trop d'efforts pendant quelques jours.

– Il faudra que Lorna me le rappelle.

– Je n'y manquerai pas. Je suis une excellente infirmière, n'est-ce pas, Michael?

– Je ne sais pas, vous ne m'avez jamais soigné.

– Michael! Vous n'êtes pas galant. Vous m'avez vue soigner des centaines de gens et vous avez toujours dit que je m'y prenais très bien.

– Hum... j'ai peut-être parlé trop vite.

– Ça devient une habitude chez vous, commenta Jimmy.

Les deux hommes échangèrent un regard. Il semblait y avoir, dans leurs propos, un sens caché que Lorna avait du mal à comprendre. Sentant que le ton risquait de monter entre eux, elle voulut détourner la conversation et profita de la présence des demoiselles Piggott pour changer de sujet.

– Où allez-vous, ce soir? demanda l'aînée des deux.

– En Cornouailles, répondit Lorna. C'est pourquoi nous nous sommes mariés de bonne heure. Nous déjeunerons dans le train, nous serons à Kingsbridge pour le thé et nous ferons les cinquante derniers kilomètres en auto.

– Magnifique! J'ai un excellent souvenir des Cornouailles. Ma sœur et moi, nous y étions en 1903 et...

Lorna n'écoutait pas. Elle était dans un rêve... ces rires... ces voix... la rivalité entre Jimmy et Michael...

Tout cela faisait partie d'une sorte de conte de fées dans lequel elle jouait le rôle principal. Elle avait l'impression de se dédoubler et de se voir sur un écran de cinéma.

Quand enfin vint l'heure du départ, tout lui semblait encore irréel. Sans émotion ni larmes, elle embrassa sa famille, se serra longuement contre Minnie et se laissa emporter dans la voiture. Elle fit un dernier signe de la main comme une somnambule, comme si elle jouait un rôle...

– Je déteste les mariages! fit Beth, comme la voiture disparaissait au loin.

– Allons, console-toi, lui dit Michael, voyant que ses lèvres tremblaient et qu'elle était au bord des larmes. Viens, rentre, ne reste pas dans le courant d'air. Je ne veux pas que tu prennes froid.

– Je m'en moque bien! répliqua-t-elle, en lui obéissant néanmoins.

– Je vais te dire ce qu'on va faire, reprit-il. On va se mettre dans un coin où personne ne viendra nous déranger et je vais aller te chercher des canapés et quelque chose à boire. Je suis sûr que personne n'a pris le temps de déjeuner correctement ce matin, dans cette maison.

Il comprenait que le départ de Lorna était une dure épreuve pour elle qui, n'ayant guère de points communs avec Peter et Péki, s'était toujours sentie « la cinquième roue du carrosse ».

« La pauvre enfant ! » se dit-il en prenant un plat dans la salle à manger. Il eut soin d'éviter l'encombrante compagnie de lady Abbott et alla rejoindre Beth dans le bureau du pasteur.

Elle était lovée dans le fauteuil près de la fenêtre.

– Voilà, des canapés et un grand morceau de gâteau ! annonça-t-il. Qu'est-ce que tu en dis ?

Il sortit une bouteille de limonade et un verre de ses poches.

– Magnifique, répondit Beth. J'aurais préféré une glace, mais enfin...

– On ne peut pas tout avoir en temps de guerre. Maintenant, mange et tu te sentiras mieux.

– Je me sens très bien. C'est seulement le départ de Lorna qui me chagrine.

– Nous en sommes tous là.

– Je sais qu'elle vous manquera. Oh, Michael, j'aurais préféré que ce soit vous qu'elle épouse.

Michael se raidit, puis sourit.

– Merci, Beth.

Elle le regarda avec gravité.

– Vous savez, j'ai beaucoup réfléchi pendant que j'étais clouée au lit, et j'ai compris ce qui n'allait pas dans l'amour et le mariage. Jusque-là, je n'avais vu que le bon côté des choses. Je n'avais jamais pensé que ça pouvait aussi rendre malheureux.

– Cela peut nous affecter de nombreuses manières.

– Vous allez me trouver idiote, mais je viens seulement de m'en rendre compte.

– Tu as encore le temps de mûrir avant que ton tour ne vienne.

– Peut-être, mais c'est si long de grandir. Je suis toujours toute seule.

– Je suis seul aussi, Beth. Alors, essayons de nous remonter le moral ensemble.

Elle rougit.

– Vous êtes chic, Michael. Vous voyez, je n'ai personne à qui parler. Papa a toujours préféré Lorna, les jumeaux étaient toujours ensemble et moi, j'étais là comme un cheveu sur la soupe.

Michael eut le cœur serré. Cela expliquait tant de choses : la propension de Beth à se faire remarquer, à courir après les garçons, n'était dictée que par le besoin d'être aimée.

– Maintenant, écoute-moi, Beth. Je sais exactement ce que tu éprouves... Je ressens souvent la même chose. Je t'aiderai et tu dois m'aider. Nous sommes amis. Si tu veux parler à quelqu'un, viens me voir. Si j'ai le cafard, je te confierai moi aussi mes problèmes. Et il y a encore autre chose...

« Une nursery va bientôt être créée pour les enfants de la région. Tu veux venir me seconder ? Je sais que tu ne peux te libérer que le samedi et le dimanche mais, si tu pouvais m'accorder une heure ou deux, ce serait une aide inestimable. »

– Mais qu'est-ce que je peux faire ?

– Jouer avec les enfants, pour commencer. Ensuite, tu me communiqueras tes impressions sur leur comportement. Tu seras un excellent juge : ni trop vieille pour participer à leurs jeux, ni trop jeune pour te faire une opinion sur leur bien-être. Certains d'entre eux sont extrêmement anxieux, ceux qui ont subi des bombardements et qui, parfois, ont été ensevelis plusieurs heures durant. Tu veux bien, Beth ?

– Bien sûr, Michael, si vous pensez que j'en suis capable.

– J'en suis certain.

– Oh, Michael, ce serait merveilleux d'être vraiment utile. Vous croyez que papa sera d'accord?

– Il ne fera aucune difficulté.

Beth avala une dernière bouchée de gâteau et se lécha les doigts.

– Je vais tout de suite écrire à Lorna pour le lui annoncer et je lui dirai que vous êtes l'homme le plus merveilleux du monde.

– N'en rajoute pas. Ton beau-frère pourrait être jaloux.

– Vous croyez? Ce serait drôle.

Elle repoussa le plat et donna le bras à Michael.

– Je vais montrer à Lorna de quoi je suis capable en son absence. Je vais travailler dur et je ne ferai plus la bête.

– Bravo! Je t'aiderai et tu m'aideras. Nous allons former un « club d'assistance mutuelle ». Je ne te laisserai pas tomber.

– Vous n'avez jamais laissé tomber personne, affirma-t-elle, avec plus de sagesse qu'elle ne le pensait.

Puis, avec un soupir de contentement, elle frotta sa joue contre l'épaule de Michael.

– Vous croyez que, en vous y prenant bien, vous arriverez encore à mettre la main sur une autre bouteille de limonade pour moi? demanda-t-elle.

13

Lorna, drapée dans un peignoir blanc, était étendue dans la véranda.

Elle regarda son mari traverser la plage pour venir vers elle. Il était en maillot de bain. Son corps athlétique et bronzé lui rappelait les statues des héros de la Grèce antique. Il était d'une beauté éblouissante, tout le monde était d'accord sur ce point.

Elle lui sourit. Il se jeta sur l'un des matelas couverts de chintz aux couleurs gaies qu'on avait disposés sur le sol de planches.

– Il fait chaud, n'est-ce pas? dit-elle. Je ne pouvais plus supporter le soleil, alors je suis venue me mettre à l'abri.

– Tu deviens drôlement paresseuse. Qu'est-ce que tu as là? Le courrier?

– Oui. Il vient d'arriver. J'ai reçu des nouvelles de papa, qui me raconte les derniers potins du village. Il a glissé une lettre pour toi dans l'enveloppe. Elle avait été adressée au château à ton nom, avec prière de faire suivre, et lady Abbott la lui a transmise. Je crois qu'elle est de Sally, je reconnais son écriture.

– Ah? fit Jimmy avec indifférence.

– Des félicitations, sans doute. Tu veux que je l'ouvre pour te la lire?

– Si tu veux... Et puis, non. Il ne faut pas que tu prennes l'habitude d'ouvrir la correspondance de ton mari... tu pourrais découvrir mes turpitudes passées.

Elle rit.

– Je serai prudente. Des fois qu'il y ait un squelette dans le placard...

Elle lui lança la lettre. Il la rattrapa et décacheta l'enveloppe avec ses doigts. Il y avait une unique petite feuille à l'intérieur. Il la lut et regarda Lorna.

– Curieuse?

– Bien sûr. C'est de Sally?

– Exact.

Il lui renvoya la lettre et s'allongea en fermant les yeux.

Il n'y avait que quelques mots :

« Meilleurs vœux de bonheur, pour maintenant et pour toujours. Avec du romarin en souvenir. Sally. »

– Pourquoi dit-elle : « Du romarin en souvenir »?

– Je me le demande. Une plaisanterie, je suppose... une allusion à ma turbulente vie de garçon. *Requiescat in pace.*

– Tu regrettes le célibat?

– Sûrement pas! Je ne pense jamais au passé. Comme ça, je n'ai jamais de remords.

– Ça ne m'étonne pas de toi.

– Il y a tout de même une chose que je regrette, c'est qu'il n'y ait pas de casino dans ce trou perdu.

– Un casino?

– Oui. Une villégiature sans casino, c'est le paradis sans la pomme... ou sans le serpent, peut-être.

– Ça te manque vraiment?

– Énormément. En temps normal, nous aurions passé notre lune de miel dans le sud de la France, au Cap-d'Antibes, puis à Biarritz. J'aurais adoré te voir jouer à la roulette et parader à ton bras pour rendre tout le monde jaloux. Ah, maudite guerre, quelle plaie!

– Tu t'ennuies, seul avec moi?

– Certes non. Je suis comblé. Mais reconnais que ce n'est pas exactement un parc de loisirs, ici.

Elle se rendait parfaitement compte que Jimmy était insatisfait. Elle le connaissait déjà assez bien pour comprendre que la natation, les flâneries au soleil et les ébats amoureux ne suffisaient pas à remplir sa vie.

Il voulait bouger, voir des gens, sortir. Pour la première fois depuis qu'ils étaient mariés, elle voyait un nuage se profiler à l'horizon de leur bonheur.

– Si nous allions nous promener en voiture, cet après-midi? suggéra-t-elle.

– Je ne crois pas que nous ayons assez d'essence. De toute façon, il n'y a rien d'intéressant dans cette région. Ne t'inquiète pas, on va faire un bon déjeuner et nager pour digérer.

Un début d'irritation se cachait derrière le ton consolant de ses paroles. Lorna contempla la mer bleue avec tristesse. Pour elle, cet endroit était un paradis. Cependant, Jimmy s'ennuyait. Non qu'elle le déçût, mais il avait besoin de distractions, sous n'importe quelle forme.

Jimmy avait grandi dans un monde où l'on avait peur de la solitude. Soudain, elle craignit pour leur avenir. Ils avaient si peu de points communs! Par exemple, Jimmy n'aimait pas la lecture. Lorsqu'elle lui avait demandé quels étaient ses auteurs favoris, il avait été incapable de lui en citer un seul.

– Tu ne lis donc jamais?

– Si, bien sûr, mais je ne m'intéresse pas beaucoup aux romans. Je préfère le journal ou les hebdomadaires comme le *Tatler* ou le *Picture Post*.

Lorna avait été un peu déconcertée : elle ne

pouvait pas concevoir la vie sans livres. A présent, elle se demandait comment ils allaient pouvoir occuper les trois derniers jours de leur lune de miel.

Le maître d'hôtel apparut à l'entrée de la véranda avec un télégramme sur un plateau d'argent.

— Pour vous, monsieur, dit-il.

— Merci, Burton.

Jimmy en prit connaissance.

— Le ministère de l'Air! s'exclama-t-il. Je me demande ce qui se passe. Burton, nous prendrons le train de l'après-midi. Nous partirons tout de suite après déjeuner. Qu'on prépare les bagages immédiatement.

— Bien, monsieur.

Le maître d'hôtel s'en retourna et Jimmy se leva d'un bond.

— Le ministère de l'Air me convoque pour demain midi. Tu crois que c'est pour une médaille ou pour un blâme?

Il souriait. Son ennui s'était évaporé. Il était de nouveau vif et alerte.

— Tu crois que tu vas être envoyé sur le front? fit-elle d'une voix hésitante.

— Qui sait? (Il haussa les épaules.) Mais rassure-toi, ma chérie, c'est sûrement sans importance.

— J'espère. Je vais aller m'habiller. Je regrette de quitter cet endroit. C'est si magnifique!

— Tu t'y es plu?

— Enormément.

Elle se leva. Elle se sentait toute petite face à lui, avec ses sandales sans talons. Il la prit dans ses bras.

— Tu es adorable. Ce fut une merveilleuse lune de miel.

Il l'embrassa et lui dénuda les épaules.

– Jimmy! On pourrait nous voir.

Il se fit plus possessif et la serra contre lui.

– Et alors? Tu es ma femme, non?

Elle se débattit, mais il était trop fort.

– Voyons, nous allons manquer le train, dit-elle, rougissante.

– Embrasse-moi.

Il ne la relâcha que lorsqu'elle lui eut obéi. En courant vers sa chambre, elle l'entendit siffloter joyeusement. « Il est content de partir », songea-t-elle tristement. Mais elle ne lui en voulait pas. Jimmy ne pouvait pas rester inactif, même dans le bonheur.

Ce fut un long et pénible voyage. Il était près de dix heures quand ils arrivèrent à Mountley Park. La résidence des Braith était à quatre-vingts kilomètres de Londres, mais Jimmy n'avait pas voulu passer la nuit dans la capitale, à cause des bombardements.

Il faisait encore jour quand ils s'arrêtèrent au bout de l'allée. Lorna découvrit un imposant manoir en pierre de taille, avec des tourelles et des jardins ornementaux.

On les conduisit dans un salon bleu et or, où de nombreux convives bavardaient et jouaient au bridge. Très intimidée, Lorna se contenta de serrer quelques mains et de murmurer des remerciements polis aux félicitations qu'elle recevait.

– Votre train avait du retard, dit lady Braith. Il y a eu un raid sur Londres?

– J'ai entendu les sirènes, mais c'était apparemment une fausse alerte, répondit Jimmy. Père, je vous présente Lorna. Il est temps que vous fassiez sa connaissance, nous sommes mariés depuis quatre jours.

– Ce qui est déjà long pour la nouvelle génération, ironisa quelqu'un en arrière-plan.

Lorna tendit la main à un homme grand et austère, qui ne ressemblait pas du tout à l'idée qu'elle se faisait du père de Jimmy. De profondes rides reliaient son nez à la commissure de ses lèvres pincées. Il était maigre et donnait l'impression de n'avoir jamais été jeune. C'était un monument, plus qu'un être humain.

Il regarda sa bru sous ses sourcils broussailleux sans prononcer un mot. Cette « minute de silence » allait rester célèbre dans la famille.

– Je suis désolée que vous n'ayez pu venir à mon mariage, hasarda Lorna pour briser la glace.

– C'était malheureusement impossible, répondit sir Douglas. Vous avez dîné ?

– Dans le train, dit Jimmy. Ce n'était pas très appétissant.

– Vous auriez dû attendre. Je vais commander une collation.

– Parfait ! Un verre me fera du bien.

Lorna fut présentée au reste de l'assemblée. Il y avait là des membres du Parlement, plusieurs dames sans âge, une demi-douzaine de dignitaires locaux accompagnés de leurs épouses et Muriel, que Lorna fut ravie de revoir.

Elle n'avait guère eu le temps de faire vraiment connaissance avec la demi-sœur de Jimmy, car celle-ci était arrivée très tard au presbytère, la veille du mariage. Cependant, intimidée par tous ces visages inconnus, Lorna s'accrocha à elle comme à une vieille amie.

– Vous voudrez peut-être faire un brin de toilette, suggéra Muriel. Je vais vous montrer votre chambre.

– Oui, merci, répondit Lorna, qui la suivit dans le grand escalier de chêne couvert d'un épais tapis.

– Nous y voici, dit Muriel en poussant une porte qui ouvrait sur une immense chambre, où une soubrette était déjà en train de déballer les valises.

Il y avait un beau lit à colonnes et de hautes fenêtres tendues de damas cerise.

– Comment avez-vous trouvé les Cornouailles et les Tours ? demanda Muriel.

– J'ai adoré. C'est le plus joli endroit que j'aie jamais vu.

– J'aime beaucoup aussi cet endroit, avoua Muriel. Hélas, nous y allons rarement, même en temps de paix. Mère est très occupée et elle souhaite que je l'aide.

Muriel avait presque quarante ans et elle en paraissait bien dix de moins. Elle était restée très jeune fille.

Bien que vêtue avec soin et à prix d'or, elle donnait l'impression de ne faire aucun effort d'élégance et de préférer passer inaperçue. Pourtant, il était impossible de ne pas l'aimer. Elle semblait adorer Jimmy, elle aussi, et c'était sans doute cela qui rapprochait les deux femmes.

Lorna retira son chapeau et son manteau, dévoilant une ravissante robe à fleurs, l'une de celles que tante Julie lui avait envoyées.

– C'est très joli, fit Muriel, admirative. Mais il est vrai qu'un rien vous habille. Votre robe de mariage était charmante.

– C'est vrai, reconnut Lorna sans fausse modestie. Je suis heureuse qu'elle vous ait plu. Rien de tel qu'une belle robe pour vous mettre en confiance. Comme ce soir, par exemple. Si je n'avais pas eu conscience d'être bien habillée, j'aurais été encore plus intimidée.

– Vous n'avez aucune raison d'être intimidée. Tandis que moi, c'est différent. Les gens ne me remarquent jamais. Je suis insignifiante. Parfois, je voudrais pouvoir me cacher sous le tapis.

– Oh, j'ai déjà ressenti la même chose. Mais vous avez toujours vécu dans ce milieu, vous y êtes habituée. Vous avez vu où j'habitais... Un sacré contraste, non?

– J'ai adoré votre maison, dit Muriel avec un accent de sincérité.

– Vraiment? Pourquoi?

– Elle si douillette, si accueillante. C'est tout à fait le genre de maison que j'aimerais avoir si je me mariais... Mais ça n'arrivera jamais.

– Bien sûr que si.

– Non, je ne me fais pas d'illusions. J'ai de nombreux amis, mais je ne suis pas de celles qu'on épouse.

Dès que la soubrette les laissa seules, Muriel posa une main sur le bras de Lorna.

– Je n'ai pas eu l'occasion de vous le dire lors de votre mariage, mais je suis folle de joie que vous ayez épousé Jimmy. Je vais enfin avoir une sœur. J'en ai toujours voulu une.

– Merci. (Lorna lui fit une bise sur la joue.) Je ferai de mon mieux pour rendre Jimmy heureux.

– Je n'en doute pas un instant. Oh, je suis heureuse qu'il vous ait choisie. J'ai eu si peur qu'il ne préfère votre cousine. Je crois qu'il lui plaisait beaucoup et, quand ils sont venus ici, l'autre week-end, j'ai eu des craintes.

– L'autre week-end?

– Oui, vous ne saviez pas? Ils étaient là le samedi et le dimanche soir avant votre mariage.

– J'avais oublié, répondit vite Lorna, voyant que Muriel s'alarmait, de peur d'avoir manqué de tact. Sally rentrait justement de chez nous.

– C'est exact, dit Muriel, soulagée. Elle a conduit Jimmy à Londres en voiture.

Lorna réfléchissait. Elle se rappelait que Sally était partie en catastrophe pendant qu'elle était à sa réunion de Guides; elle se rappelait aussi qu'elle avait demandé à Beth l'annuaire téléphonique. Sur le moment, cela ne l'avait pas frappée mais, maintenant qu'elle y pensait, pourquoi Sally avait-elle eu besoin d'un annuaire local, sinon pour téléphoner dans le canton?

Qu'est-ce que tout cela signifiait? Pourquoi sa cousine était-elle venue ici et, surtout, pourquoi Jimmy ne lui en avait-il rien dit?

— Sally est très jolie, continuait Muriel, mais elle a le don de me mettre mal à l'aise. En sa présence, j'ai l'impression d'avoir quinze ans.

— Je comprends, fit Lorna distraitement.

— Je me suis évidemment inquiétée pour rien. Jimmy est si beau garçon qu'on ne compte plus ses conquêtes, mais j'aurais dû prévoir qu'il aurait assez de bon sens pour choisir quelqu'un comme vous.

Lorna se força à sourire.

— J'espère ne jamais vous décevoir.

— Impossible. Vous êtes prête? On peut descendre?

La soirée se poursuivit jusqu'à minuit. Jimmy se laissa entraîner dans une partie de bridge et Lorna, après avoir bavardé avec sa belle-mère, fut conviée en tête à tête dans le cabinet particulier de sir Douglas.

— Je voudrais faire plus ample connaissance avec ma nouvelle bru, dit-il. Venez.

Elle le suivit dans une grande pièce pleine de livres avec, au centre, un large bureau jonché de papiers et muni de plusieurs téléphones.

— C'est ici que vous travaillez?

— Quelquefois, répondit-il. J'ai aussi un bureau en ville.

– Ça vous plaît?

Il parut surpris.

– Excusez-moi, reprit-elle, c'est une question un peu idiote, mais papa disait à Jimmy que vous étiez un bon vivant à Oxford, toujours enjoué et remarquable joueur de cricket. C'est pourquoi je me demandais quel effet cela vous faisait d'être aujourd'hui à la tête d'une vaste entreprise avec des milliers d'employés.

– C'est une lourde responsabilité. A Oxford, je ne m'attendais pas à mener ce genre d'existence. J'étais un jeune insouciant et j'ai gâché de nombreuses occasions de me perfectionner.

– Mais vous étiez heureux?

Sir Douglas eut un petit rire amer.

– Le bonheur et l'ambition ne font pas bon ménage, ma chère.

– Ne peut-on pas avoir les deux?

– Un homme ambitieux est généralement trop occupé pour être émotif. C'est justement le problème de mon fils. Trop émotif et pas assez ambitieux.

– Il est très consciencieux dans son métier.

– Son métier? L'aviation n'est qu'un passe-temps pour lui. Son vrai travail sera de prendre ma succession quand je serai trop vieux pour continuer. Pour le moment, il en est à peu près aussi capable que mon garçon de courses! Peut-être parviendrez-vous à lui mettre un peu de plomb dans la cervelle. Moi, j'y renonce.

Lorna doutait fort de pouvoir changer Jimmy. Il était irresponsable et insouciant. Mais elle était convaincue qu'il avait autant de force de caractère que ses parents.

– J'essaierai, dit-elle, mais je ne suis pas très optimiste.

Il rit.

– Vous êtes franche, au moins, et j'aime ça. Quand la guerre sera finie, nous y réfléchirons ensemble.

Il se dirigea vers la porte et Lorna comprit que cet étrange entretien était terminé. Elle avait l'impression d'être une candidate à un emploi et, somme toute, elle avait réussi son examen de passage.

– Bonne nuit, dit-il.

Et plus personne ne le revit de la soirée.

Quand Jimmy et elle montèrent se coucher, elle attendit, assise à sa coiffeuse, qu'il ait fini de se déshabiller.

– Qu'est-ce que tu penses de la maison? lui demanda-t-il tandis qu'elle se brossait les cheveux.

Il alluma une dernière cigarette avant d'aller se mettre au lit.

– Très imposante. Je réserve mon opinion pour plus tard.

– Tu as eu un succès fou auprès de ces dames. J'ai entendu mère chanter tes louanges.

– N'exagère pas. (Elle reposa sa brosse et se tourna vers lui.) Pourquoi ne m'as-tu pas dit que Sally t'avait conduit à Londres, l'autre samedi, et que tu l'avais invitée ici?

Il secoua la cendre de sa cigarette dans la cheminée.

– Je ne te l'ai pas dit? Tiens! Il me semblait, pourtant.

– Ne raconte pas d'histoires. Tu sais très bien que tu ne m'en as pas touché un mot. Pourquoi es-tu si cachottier?

– Ce n'était pas intentionnel. Je crois que Sally avait peur que tu ne sois jalouse. Elle ne voulait pas que tu t'imagines qu'elle essayait de te chiper ton fiancé.

172

Elle avait de bonnes raisons, songea Lorna. Sa cousine n'avait pas pu se méprendre un instant sur la réalité de ses sentiments à l'égard de Jimmy.

– N'empêche, reprit-elle. Je trouve que tu aurais pu me le dire.

– Qui a vendu la mèche?

– Muriel. Elle croyait que je savais.

– Je ne ferais pas un bon criminel, n'est-ce pas?

– Je crois que non, mais je regrette que tu ne m'aies rien dit.

Il jeta sa cigarette.

– Tu ne peux pas m'en vouloir. C'était avant notre mariage. Maintenant, j'ai tourné la page.

– D'après ce que j'ai cru comprendre, il était temps!

Il la souleva du tabouret.

– Si tu fais l'impertinente, je vais sévir.

Elle jeta ses bras autour de son cou.

– Je suis fatiguée, dit-elle. Allons au lit. Ce n'est pas important, pour Sally.

– Pas important du tout.

Il l'étreignit, baisa sa bouche et, en lui murmurant des mots d'amour, la porta jusqu'au grand lit à colonnes.

14

Lorna écrivait une lettre à son père. Par les fenêtres, elle pouvait admirer les jardins, avec leurs massifs de lis, leurs haies d'ifs taillés et au loin, flanquées de vastes pelouses, les colonnes blanches d'un pavillon d'été imitant le style des temples grecs.

Ici, malgré la guerre, tout était propre, classique, parfait. C'était peut-être un parc idéal pour une conversation intellectuelle et mondaine, mais non pour les joyeux ébats d'enfants rieurs et heureux.

Il en allait de même pour le reste de la maison. Après le petit déjeuner, Muriel avait emmené Lorna dans la galerie de tableaux, où étaient exposées les superbes œuvres que sir Douglas collectionnait depuis qu'il avait réussi dans sa carrière.

Il y avait aussi des portraits récents, de sir Douglas lui-même, de lady Braith et un de Jimmy enfant, qui le représentait dans une attitude solennelle.

– Il a été peint par Sargent, avait expliqué Muriel.

– Il doit avoir beaucoup de valeur, avait commenté Lorna.

– Oui, je suppose. Mais qu'est-ce qui a encore de la valeur, par les temps qui courent, alors qu'une bombe peut tout détruire à tout moment?

– Ne serait-il pas plus prudent d'entreposer les tableaux à la cave?

– Sûrement, mais père est fataliste. Comme s'il mettait Hitler au défi de perturber l'ordre immuable de sa vie quotidienne!

– Sir Douglas m'a fait l'effet d'un homme assez effrayant.

– Il a bon cœur. Au fond, je pense que c'est un timide. Il ne l'avouera jamais, mais je crois qu'il déteste les mondanités. Son austérité, pour ne pas dire sa rudesse à certains moments, est un masque derrière lequel il cache sa véritable personnalité.

– Vous êtes une fine psychologue, semble-t-il.

– Je ne sais pas. Je le connais depuis si longtemps. Et puis, n'oubliez pas que ce n'est pas mon vrai père.

– Et vous êtes naturellement très critique à l'égard de l'homme qu'a épousé votre mère. Je le serais moi aussi.

– Oh, comme c'est bon d'avoir quelqu'un à qui parler! s'était soudain exclamée Muriel.

– Mais vous devez avoir beaucoup d'amis.

– Quelques-uns, mais ce n'est pas pareil. Avec vous, je peux parler de père, de mère et de Jimmy sans être indiscrète, puisque vous faites partie de la famille.

– Comment était Jimmy quand il était petit?

– Un vrai garnement!

Elles avaient éclaté de rire ensemble, puis Muriel avait été appelée au téléphone et Lorna était allée s'installer devant le secrétaire pour écrire la lettre qu'elle rédigeait en ce moment.

Elle reposa sa plume. « Je finirai plus tard, se dit-elle, quand Jimmy sera rentré de Londres. Ainsi, je pourrai communiquer les toutes dernières nouvelles à papa. »

Muriel ne tarda pas à réapparaître.

– Qui croyez-vous que c'était? demanda-t-elle.

– Jimmy? fit Lorna.

– Oh non, il aurait voulu vous parler en premier. Non, c'était Sally. Elle vient ce soir.

– Ce soir! Pourquoi?

– Eh bien, la dernière fois qu'elle était ici, mère l'a persuadée de prier le général Garthwaite – vous savez qu'elle lui sert de chauffeur – de bien vouloir donner une conférence à l'occasion des Semaines pour l'effort de guerre. Il vient ce soir et Sally l'accompagne.

Lorna accueillit la nouvelle avec des sentiments mitigés. Elle aimait beaucoup Sally, mais ce qui s'était passé entre elle et Jimmy, récemment, la mettait mal à l'aise.

Elle se raisonna : maintenant que Jimmy était

son mari, la situation était différente et, en outre, elle avait une dette envers la mère de Sally, puisque toutes les jolies robes qu'elle portait étaient dues à la générosité de tante Julie.

— A la bonne heure. Je serai ravie de revoir Sally, dit-elle sans trop de conviction.

— Vous auriez préféré que je refuse de la recevoir ? reprit Muriel, anxieuse.

— Bien sûr que non. Quelle idée ! Jimmy sera enchanté de sa visite. Et moi aussi.

Pourtant, un certain déplaisir l'accompagna toute la journée, même après le retour de Jimmy en début d'après-midi, qui se montra très satisfait de son entretien au ministère de l'Air.

— C'était formidable ! raconta-t-il à la famille réunie sur la terrasse pour prendre le café après le déjeuner. Je vais être responsable d'une nouvelle escadrille, dont le nom est encore secret. Il y a des avions américains. Le dernier cri de la technique ! Ils sont fameux. Attendez qu'on soit dans le ciel et les Boches vont le sentir passer, c'est moi qui vous le dis !

Son enthousiasme était communicatif. Jimmy avait le don de galvaniser son entourage.

— Pour couronner le tout, ajouta-t-il, je suis affecté à un nouvel aérodrome, à quinze kilomètres d'ici à peine ! Un coup de chance, non ? Lorna pourra habiter ici et je ferai l'aller-retour chaque fois que j'en aurai la possibilité. J'espère que vous accepterez de l'héberger, mère ?

— Evidemment, répondit lady Braith. En ce cas, je pense qu'il vaudrait mieux que vous emménagiez dans la suite de l'aile ouest. Comme ça, vous aurez un salon à vous. Tu veux t'en occuper, Muriel ?

— Bien, mère.

Lorna ne dit rien, mais cette perspective ne

l'enchantait guère. Elle était impatiente de trouver un cottage ou une petite maison à proximité de l'aérodrome de Jimmy, afin d'être enfin seule avec lui et de fonder un véritable foyer. Elle se voyait déjà lui mitonnant amoureusement de délicieux petits plats et gérant son ménage avec l'aide d'une gouvernante locale. L'idée de rester indéfiniment à Mountley Park l'effrayait.

Quand elle aborda le sujet avec Jimmy, plus tard dans l'après-midi, il parut surpris.

– Au nom du ciel, Lorna, tu ne veux tout de même pas vivre dans un cottage! Il est impossible de trouver une maison d'une taille acceptable près de ces aérodromes. En cas de nécessité, on aurait trouvé une solution mais, puisque tout s'arrange, c'est inutile. Tu seras très bien ici, et j'aime le luxe. D'ailleurs, cette maison sera la nôtre un jour.

– C'est vrai?

Elle s'imaginait mal dans le rôle de maîtresse de maison dans un cadre aussi somptueux.

– Bien sûr, voyons! fit-il en riant de voir sa mine désolée. Alors, autant t'y habituer tout de suite. Tu dois faire honneur à ton rang, désormais.

– Oh, Jimmy, j'espère que je serai à la hauteur.

Elle se sentait tout à coup insignifiante.

Il posa un baiser sur le sommet de sa tête.

– Ne sois pas idiote. Maintenant, il faut que je me change. J'ai envie de faire une bonne partie de tennis. Je vais grossir si je ne fais pas plus d'exercice.

– Attends une minute. J'ai quelque chose à te dire. Sally vient ce soir.

– Seigneur! Pour quoi faire?

Il semblait ennuyé, ce qui rassura Lorna. Elle avait craint en effet qu'il ne se montrât enchanté de la revoir. Cette réaction prouvait tout le contraire et sa jalousie retomba. Elle lui expliqua les raisons de la visite de sa cousine.

— Eh bien, il faudra nous y résoudre, reprit Jimmy. Je pensais que Sally aurait...

Il n'acheva pas sa phrase.

— Elle ne doit pas savoir que nous sommes ici, dit Lorna.

— Oh si, elle le sait. Je lui ai envoyé un câble hier, en réponse à sa lettre.

Y avait-il un lien entre ce câble et le message téléphonique de Sally, ce matin?

Celle-ci arriva à l'heure du thé. Elle était resplendissante dans son uniforme qui, bien que d'une coupe réglementaire très stricte, mettait remarquablement ses jambes en valeur.

Quant au général, c'était un vieil homme courtois qui ne manquait pas d'humour.

— J'ai promis à Lothe de surveiller sa fille, dit-il à un des parlementaires présents qui le taquinait sur la beauté de son chauffeur féminin. J'ai tenu ma promesse, mais ça ne me laisse pas beaucoup de temps pour faire la guerre.

— N'en croyez pas un mot! protesta Sally. Je serais fusillée à l'aube si je commettais la moindre négligence dans mon service.

Elle sortit une cigarette et se tourna vers Jimmy.

— Une allumette, s'il vous plaît, demanda-t-elle en lui lançant une œillade sous ses longs cils bruns. Vous avez eu une lune de miel quelque peu écourtée, non?

Elle s'adressait à Jimmy en particulier. Lorna, debout un peu en retrait, tendait l'oreille à ce qu'ils disaient.

— J'ai été convoqué au ministère de l'Air.

— Voilà qui tombait à pic. Mieux vaut annuler sa lune de miel que la regretter plus tard.

Lorna, qui ne perdait rien de leur conversation, en eut le souffle coupé.

– La regretter ? Vous faites fausse route, affirma Jimmy.

Lorna se tourna vers lui et il lui prit le bras. Elle se sentit rassurée et heureuse à nouveau.

Jimmy n'eut plus l'occasion de parler à Sally jusqu'au dîner, du moins en apparence, puisqu'il consacra la fin de la journée à une nouvelle partie de tennis.

– Nous allons peut-être danser, ce soir, dit-il à Lorna par la porte entrebâillée de son dressing-room, tandis qu'ils s'habillaient pour le dîner. Qu'en dis-tu, Fille de l'air ? Tu te rends compte que nous n'avons jamais dansé ensemble ?

– J'espère que je serai à la hauteur. Je n'ai pas eu beaucoup d'entraînement à Little Walton.

– A quoi passais-tu donc ton temps ? Tu jouais à l'infirmière avec l'éminent docteur ?

– Je crois que tu es jaloux de Michael. Tu n'arrêtes pas de dire des méchancetés sur son compte.

– Je parie qu'il en fait autant dans mon dos.

– Bien sûr que non. Pourquoi t'en voudrait-il ?

– Pour une excellente raison appelée Lorna.

– Pas du tout. Michael est bon perdant.

– Toujours fair-play, bien sûr. « Que le meilleur gagne ! » Je déteste ce genre de types. Un héros pour midinettes.

– Jimmy, franchement tu exagères ! Je ne comprends pas pourquoi tu es aussi dur avec Michael.

– Je ne peux pas le supporter. Si tu avais entendu comment il me parlait ! Il n'y allait pas par quatre chemins, permets-moi de te le dire. J'aurais dû lui flanquer mon poing dans la figure.

– Quand ? De quoi parlait-il ?

– De toi, bien sûr, répondit-il en ajustant son nœud papillon devant la glace.

– De moi? Qu'est-ce qu'il a dit?

– Ça excite ta curiosité, hein? Eh bien, je ne te le dirai pas.

– Si, dis-le-moi... S'il te plaît, Jimmy!

– Ça me rend malade rien que d'y penser. Chaque fois que tu parles de Little Walton, ça m'évoque Davenport et je vois rouge.

– Mais qu'est-ce qu'il a dit?

– Il a eu l'impertinence de m'informer que, si je ne t'épousais pas, il le ferait.

– Michael t'a dit ça!

– Puis il m'a conseillé de me décider rapidement, sans quoi il me ferait transférer dans un autre dispensaire. Tu te rends compte? Je pourrais le faire révoquer par l'Ordre des Médecins pour ça.

– Quand cela s'est-il passé, Jimmy?

– A mon retour de Londres, après avoir consulté le spécialiste pour mon bras. J'étais arrivé un peu après midi et ton cher docteur est venu aux nouvelles vers six heures. Eh bien, figure-toi que la première chose qu'il m'a demandée, c'était si je t'avais vue. Je lui ai répondu que je ne l'avais pas encore fait mais que je passerais sans doute au presbytère dans la soirée. Il s'est mis à me sermonner! On se serait cru à l'époque victorienne. Quand je lui ai dit que j'avais l'intention de t'épouser, il est entré dans une rage folle. J'aurais voulu voir sa tête quand tu lui as annoncé que nous étions fiancés!

Lorna était étrangement silencieuse. Elle alla s'asseoir à sa coiffeuse.

– Il faut que je me dépêche, dit-elle. Je vais être en retard.

– Bon, je descends boire un cocktail... Dis, tu

n'es pas fâchée, au moins? ajouta-t-il en se retournant sur le seuil de la porte.

– Je vais très bien.

Mais, quand il fut parti, elle resta longuement
devant sa glace, essayant de rassembler les pièces
du puzzle et de comprendre ce que tout cela
signifiait. Pourquoi Michael était-il intervenu, et
cette intervention avait-elle poussé Jimmy dans une
direction qu'il n'aurait pas prise autrement?

Elle se cacha le visage dans ses mains. La soirée
était douce, mais elle frissonnait. Elle avait cru
que, en se donnant corps et âme à Jimmy, les
peines de cœur lui seraient épargnées. Or, elle était
maintenant plus troublée que jamais.

Il était près de huit heures déjà. Elle finit de
s'habiller en hâte. Sa robe de mousseline blanche,
qui contrastait avec sa peau légèrement hâlée et
ses cheveux blonds, lui donnait un charme fou
mais, dans l'état où elle était, elle aurait pu tout
aussi bien être fagotée dans une toile de sac : cela
n'aurait pas fait de différence à ses yeux.

Le gong retentit au moment où elle descendait
l'escalier. Le son se réverbéra comme un écho
menaçant... tel le roulement du tonnerre avant la
tempête.

15

Après le dîner, au lieu de suivre sa belle-mère
dans le salon où devait être servi le café, Lorna
chuchota à Muriel qu'elle avait besoin d'un mouchoir et s'éclipsa dans sa chambre.

Elle n'y était pas depuis une minute que la porte

s'ouvrit. Sally, qui avait épié Lorna du coin de l'œil pendant tout le repas, entra sans frapper.

Elle était particulièrement séduisante, ce soir-là. Elle portait une robe de satin noir qui moulait ses formes, des escarpins vert et argent et des boucles d'oreilles en émeraude assorties à son bracelet.

– J'étais sûre de te trouver dans cette pièce, dit-elle.

Elle regarda autour d'elle : le grand lit à colonnes, la large coiffeuse avec les affaires personnelles de Lorna et la porte entrouverte du dressing-room de Jimmy.

– Quel changement par rapport au presbytère! lança-t-elle d'une voix insidieuse.

Lorna fit taire la réplique un peu vive qui lui brûlait les lèvres et répondit gentiment :

– C'est un plaisir de te voir, Sally. Tu as beaucoup de travail, en ce moment?

– Plus ou moins. C'est toi qui es en vacances. Alors, comment notre Cendrillon moderne prend-elle le mariage?

Lorna se leva.

– Je suis très heureuse, merci.

– Le contraire m'aurait étonnée. La cérémonie ne remonte qu'à cinq ou six jours.

– Nous devrions descendre, maintenant, dit Lorna en se dirigeant vers la porte.

– Rien ne presse, fit Sally en s'installant dans un fauteuil. (Elle sortit son étui à cigarettes.) Ta belle-mère fait visiter la galerie de tableaux aux invités. Je suis sûre que tu l'as déjà vue.

– Je voudrais une tasse de café, insista Lorna.

Elle avait hâte de s'échapper. Elle sentait qu'il y avait de l'électricité dans l'air.

– Nous avons largement le temps. Tu as une allumette?

Lorna en prit une boîte sur la table de chevet et

la lui apporta. Sally tira une bouffée de sa cigarette et s'adossa dans le fauteuil en étendant ses bras dans une pose sensuelle.

– Alors, reprit-elle lentement, tu ne m'as encore rien dit. Je meurs d'envie de savoir comment tu t'y es prise.

– Pour?

– Pour mettre le grappin sur Jimmy, bien sûr!

– Ce n'est pas l'expression que j'emploierais. Jimmy est tombé amoureux de moi, et moi de lui. C'est aussi simple que ça.

– Et la proximité a fait le reste, je suppose? répliqua Sally d'un ton railleur.

– Que veux-tu dire?

– Tu sais bien... C'est comme lorsqu'un homme d'affaires épouse sa secrétaire ou un malade son infirmière. Par manque d'occasions.

– Ça ne peut guère s'appliquer à notre cas, parce que Jimmy a demandé ma main juste après avoir passé le week-end avec toi ici.

Sally fut prise par surprise et Lorna ne fut pas mécontente de voir que son coup avait porté.

– Ainsi, il te l'a dit? fit Sally au bout d'un moment.

– Bien sûr. Pourquoi pas? Ça n'avait rien de secret.

Sally se leva et écrasa sa cigarette dans un cendrier.

– Non, rien. En tout cas, ma chère, j'espère que tu ne t'es pas fourvoyée. Le mariage est une entreprise aventureuse.

– Tu es sûre d'être qualifiée pour en parler?

C'était une repartie un peu sèche, mais Lorna n'avait plus envie de prendre de gants. Le persiflage de Sally commençait à l'exaspérer.

– Je n'ai peut-être pas l'expérience du mariage en tant que tel, répondit Sally, mais je connais bien le monde dans lequel tu viens de te précipiter tête baissée. Attention où tu mets les pieds, c'est un conseil d'amie.

— Tu ne crois pas que ce serait mieux de parler ouvertement? J'ai peur de ne pas comprendre tes sous-entendus. J'aimerais savoir ce que tu insinues.

Sally alla s'asseoir à la coiffeuse de Lorna et se mit à se poudrer le nez.

— Je me suis peut-être mal exprimée. Disons que j'ai été très surprise de te savoir mariée avec Jimmy.

— Je m'en doute. C'était une surprise pour beaucoup de gens.

— Quand j'étais à Little Walton, je n'ai rien vu dans votre attitude qui fasse penser à un mariage.

— Peut-être que tu n'as pas bien regardé. En fait, nous étions déjà amoureux.

Sally referma son vanity-case avec un claquement sec.

— C'est ridicule, rétorqua-t-elle. Absolument ridicule! Si tu veux le fond de ma pensée, Jimmy s'est complètement trompé en choisissant une fille comme toi pour épouse.

— Je suis désolée que tu voies la chose ainsi, mais il est trop tard maintenant.

— C'est bien là l'ennui.

Haussant les épaules, Sally gagna la porte. Lorna la retint par le bras.

— J'ai patiemment écouté tes insultes, Sally. J'estime que tu me dois une explication. Autrefois, nous étions amies. Pourquoi as-tu changé subitement? Pourquoi me parles-tu sur ce ton?

Elle tremblait. Les mots se bousculaient sur ses lèvres.

— Ne monte pas sur tes grands chevaux, répon-

184

dit très calmement Sally. Ce que je t'en dis, c'est pour ton bien. Je t'assure que Jimmy ne représente rien pour moi.

– C'est faux ! (Lorna voyait enfin clair dans son jeu.) Tu es jalouse. Tu me méprises parce que tu voulais Jimmy pour toi. Tu es amoureuse de lui.

Lorna avait touché le point sensible. Sally accusa le coup, se raidit, puis, au prix d'un visible effort sur elle-même, parvint à prendre un air détaché.

– C'est ridicule !

Mais Lorna lui tournait le dos. Elle s'était approchée de la fenêtre et contemplait le jardin avec tristesse. Une longue amitié venait de se briser, et ce n'était pas sa faute.

« Elle ne peut pas s'empêcher d'aimer Jimmy, songeait-elle. Il faut que je sois compréhensive. »

Elle voulut rattraper la situation, mais c'était trop tard : Sally était partie. Elle était seule.

Elle prit le mouchoir qu'elle était soi-disant venue chercher et descendit lentement l'escalier. Quand elle arriva dans le salon, les hommes avaient déjà rejoint les femmes et de la musique s'élevait du gramophone.

Tout le monde dansait. Dès qu'elle entra, Lorna vit Sally dans les bras de Jimmy, la tête blottie contre son épaule. Elle ressentit un vif élan de jalousie, mais tâcha de se raisonner. De quoi avait-elle peur ? Jimmy lui appartenait, à elle et à aucune autre.

Pourtant, il était clair que Sally la provoquait. Toutes les occasions lui étaient bonnes pour accaparer Jimmy : tantôt c'était un disque qu'elle cherchait avec lui dans le coffret de cuir vert, tantôt c'était le fermoir de son bracelet qu'elle lui demandait de réparer...

Finalement, elle réussit à l'entraîner sur la terrasse. Lorna l'entendit lui dire :

– Il fait si chaud! Il faut que je prenne l'air, sinon je vais m'évanouir.

Pendant les deux heures qui suivirent, Jimmy ne dansa pas une seule fois avec sa femme. Lorna avait l'impression que tout le monde se moquait d'elle. Mais, apparemment, il n'en était rien. Personne ne semblait se soucier du comportement déloyal de Sally.

Finalement, elle n'y tint plus. Le temps passait et ils ne rentraient toujours pas du jardin. Malgré elle, Lorna ne pouvait détacher les yeux des rideaux de la porte-fenêtre ouverte, qui se balançaient mollement dans la brise du soir. Allaient-ils enfin revenir? Que faisaient-ils? Les minutes s'éternisaient.

Elle alla trouver lady Braith.

– Puis-je monter dans ma chambre? lui demanda-t-elle. J'ai une légère migraine.

– Bien sûr, ne vous gênez pas pour nous. Voulez-vous de l'aspirine? Je vais dire à Muriel de vous en apporter.

– Non, merci. Ce n'est rien. Juste la chaleur.

– Jimmy vous accompagne? J'avais besoin de lui pour faire le quatrième au bridge.

– Je suis sûre qu'il en sera ravi, répondit Lorna en s'éclipsant sans laisser à lady Braith le temps de lui poser d'autres questions.

Elle monta en hâte dans sa chambre, se déshabilla rapidement en jetant sa robe en tas, s'enveloppa dans un peignoir et s'assit tristement à même le sol, la tête appuyée contre un fauteuil.

« Je veux rentrer à la maison », se dit-elle, tandis que de chaudes larmes lui piquaient les yeux.

Bientôt la porte s'ouvrit. Jimmy la surprit.

– Qu'est-ce que tu fais assise par terre? Tu vas bien? Mère m'a dit que tu avais la migraine, mais je ne sais pas si je dois le croire.

– C'est la vérité, répondit-elle en se levant. Je vais aller me coucher.

– Mais tu ne peux pas faire ça! La soirée ne fait que commencer. Et tu n'as pas encore dansé avec moi.

– C'est maintenant que tu t'en aperçois?

Il s'approcha d'elle, lui prit le menton et la regarda dans les yeux.

– Tu es jalouse, dit-il. Jalouse de Sally. Tu te fais des idées, ma chérie. Viens, nous allons danser jusqu'à ce que nos semelles soient usées.

– Non!

Elle se débattit, mais il la serra contre lui et l'embrassa.

– Tu es adorable, mais je ne veux pas que tu sois fâchée. Tu dois comprendre que je suis obligé de...

– Obligé de?

Il hésita.

– ... de me conduire en hôte attentionné.

Elle savait que ce n'était pas ce qu'il avait voulu dire.

– Mets ta robe et descends.

– Ne me force pas. Il est onze heures et demie et je suis une couche-tôt. Ta mère veut que tu joues au bridge et tu sais que les cartes ne sont pas mon fort.

– Je veux danser avec toi.

– Ce n'est pas vrai. D'ailleurs, je suis une piètre danseuse. Va jouer au bridge et viens au lit dès que tu pourras te libérer.

Il réfléchit puis, trouvant apparemment sa suggestion raisonnable, il l'embrassa et sortit. Au dernier moment, il s'arrêta sur le seuil et lui demanda :

– Tu n'es pas fâchée, dis?

– Bien sûr que non.

– Je t'aime, ma chérie, fit-il avec un sourire de collégien. Je t'interdis de t'endormir avant mon retour.

Il s'en alla. A la réflexion, elle n'était pas sûre d'avoir eu raison. Peut-être aurait-elle dû accepter sa proposition, redescendre à son bras et affronter triomphalement Sally en lui montrant que Jimmy était revenu spécialement la chercher pour être à ses côtés.

C'était trop tard, à présent.

L'essentiel était que Sally eût échoué dans ses entreprises. Lorna n'était pas préparée à jouer le jeu de la séduction et à rivaliser avec les ruses d'une autre femme. Pour elle, le mariage signifiait la fin des intrigues, non leur commencement.

Elle ne dormait pas lorsque, une heure plus tard, elle entendit Jimmy entrer dans son dressing-room. Elle vit de la lumière par la porte de communication entrebâillée et, au bout d'un moment, il passa dans la chambre.

– Tu dors? dit-il.

– Non.

Il s'approcha du lit. Sa silhouette se découpait dans la pénombre.

– Tu as gagné gros? demanda-t-elle.

– Je n'ai pas joué.

– Qu'est-ce que tu as fait, alors?

Elle avait essayé de s'empêcher de lui poser la question, craignant de deviner la réponse.

– Sally a voulu aller sur le lac, répondit-il. Les autres étaient trop absorbés dans leurs parties de cartes, alors nous y sommes allés seuls.

Il y avait une note de défi dans sa voix. Pour la première fois de sa vie, peut-être, il devait rendre compte de ses actes et cela l'agaçait. Il semblait presque avoir peur de la réaction de sa femme.

Lorna en oublia un peu ses propres chagrins.

C'était le problème de Jimmy, c'était à lui de s'en dépêtrer. Elle lui tendit la main.

– J'espère que tu n'as pas pris froid, dit-elle. Il y a un petit vent frais ce soir. Je l'ai senti tout à l'heure, quand j'ai ouvert la fenêtre pour contempler le parc...

Jimmy réprima un « ah? » de surprise, puis se pencha vers elle pour l'embrasser.

– Entre nous, je suis vanné. J'ai eu une rude journée.

– Bien sûr. Je suis ravie de ta nouvelle affectation.

– C'est merveilleux, n'est-ce pas? fit-il en allant éteindre la lumière dans le dressing-room.

– Tu retrouveras ton chemin ou tu veux que j'allume?

– Non, ça me fera de l'entraînement. Il faut que je m'habitue au vol de nuit.

En disant cela, il buta contre une des colonnes du lit et jura à voix basse.

Lorna rit de bon cœur. Les brumes de son âme se dissipaient, elle redevenait naturelle et confiante. Ici, dans le noir, avec son mari, tous les problèmes disparaissaient, Sally ne comptait plus.

Jimmy se glissa dans les draps et attira Lorna contre lui.

– Je t'aime, Fille de l'air, murmura-t-il. Il n'y a que toi au monde.

16

En se réveillant, Lorna se sentait faible. Elle n'avait pas le cœur à affronter de nouveau Sally à la table du petit déjeuner et à sourire poliment aux autres convives. Quand Jimmy se leva, impatient d'aller rendre visite à sa nouvelle escadrille, elle lui demanda :

– Ce serait mal vu si je prenais mon petit déjeuner au lit?

– Pas du tout, mon Dieu! Tu n'as qu'à sonner et commander tout ce que tu voudras. Tu n'es pas malade, au moins? Tu n'as pas l'air dans ton assiette.

– Je vais bien. C'est le temps.

« Que pense Jimmy... de moi... de Sally... de la vie? » se demanda-t-elle en l'entendant siffloter dans son dressing-room après avoir pris un bain. Si Sally l'attirait – et c'était indubitable –, pourquoi ne l'avait-il pas épousée? Elle était certainement beaucoup plus adaptée à son style de vie. Elle se serait complu dans ce cadre luxueux, elle aurait adoré jeter l'argent de Jimmy par les fenêtres et « faire honneur à son rang », comme il disait.

Lorna devait se rendre à la raison : bien qu'elle aimât profondément son mari, ils appartenaient à des univers différents. Et elle l'aimait d'un amour inconditionnel : il n'avait qu'à la toucher, qu'à lui sourire de ce sourire charmeur de grand enfant pour qu'elle sente son cœur se serrer et s'abandonne sans réserve dans ses bras.

L'intensité de ses émotions était effrayante. Où cela la mènerait-il? Vers un plus grand bonheur, une plus grande joie d'être ensemble? Sans doute devraient-ils faire des projets d'avenir, se disait-elle, au lieu de vivre au jour le jour sans souci du lendemain.

– Au revoir, chérie. Il faut que j'y aille, maintenant.

Jimmy avait revêtu son uniforme. Il n'avait jamais été plus fringant. Le bleu de sa tenue reflétait celui de ses yeux. Elle toucha les ailes qui ornaient sa poitrine.

– Au revoir, répondit-elle tendrement. Prends bien soin de toi. Je penserai à toi.

Il lui baisa la bouche.

– Repose-toi. Je vais dire à mère de faire son sale travail toute seule et de te laisser tranquille.

– Je te l'interdis, protesta-t-elle. Je vais me lever dans un moment.

Jimmy lui envoya un baiser du bout des doigts en ouvrant la porte et elle l'entendit s'éloigner en sifflant.

Elle ferma les yeux, savourant le calme quelques instants puis, se rappelant l'heure, elle s'admonesta : « Sally doit être repartie, à présent, il faut que je descende. »

Elle finissait juste de s'habiller quand on frappa à la porte.

– Entrez, dit-elle.

C'était Muriel.

– Votre migraine va mieux ? demanda-t-elle. Je voulais venir vous voir, hier soir, mais notre partie de bridge s'est terminée tard et je craignais de vous réveiller.

– Je vais beaucoup mieux. Je n'ai pas souvent mal à la tête. Tout le monde est parti ?

– Oui. Jimmy nous a quittés il y a environ une heure. Sally et le général aussi. Il y a deux personnes qui prennent le train de midi et trois autres qui arrivent à douze heures trente.

– Seigneur ! Vous n'avez jamais un moment de solitude ?

– Pas souvent. J'ai peur que vous ne vous plaisiez pas beaucoup ici. Vous préféreriez avoir une maison à vous, n'est-ce pas ?

– Je l'avoue... Je suis incapable de mentir.

– Je comprends. Mais, avec mère, ce sera une

autre paire de manches. Elle estime que c'est un excellent arrangement et vous a déjà assigné toute une série de missions dans la région.

– Pas question !

– Vous n'y échapperez pas, fit Muriel en riant. Mieux vaut accepter en attendant que mère comprenne qu'elle est assez compétente pour se charger de tout elle-même.

– Pourquoi fait-elle tout ça ?

– Je ne sais pas. Pour oublier, peut-être.

– Oublier quoi ?

– Elle-même, je suppose. Vous ne trouvez pas que les gens actifs sont plus heureux que les oisifs ? Ils n'ont pas le temps de s'apitoyer sur eux-mêmes.

– C'est une façon de voir les choses. Mais ce n'est pas l'idée que je me fais du bonheur.

– Le bonheur existe-t-il ? En permanence, je veux dire. Ce ne sont que des instants fugitifs et, lorsqu'ils s'achèvent, on souffre davantage si l'on n'a rien à faire.

– Vous le pensez vraiment ?

– Je crois, oui.

Muriel semblait triste. Elle ne possédait aucun des biens essentiels de la vie : un mari, des enfants, un foyer. C'était injuste, songeait Lorna. Sally n'était qu'une femme superficielle mais, parce qu'elle était belle, tout le monde la fêtait, l'entourait, la désirait, alors que Muriel, une personne pourtant si attachante, était condamnée à rester dans l'ombre.

– Vous vous faites trop d'idées noires, dit Lorna. (Elle la prit dans ses bras, avec la même spontanéité qu'elle aurait mise à cajoler un des enfants.) Nous en reparlerons.

Muriel rougit.

– Vous êtes si bonne, Lorna. Mais je ne me plains pas. Je suis très contente de mon sort.

– Vous êtes magnifique. Si je devais en faire autant que vous, je n'arrêterais pas de me plaindre.

– Oh, non. Votre père m'expliquait justement, le matin de la noce, quel vide vous laisseriez dans la paroisse.

– Tant mieux. J'ai parfois peur qu'ils ne m'aient déjà oubliée.

– Impossible. Maintenant, si vous êtes prête, nous avons quelque chose à faire.

– Quoi?

– Je veux vous montrer votre nouvel appartement dans l'aile ouest. Mère a dit que vous pourriez y faire tous les aménagements que vous désirerez.

– C'est gentil à elle, mais je suis sûre que tout est parfait.

Il fallait suivre d'interminables couloirs avant d'atteindre l'aile ouest. Là, les fenêtres ne donnaient pas sur les jardins, mais sur les pelouses qui descendaient en pente douce vers le lac. Les pièces étaient moins austères que dans le reste de la maison. Elles étaient décorées de chintz de couleur.

– C'est ravissant! s'exclama Lorna.

– Ça vous plaît? Je crois que personne n'a habité ces pièces depuis qu'elles ont été refaites. Ce sera un peu comme un appartement neuf pour vous.

– Une charmante attention de votre mère.

– Oui, mère tenait beaucoup à ce que cette chambre soit belle. Le couvre-lit a été exécuté par des femmes de la zone sinistrée. Un beau travail, n'est-ce pas?

Lorna se pencha pour l'examiner de plus près.

C'était un remarquable satin pêche assorti aux couleurs de la pièce.

– Quelle délicieuse odeur! dit-elle. Pourtant, je ne vois pas de fleurs. Qu'est-ce que c'est?

– Ah, c'est un des petits secrets de mère. C'est un pot-pourri qu'elle fait elle-même pour parfumer les lits. C'est à base de romarin.

– De romarin!

Un nuage passa sur le visage de Lorna. Elle revoyait la lettre de Sally danser devant ses yeux. « Du romarin en souvenir »... Maintenant, elle comprenait ce que cela signifiait.

– Vous êtes toute pâle, fit Muriel. Vous allez bien?

Lorna se passa la main sur le front.

– Je me sens faible. Vous croyez que je pourrais avoir un verre d'eau?

– Bien sûr. Je vais vous en chercher un. Asseyez-vous. C'est même plutôt du brandy qu'il vous faut. (Elle sortit en hâte.) J'en ai pour une minute.

Lorna se cacha les yeux. Le choc l'avait paralysée. Elle était anéantie.

Il n'y avait rien d'étonnant à ce que Sally ait été surprise à l'annonce de leur mariage, rien d'étonnant à ce qu'elle ait éprouvé de l'amertume l'autre soir. Et était-il surprenant qu'elle, Lorna, ait la sensation que le monde s'effondrait sous elle et la laissait suspendue au-dessus d'un abîme où elle perdait pied?

Quand elle s'était rendu compte qu'elle aimait Jimmy, elle avait eu l'impression d'être touchée par la grâce, d'être emportée vers les sphères célestes; et maintenant, elle était misérable, atterrée, dégradée.

Muriel revint avec un verre de brandy et un pichet d'eau.

– Pas de brandy, merci, dit Lorna. Je me sens déjà mieux.

Muriel lui toucha la main.

– Vous êtes glacée, fit-elle. Ça vous fera du bien. Buvez.

Lorna se laissa convaincre d'avaler une ou deux gorgées et le liquide de feu dissipa un peu sa nausée et son vertige.

– Vous devriez aller vous recoucher, conseilla Muriel. Vous avez peut-être eu une insolation, hier.

– Ça ira mieux dans un instant. S'il vous plaît, n'en dites rien à votre mère.

– De toute façon, nous n'avons rien d'important à faire ce matin. J'ai quelques lettres à finir avant le déjeuner. Je peux vous laisser?

– Mais bien sûr.

Lorna avait soudain un impérieux désir d'être seule... seule ou à la maison! L'idée lui vint subitement. Rentrer! Retrouver sa famille et sa vie normale! Tout ceci était irréel. Son bonheur avec Jimmy n'avait été qu'un rêve qui maintenant se transformait en cauchemar.

Elle pensait à son père, à son honnêteté de tous les instants, aux enfants, à Michael, au bon et franc Michael. Elle avait le mal du pays, elle voulait être à nouveau avec eux.

– Je vais bien, je vous assure, dit-elle à Muriel qui la regardait bizarrement. Descendons.

Au pied du grand escalier, un valet vint à leur rencontre. Il s'adressa à Lorna :

– Je vous cherchais, madame. On vous demande au téléphone.

– C'est un appel de l'aérodrome?

Jimmy lui avait promis d'essayer de lui passer un coup de fil dans la journée. Désemparée, elle faillit prier Muriel de prendre la communication à sa place.

– Je ne pense pas, madame, répondit le valet. C'est un appel longue distance. Par Melchester.

Elle s'empressa d'aller décrocher.

– Allô?

– C'est toi, Lorna?

C'était la voix de Beth.

– Oui, qu'y a-t-il? J'ai essayé de vous appeler hier soir, mais je n'ai pas pu obtenir la liaison.

– Oh, Lorna... Péki est blessée... gravement blessée. Elle a eu un accident en allant en classe... Elle s'est fait renverser près de la grille. Michael est ici... C'est affreux, Lorna... Un camion... elle ne l'a pas vu venir.

– Calme-toi, Beth. Où est papa?

– On n'arrive pas à le joindre. Il est à Copland, je crois, mais nous ne savons pas exactement où.

– Et Michael?

– Il est venu tout de suite. Martha lui a téléphoné dès que nous avons ramené Péki... Elle saignait... la jambe écrasée... pâle comme une morte.

Beth était en larmes.

– Ecoute, chérie, j'arrive tout de suite. Fais ce que te dira Michael. Je serai là dès que possible.

– Oh oui, dépêche-toi, Lorna. Je suis effrayée... et personne ne veut rien me dire.

– Sois courageuse. Je prendrai un taxi à Melchester.

Elle raccrocha et alla exposer la situation à Muriel, qui l'attendait dans le vestibule.

– C'était ma sœur... Péki a eu un accident. Est-ce qu'une voiture pourrait m'emmener à la gare? Si je peux attraper le train de midi pour Melchester, je serai à la maison vers trois heures.

Muriel consulta sa montre.

– Je vais demander qu'on vous conduise directement jusqu'à Londres. C'est plus sûr.

Dix minutes plus tard, une voiture attendait avec le plein d'essence. Lorna avait fait sa valise en un clin d'œil.

– Vous expliquerez à Jimmy, dit-elle à Muriel en montant dans l'auto. Et à votre mère.

– Vous nous téléphonerez, n'est-ce pas ?

– Si je peux. Les communications ne sont pas toujours faciles.

Après un voyage qui lui sembla interminable, elle arriva enfin à la gare de Melchester. Là, elle eut quelque peine à trouver un taxi qui acceptât de la conduire jusqu'à Little Walton. Le chauffeur la déposa juste devant le presbytère.

Beth accourut à sa rencontre sur le perron.

– Oh, Lorna, te voilà enfin ! Quand j'ai entendu le taxi, je...

– Comment va Péki ? coupa Lorna en se débarrassant de sa valise et de son chapeau.

– Michael est ici, avec un autre docteur de Melchester et une infirmière. Je ne sais pas ce qu'ils font. Je les ai entendus dire que Péki n'était pas transportable et je crois qu'ils ont été obligés de l'opérer ici.

Lorna demeura de marbre. L'odeur caractéristique de l'éther flottait dans l'air.

– Où est Minnie ?

– Elle les aide. Ils ne veulent pas me laisser entrer.

– Et papa ?

– Toujours introuvable. Au dernier moment, je me suis souvenue qu'il devait déjeuner chez le colonel mais, quand j'ai appelé, il était déjà reparti.

– Tu as mangé ?

– Je n'aurais pas pu avaler une bouchée.

– Il le faut pourtant. Je n'ai rien mangé moi non plus. Nous allons faire du thé et des toasts. Je présume que les médecins auront faim tout à l'heure.

– Bon. Je vais mettre la table?

– Oui, s'il te plaît.

« Gardons notre calme, songea Lorna. Quoi qu'il puisse arriver, il faut essayer d'éviter les émotions fortes à papa. » Beth la suivit dans la cuisine en disant :

– Ne salis pas ta nouvelle robe. Tu veux que j'aille te chercher un tablier?

– Non, je ferai attention.

– Oh, je suis si contente que tu sois là.

– Tu as bien fait de me téléphoner.

– J'étais catastrophée, j'ai cru que Péki était morte. J'ai eu un mal fou à obtenir la communication. Et j'avais à peine raccroché que le téléphone a sonné. Devine qui... c'était?

– Qui? fit Lorna en coupant du pain.

– Peter! Il voulait parler à Péki. Je lui ai dit que c'était impossible, qu'elle venait d'avoir un accident. Il m'a répondu : « Je le savais. Où est-elle? » Je lui ai expliqué ce qui s'était passé et il a raccroché sans me laisser finir. Tu ne trouves pas ça bizarre? On dit souvent que les jumeaux ont une sorte de sixième sens. Tu crois qu'il a senti la blessure de Péki à distance?

– Je ne sais pas, mais c'est intriguant. Je me demande s'il y a moyen de lui téléphoner.

– J'ai son numéro quelque part. Il nous l'a donné dans sa dernière lettre. Tu le veux?

– Ce ne serait peut-être pas une mauvaise idée. Nous pourrions essayer de l'appeler. Mais je veux d'abord voir Michael afin d'être au courant des dernières nouvelles.

– Et si Michael nous disait qu'elle allait mourir? murmura Beth, les larmes aux yeux.

– Tais-toi. Ne parle pas de malheur. (Elle prit le plateau.) Je vais porter ça dans le salon. Surveille la bouilloire.

En arrivant dans le vestibule, elle entendit un moteur dehors. Elle se demanda qui cela pouvait être. Ce n'était pas une voiture, mais une motocyclette. Elle posa son plateau et se rendit à la porte.

Peter apparut sur le perron.

– Peter! On parlait justement de toi.

Elle voulut l'embrasser, mais il entra presque sans la voir. Il était en uniforme, mais sans calot. Ses cheveux étaient couverts de poussière et son visage maculé.

– Où est Péki?

– En haut, mais tu ne peux pas encore la voir. Michael est avec elle. Je crois qu'il est en train de l'opérer.

– Il faut que je la voie!

– Tu la verras. Mais un peu de patience.

Peter se passa la main devant les yeux. Il semblait ébloui.

– Viens te laver, dit Lorna. Et il y a du thé. Tu dois être épuisé. Tu as fait toute la route à moto?

– Oui, sans m'arrêter.

Il s'exprimait avec difficulté. Il avait les lèvres desséchées.

– Je suis heureuse que tu aies eu une permission.

Il lui jeta un regard étrange, comme s'il tombait des nues.

– Mais je n'ai pas eu de permission..., bredouilla-t-il. Je suis venu directement après avoir parlé à Beth.

17

Une porte s'ouvrit en haut de l'escalier. Lorna et Peter levèrent les yeux. Michael apparut sur le palier en blouse blanche et, avant que Lorna n'ait pu dire un mot, Peter avait déjà grimpé les marches quatre à quatre pour le rejoindre.

– Comment va Péki? Il faut que je la voie!

– Elle va bien, répondit Michael en lui passant un bras autour des épaules, d'un geste à la fois affectueux et protecteur. Tu ne peux pas la voir tout de suite, elle est encore sous l'effet de l'anesthésie.

Il descendirent bras dessus, bras dessous. Michael tendit sa main libre à Lorna.

Elle avait les larmes aux yeux et devait faire un effort pour garder son sang-froid. L'anxiété se lisait encore sur le visage du médecin. Ils se regardèrent un instant sans rien dire, unis par une compréhension réciproque plus éloquente que les mots.

– Le thé va être prêt dans un moment, dit-elle. Je vais le servir dans le salon.

Et elle retourna à la cuisine. Beth était en train de verser de l'eau bouillante dans la théière.

– Peter est là, annonça Lorna. Et Michael vient de descendre. Péki va s'en sortir.

Beth éclata en sanglots. Lorna lui prit la bouilloire et la reposa sur le fourneau en disant :

– Tout va bien se passer, ma chérie. Ce n'est pas le moment de craquer.

– Je sais... mais j'ai cru qu'elle était morte... Tout ce sang... Je n'aurais jamais imaginé qu'on pouvait survivre en saignant autant.

– N'y pense plus. Allons voir Michael. Il y a

beaucoup de choses que je voudrais entendre de sa bouche.

Beth s'essuya les yeux.

– Ne lui dis pas que j'ai pleuré, fit-elle. Il va me mépriser.

– Tu as été très courageuse. Tu as fait tout ce que tu as pu. Viens, maintenant. Apporte les toasts.

Au salon, Michael était assis dans son fauteuil préféré près de la cheminée. Peter était sur le divan, la tête dans les mains.

– Ne vous levez pas, dit Lorna. Une tasse de thé vous fera le plus grand bien à tous les deux.

– Exactement ce qu'il me faut, répondit Michael.

– Et l'autre docteur? Beth m'a dit que vous étiez deux.

– Il est encore là-haut. C'est lui qui s'est chargé de l'anesthésie. Il remballe ses affaires. Minnie s'occupe de lui. Inutile de vous dire qu'elle nous a énormément aidés.

– Minnie a toujours eu du cran. Tenez, votre thé est servi.

Peter était blême. Il prit d'une main tremblante la tasse que Lorna lui tendait. Elle se tourna vers Michael.

– Vous ne voulez pas nous parler de Péki? demanda-t-elle.

Michael but une longue gorgée de thé avant de répondre :

– Pour être franc, j'ai eu les pires inquiétudes quand je l'ai vue. Je craignais de graves lésions internes. Mais, après examen, je peux vous assurer qu'elle guérira. J'ai plâtré sa jambe et nous n'avons plus qu'à attendre en espérant qu'elle se remettra du choc. Je suis sûr qu'il n'y a pas d'autres fractures.

– Une chance que vous ayez été là, Michael, dit Lorna. Je tiens à vous exprimer toute notre reconnaissance.

– Je serai là chaque fois qu'on aura besoin de moi. Mais vous? Vous êtes venue en tapis volant? Quelle surprise quand je vous ai vue à côté de Peter dans le vestibule!

– Beth a eu la présence d'esprit de me téléphoner tout de suite et j'ai pu attraper le train de midi.

– Vous avez fait vite. Je vous aurais appelée de toute façon. Et toi, mon garçon?

Peter commençait à se remettre. Il avait retrouvé des couleurs et ses mains ne tremblaient plus.

– Je savais qu'il était arrivé quelque chose à Péki, expliqua-t-il. Je ne peux pas vous expliquer comment, mais j'en étais sûr. J'ai brusquement senti qu'il fallait que je lui parle. J'ai bondi sur un téléphone et, quand Beth m'a dit qu'elle avait eu un accident, j'ai volé une moto à la caserne et j'ai foncé jusqu'ici.

– Il n'avait pas de permission, précisa Lorna. Qu'allons-nous faire, Michael?

– Tu aurais dû en parler à ton commandant, commenta Michael.

– Oh, il n'aurait pas compris! fit Peter en se levant et en se tournant vers la fenêtre. Je vais être mis aux arrêts.

– Il faut trouver une excuse, insista Lorna.

– Je pourrais peut-être lui exposer les faits, proposa Michael. Ou alors ton père.

– Il nous prendra pour des fous, répondit Peter. Et on peut le comprendre.

– Pourquoi ne pas demander à Jimmy d'intervenir? suggéra Beth.

– Ça, c'est une idée. Lorna, appelle-le et dis-lui ce qui s'est passé.

– Je ne pense pas que je puisse..., commença Lorna.

Elle n'acheva pas sa phrase. Comment leur expliquer qu'elle n'avait aucune envie de parler à Jimmy? Mais, en voyant le regard suppliant de Peter, elle comprit que ce n'était pas le moment d'être égoïste. Son frère avait des ennuis. Son devoir était d'intercéder en sa faveur.

– C'est bon, fit-elle à contrecœur. Je vais lui téléphoner.

– Ça, c'est chic, Lorna! s'exclama Peter. Je sais que Jimmy fera tout ce qu'il peut pour moi. On peut toujours compter sur lui.

Lorna sortit. Elle était persuadée que Michael avait remarqué ses hésitations et se demandait ce qu'il pensait.

Ce fut avec un sentiment de malaise qu'elle décrocha le téléphone et donna le numéro de Jimmy à l'opératrice. Celle-ci lui répondit qu'on la rappellerait plus tard.

Michael la rejoignit.

– Je vais voir Péki, dit-il. Vous voulez monter avec moi?

– Bien sûr.

– Laissez-moi entrer le premier. Je vous appellerai.

Elle le suivit sur le palier et attendit devant la porte.

« Comment puis-je me soucier de Jimmy alors que Péki est en train de souffrir? » songea-t-elle. Mais elle savait que, quoi qu'il arrivât, même si le monde entier s'écroulait à ses pieds, elle ne pourrait pas oublier Jimmy. Elle pourrait s'enfuir jusqu'aux confins de la terre, rien n'y ferait. Même maintenant, humiliée et choquée, elle savait que la meilleure part d'elle-même continuait à se languir de lui. Elle avait honte de sa faiblesse, mais devait s'y résigner.

– Oh, je déteste cette situation! dit-elle à voix haute.

Au même moment, Michael parut à ses côtés. Il avait dû l'entendre, car il la regarda bizarrement, mais sans aucun commentaire. Il se contenta de la prendre par le bras pour la conduire dans la chambre de Péki.

– Elle n'est pas encore complètement revenue à elle, expliqua-t-il. Elle ne vous reconnaîtra pas. On lui a administré une forte dose de morphine.

Les persiennes étaient baissées et la chambre, imprégnée de l'odeur douceâtre de l'éther, était dans la pénombre. Une infirmière s'écarta du lit comme ils entraient; dans un coin, une silhouette effacée rangeait des instruments dans une mallette de cuir.

Péki gisait sans bouger dans le petit lit blanc. Elle semblait si jeune et si petite! Lorna sentit son cœur se serrer. C'était un peu son enfant qui était étendue là. Elle se baissa pour lui baiser la main.

Au bout d'un moment, Michael la raccompagna sur le palier.

– Elle va s'en tirer, dit-il d'une voix apaisante. Ne vous en faites pas.

– Je m'en veux, répondit-elle. C'est ma faute. Je n'aurais jamais dû les abandonner. Si j'avais été là, elle n'aurait pas été en retard pour la classe et elle aurait regardé avant de traverser la route.

– C'est absurde. Vous avez votre propre vie à vivre et elle a la sienne. Vous ne pouvez pas couver vos sœurs éternellement comme des bébés. C'est un drame, mais vous n'y êtes pour rien.

– Je n'aurais jamais dû m'en aller. Oh, Michael, pourquoi m'avez-vous laissé partir?

Elle cherchait à lui faire comprendre à demi-mot qu'elle souffrait. Il la considéra longuement puis, au moment où il allait répondre, le téléphone sonna.

– C'est sûrement votre mari, dit-il.

– Oui, fit-elle en baissant les yeux. J'y vais.

C'était bien Jimmy.

– Allô, chérie ? Que se passe-t-il ? Je viens de rentrer et Muriel m'a dit qu'il y avait eu un accident.

Lorna lui exposa succinctement les circonstances du drame et aborda le problème de Peter.

– Quelle idiotie ! répondit Jimmy. Il n'avait qu'à demander une permission pour raisons familiales et on la lui aurait accordée. Mais ce qu'il a fait s'appelle de la désertion. Et en volant une moto, par-dessus le marché !

– Je sais, il commence seulement à s'en rendre compte. Tu peux faire quelque chose pour lui, Jimmy ?

Elle était obligée de se faire violence pour lui demander cette faveur, mais la prompte réaction de Jimmy ne lui laissa pas le temps d'avoir des regrets.

– Bien sûr ! Je vais appeler la base aérienne. Il se trouve que son commandant et son adjudant sont de mes amis. Dis à ce jeune écervelé qu'il mériterait un bon coup de pied aux fesses mais que, pour cette fois, il y échappera.

– Merci.

– Qu'il me donne une heure pour arranger l'affaire. Ensuite, qu'il appelle lui-même pour recevoir ses ordres. Et, à propos, je suis de service la nuit prochaine. Je n'ai pas pu refuser.

– Je comprends.

– Oui, mais quand vais-je te revoir, ma chérie ?

– Je ne peux pas quitter Little Walton... pas maintenant, en tout cas.

– Non... mais c'est dommage. Je te veux à mes côtés. Tu vas me manquer terriblement cette nuit, Fille de l'air.

Elle frissonna.

– Je ne sais pas quand je pourrai partir.

– Tu as l'air bouleversée. Prends soin de toi, chérie. Tu m'inquiètes.

– Je vais bien, je t'assure. Au revoir, et merci pour Peter.

– Au revoir, mon cœur. Je t'aime.

Elle raccrocha d'un coup sec, tremblante de colère. Comment osait-il lui parler ainsi? Il est vrai qu'il ignorait encore qu'elle avait tout découvert et que ses sentiments pour lui avaient changé depuis le matin.

Mais l'heure n'était pas à l'introspection. Peter l'attendait au salon. Elle lui transmit le message de Jimmy.

Il se pendit à son cou.

– Tu es géniale, Lorna! Je n'oublierai jamais ce que Jimmy et toi avez fait pour moi. Dis-lui de ma part que c'est un beau-frère sensationnel.

– Je le lui dirai dès que j'en aurai l'occasion, mais je crois que je vais rester ici quelque temps.

– C'est vrai? fit Beth, qui était assise, étrangement calme, dans le fauteuil devant la fenêtre.

– Tu penses bien que je ne vous abandonnerai pas tant que Péki ne sera pas rétablie.

– Tout ira bien si tu es là, répondit Beth. C'était affreux, sans toi. Au début, j'avais cru que ce serait drôle de ne plus être surveillée mais, en fait, je me suis ennuyée de toi tout le temps.

– Eh bien, maintenant, je suis là et bien là!

Beth la regarda avec étonnement.

– Mais tu ne pourras pas rester longtemps.

Jimmy ne sera pas d'accord. Il n'a pas dû être content de te savoir partie.

– Il a très bien compris. Et il doit rejoindre son escadrille demain. Il pourra se passer de moi.

– Tu en as déjà assez de la vie conjugale? insinua Beth, toujours aussi intuitive.

Lorna se leva brusquement.

– Ne pose pas tant de questions. Aide-moi plutôt à débarrasser la table.

Elle voyait bien que Beth se doutait de quelque chose et elle craignait de se trouver dans une situation gênante. L'apparition du pasteur créa une diversion opportune.

Il poussa un cri de surprise en apercevant Lorna et lui ouvrit les bras. Il fut rapidement mis au courant des événements et remercia le ciel que les jours de Péki ne soient plus en danger.

Elle lui servait du thé au moment où Michael redescendit.

– Je m'en vais, maintenant, dit-il. Dieu sait ce que sont devenus mes autres malades. S'ils n'ont pas guéri tout seuls, ils doivent être morts à l'heure qu'il est!

– Et l'infirmière? demanda Lorna.

– Je lui ai dit de s'en remettre à vous si elle avait besoin de quelque chose. Il faudra l'installer dans la chambre voisine de celle de Péki. C'est bon de vous savoir ici, Lorna. Je ne serais pas rassuré s'il fallait compter sur cette tête de linotte pour s'occuper toute seule de la maisonnée, fit-il en ébouriffant affectueusement Beth.

– Heureusement que j'ai une bonne nature, répliqua celle-ci avec une grimace taquine. Je pourrais me vexer. En fait, je suis encore plus contente que vous de revoir Lorna.

– Nous sommes tous ravis de sa présence, affirma le pasteur. Lorna, ma chérie, je ne sais pas

comment nous avons survécu sans toi. Nous sommes très reconnaissants à Jimmy de t'avoir laissé
partir.

– Il ne manquerait plus que ça ! lança-t-elle d'un
air de défi. On avait besoin de moi à la maison et je
suis venue, un point, c'est tout. Et j'ai l'intention
de rester.

Elle regarda Michael.

– J'aimerais tant que ce soit vrai, commenta
celui-ci d'une voix lasse.

Pour une raison qu'elle ne pouvait s'expliquer,
Lorna se sentit honteuse.

18

Michael quitta la grand-route et engagea la voiture dans un chemin vicinal qui serpentait jusqu'au
sommet d'une petite butte.

Il se gara sur l'herbe. La campagne s'étendait
devant eux : des prairies, des labours, des vagues
dorées de blé mûr et des vergers avec leurs troncs
d'arbres blanchis à la chaux. Le calme et la paix
régnaient.

Un faucon planait haut dans le ciel bleu, un lapin
détalait dans la garenne, des pigeons des bois
voltigeaient à l'entour et les grandes ailes argentées
des pluviers tournaient en cercle dans les airs.

Michael sortit sa pipe.

– Vous permettez que je fume ?

– A condition que ça ne vous empêche pas de
me parler, répondit Lorna.

– Bien sûr. C'est justement pour vous parler que
je vous ai entraînée ici.

Il alluma sa pipe, jeta l'allumette par la fenêtre et se tourna vers Lorna.

– Eh bien, reprit-elle, vous allez me faire un sermon?

– Pas du tout. J'ai une simple question à vous poser. Quand allez-vous rejoindre votre mari?

Elle le regarda avec stupeur. Prise au dépourvu, elle hésita, puis répondit sur un ton de défi :

– Ça vous intéresse?

– Figurez-vous que oui.

Il paraissait très sérieux. Un peu vexée, elle détourna les yeux et contempla les lointains d'un air absent. Il lui prit les mains.

– Je ne désire qu'une chose au monde, fit-il avec douceur. C'est votre parfait bonheur.

– Vous êtes trop présomptueux, rétorqua-t-elle. Quand on se fixe un objectif qu'on ne peut pas atteindre, on se prépare de cruelles désillusions.

– Qu'on ne peut pas atteindre, dites-vous?

Elle haussa les épaules. Elle était déçue. Elle avait secrètement espéré trouver un réconfort dans l'amour de Michael, un amour qu'elle avait cru plus fort que le temps et toujours ardent même si elle était aujourd'hui une femme mariée. Mais voilà qu'il l'abandonnait, lui aussi.

Pourquoi voulait-il qu'elle retourne chez son mari? N'était-il pas heureux de l'avoir près de lui?

– Je ne crois plus à rien, expliqua-t-elle d'une voix brisée.

– Vous êtes sûre que la fuite est une solution?

– Qu'est-ce qui vous fait penser que je fuis?

– J'en suis convaincu. N'ai-je pas raison?

– Peut-être.

– N'est-ce pas de la lâcheté?

– Je ne sais pas. C'est la façon la plus simple d'échapper aux problèmes.

– Ce n'est pas en refusant de faire face que vous réglerez la situation.

– Que savez-vous de mes problèmes?

– Pas grand-chose, j'en conviens. Mais un peu quand même. J'ai reçu une lettre de votre mari ce matin.

– De Jimmy? Que dit-il? Pourquoi vous a-t-il écrit? C'est extraordinaire.

– Il m'a demandé de lui renvoyer sa femme.

– Lui renvoyer? Il me prend pour un colis postal?

– Il est arrivé à la conclusion que quelque chose vous avait contrariée. Il avoue franchement ne pas savoir de quoi il s'agit et il m'a chargé de le découvrir, en ajoutant que j'étais « mieux placé que quiconque pour le savoir ».

– Sous sa plume, je ne pense pas que ce soit un compliment.

– Certes. Cependant, je n'ai pas été aveugle au cours de ces dernières semaines. J'ai bien vu que quelque chose vous chagrinait et je pensais que vous finiriez par vous confier à moi quand vous le jugeriez utile. La lettre de votre mari m'a décidé à précipiter les choses.

– Vous avez toujours été mon confident, Michael, et si j'ai gardé le silence jusqu'ici, ce n'est pas par méfiance, mais parce qu'il s'agit de quelque chose que je ne peux révéler... à personne, même à mon ami le plus cher.

Il tira longuement sur sa pipe.

– Alors, qu'allez-vous faire? demanda-t-il.

– Je ne sais pas. Rester ici, dans ma famille.

– C'est impossible.

– Mais pourquoi? C'est la guerre et Jimmy est sous les drapeaux. Quoi de plus naturel pour moi que de préférer mon foyer à la vie mondaine et superficielle de ma belle-famille?

– Et votre mari? N'a-t-il pas droit à un peu de considération?

– La dernière fois que vous m'avez donné un conseil, vous m'avez dit d'ouvrir mes ailes et de m'envoler. Vous ne m'aviez pas prévenue qu'il y avait un ouragan au coin de la rue!

– Vous êtes sûre que c'est un ouragan? On a toujours tendance à transformer les petits obstacles en montagnes... ou les bourrasques en ouragans.

– Bientôt, vous allez me prendre pour une hystérique, pour une femme qui exagère les petits riens et s'en fait un monde.

– Certainement pas. Je crois que vous êtes assez grande et assez forte de caractère pour aplanir les difficultés qui peuvent momentanément vous opposer à votre mari. Quand vous l'avez épousé, vous vous aimiez tous deux. Il vous aime encore. Si vous le voulez, vous êtes très capable de trouver une solution.

– Et pourquoi serait-ce à moi de faire l'effort? C'est moi qui ai été offensée. Je ne peux pas vous en dire plus, mais je vous demande de me croire sur parole. Le tort vient de Jimmy, pas de moi.

– C'est pourtant à vous de faire le sacrifice. Ça peut vous sembler illogique, voire injuste, mais vous êtes née ainsi : vous êtes une donatrice, chère Lorna. Le monde est divisé en deux catégories, il y a ceux qui reçoivent et ceux qui donnent. Et ces derniers ne trouvent le bonheur que dans le don incessant. Je vais vous dire le fond de ma pensée, au risque de vous surprendre : votre couple peut aller à l'échec si votre mari ne vous demande pas assez, n'exige pas assez de vous. C'est pourquoi je ne crois pas à votre ouragan. Car vous n'êtes pas du genre à baisser les bras. Si la tempête soufflait vraiment, vous résisteriez, je vous connais.

– Vous ne comprenez pas. J'ai des idéaux, un

certain sens de l'honneur qu'on ne peut pas bafouer.

– Etes-vous certaine que ce ne sont pas de simples préjugés?

Elle ouvrit de grands yeux.

– Comment pouvez-vous dire ça? Ce sont les fondements mêmes de toute mon existence. Ils m'ont été transmis par ma mère et rien ni personne ne pourra m'en faire changer.

– En ce qui vous concerne, d'accord. Mais avez-vous le droit de juger les autres selon vos propres critères? Soyez plus tolérante, chère Lorna, chacun mène sa vie comme il l'entend.

– Vous parlez sans connaître les faits, Michael. Vous plaidez la cause de Jimmy avec beaucoup d'habileté, mais vous ne m'avez pas vraiment convaincue. Je ne suis pas encore disposée à quitter mon foyer.

– Votre foyer est celui de votre mari.

Elle se rappela que son père lui avait dit la même chose avant son mariage.

– Mon foyer sera toujours chez papa, avec les enfants.

– Nous ne nous mettrons pas d'accord là-dessus maintenant. Si vous préférez, disons que votre place est auprès de votre mari, surtout dans un moment comme celui-ci.

– Il n'a pas besoin de moi.

– C'est faux. Etes-vous sûre de pas regretter un jour votre obstination? Songez aux dangers qu'il court pour son pays... pour nous tous... pour vous.

Elle garda le silence. Et si Jimmy était tué? Du bout des doigts, elle toucha la lettre non ouverte dans la poche de sa robe. Tout un monde sans Jimmy... un monde sans son sourire... sans ses rires... sans ses lèvres.

Elle avait beau lutter, son désir pour Jimmy était plus fort qu'elle. Les paroles de Michael avaient réveillé la passion qu'elle s'efforçait d'oublier et elle s'inclina.

– C'est bon, dit-elle, je vais repartir. Vous pouvez lui écrire pour le lui annoncer.

– Brave fille, répondit Michael, d'une voix sourde et lasse qui le vieillissait tout à coup.

– Michael, demanda-t-elle, pourquoi avez-vous forcé Jimmy à m'épouser ?

– Je ne l'ai pas forcé. Je lui ai simplement dit que, s'il n'était pas intéressé, moi je l'étais. Je voulais que les choses soient claires. S'il n'avait pas voulu de vous, alors... alors peut-être qu'avec le temps j'aurais su me faire aimer de vous.

– C'est pour moi ou pour vous que vous avez fait cela ? reprit-elle à voix basse.

– Pour moi. Je vous aimais... Je vous aimerai toujours.

Lorna n'était qu'à moitié convaincue. Elle se pencha et posa ses lèvres sur la main de Michael, qui tenait le volant. Il serra les doigts jusqu'à faire blanchir ses phalanges puis, sans un mot, mit le contact et démarra.

Ils restèrent muets durant tout le trajet de retour. En arrivant en vue du presbytère, Lorna rompit le silence.

– Quand dois-je partir ? fit-elle d'une petite voix chagrine d'enfant abandonnée.

– Il ne sert à rien de tergiverser. Mieux vaut en finir au plus tôt. Pourquoi pas demain ?

– Demain ? Non, c'est impossible !

Mais, au moment même où elle disait cela, une voix intérieure lui soufflait : « Et si Jimmy était tué ? » Rien à faire : elle ne pouvait pas lui échapper.

– Bien, reprit-elle quand la voiture s'arrêta, je

partirai demain par le train de deux heures trente.

Elle se détourna pour ne pas voir le visage de Michael : c'était celui d'un homme entrant au purgatoire.

Le calme régnait dans la maison. Les volets étaient fermés à cause de la chaleur.

– Papa doit être dans la chambre de Péki, dit Lorna en jetant son chapeau sur une chaise.

– Je vais monter la voir, fit Michael.

– Et moi je vais préparer le thé.

Ils se séparèrent et, en entrant dans la cuisine, elle éclata en sanglots. Elle croyait que Minnie n'était pas là mais, en essuyant ses larmes, elle aperçut la vieille femme assise dans un fauteuil de rotin devant l'âtre. Sans réfléchir, elle se précipita vers elle et enfouit son visage sur ses genoux.

– Qu'est-ce qu'il y a, ma petite ? Qu'est-ce qui s'est passé ?

– Rien... Je suis si malheureuse... si malheureuse.

– Là... là... Calmez-vous.

Lorna renifla comme un enfant.

– Je pars demain. Je vais rejoindre mon mari.

– Vous avez raison. Il va s'ennuyer sans vous, le pauvre homme. Il a besoin d'une femme qui l'attende quand il rentre du combat contre ces maudits Boches.

– Minnie, murmura Lorna, vous croyez que j'ai eu tort ? Vous croyez que j'aurais dû épouser Michael ?

Minnie lui tapota l'épaule.

– Nous devons toujours écouter notre cœur. L'amour est plus fort que toutes les bonnes raisons. L'amour nous fait commettre bien des erreurs, mais il nous apprend aussi à être plus humains et à pardonner.

214

Lorna poussa un soupir.

– Je suis une idiote. Je vais essayer d'être plus compréhensive... mais c'est parfois difficile.

– Voilà qui est mieux. Quand on aime quelqu'un, il n'y a rien qu'on ne puisse lui pardonner et on finit tôt ou tard par le comprendre. Les hommes sont de grands enfants, ils ont leurs caprices. Et si vous n'êtes pas capable de pardonner, vous n'êtes pas digne d'être une femme.

Lorna l'embrassa.

– Vous m'êtes plus utile que tous les sermons du monde, Minnie. Je ne sais pas ce que nous deviendrions sans vous.

– C'est l'heure de votre thé, dit la vieille femme en consultant la pendule. Je vais le servir dans le salon.

– Michael est là.

– Oh, pourquoi ne pas me l'avoir dit plus tôt? Je vais lui préparer des toasts beurrés, je sais qu'il aime ça. Il y a toujours quelque chose qui m'empêche de faire mon travail dans cette maison.

Minnie bougonnait pour dissimuler ses sentiments.

C'était une habitude chez elle. Chaque fois qu'elle était émue, elle commençait à s'affairer et se plaignait d'être prise par le temps.

– Je vais me poudrer le nez, annonça Lorna.

Dès qu'elle fut dans sa chambre, elle sortit de sa poche la lettre de Jimmy et se mit enfin à la lire.

Etait-ce l'influence de Michael ou de Minnie? Quoi qu'il en soit, pour la première fois depuis qu'elle était rentrée à Little Walton, elle eut de la compassion pour Jimmy. Sa lettre était comme le cri d'un enfant injustement puni. Il était intrigué, un peu vexé et sur la défensive.

« Qu'ai-je fait? Qu'ai-je dit? » demandait-il.

Chaque phrase était un aveu d'amour.

Mue par une impulsion soudaine, Lorna voulut le rejoindre sur-le-champ pour se jeter dans ses bras. Un terrible pressentiment montait en elle...

Elle regarda l'horloge. Quatre heures et demie. En faisant vite, elle pourrait attraper le train du soir, être à Londres à neuf heures et arriver à Mountley Park avant la nuit.

« Pourquoi pas? se dit-elle. Pourquoi ne pas partir tout de suite si Jimmy a besoin de moi? »

Mais la voix de la prudence lui soufflait : « Attends jusqu'à demain. Tu es loin de lui depuis si longtemps que vingt-quatre heures de plus ou de moins ne feront pas de différence. »

La lettre de son mari était ouverte sur la coiffeuse comme un appel. Elle avait l'impression d'entendre Jimmy lui parler et elle décida de ne pas rester sourde à cet appel.

« Il faut que je parte... Il le faut! »

Aussitôt dit, aussitôt fait. Tout se déroula en un clin d'œil. Elle sortit sa valise de sous l'armoire, demanda à Minnie et à Beth de l'aider à plier ses robes, se changea rapidement, se coiffa et se maquilla pour dissimuler les traces de ses larmes.

Quand tout fut terminé, il lui restait vingt minutes pour prendre le train. Michael accepta de la conduire à la gare.

On chargea la voiture. Elle embrassa affectueusement son père tandis que Michael attendait au volant, puis elle adressa ses dernières recommandations à Beth :

– Occupe-toi de tout. Maintenant que Péki est blessée, c'est toi l'aînée en quelque sorte.

– Oh, mais c'est vrai! s'exclama Beth. Je n'y avais pas pensé.

Minnie était debout sur le pas de la porte.

– Au revoir, ma douce Minnie. (Elle l'embrassa.) Je n'oublierai pas ce que vous m'avez dit.

– Au revoir, mon enfant. Dieu vous bénisse.

– Au revoir, mes chéris, au revoir.

Le moteur vrombit et elle disparut au bout de l'allée en agitant la main par la fenêtre. Son cœur battait à tout rompre, son être tout entier palpitait de joie : elle retournait vers Jimmy !

19

Le taxi de la gare déposa Lorna devant le perron de Mountley Park. En ouvrant la porte, le maître d'hôtel, d'habitude impassible, eut une mimique de surprise.

– Je suppose que vous ne m'attendiez pas, Thompson. Mon père n'a pas réussi à vous joindre au téléphone ?

– Les lignes sont coupées, madame, répondit-il. Une bombe est tombée à trois kilomètres d'ici, la nuit dernière.

– Quelle horreur ! Les dégâts sont importants ?

– Assez graves, je le crains, madame. Désirerez-vous dîner ?

– Non, merci, j'ai dîné dans le train. Où sont les autres ?

– Madame est sortie. Elle avait une réunion à neuf heures. Mlle Muriel l'a accompagnée. Quant à sir Douglas, il ne rentrera que par le dernier train, mais M. Jimmy est ici. Je crois qu'il se trouve dans l'aile ouest.

– Je monte tout de suite.

– Bien, madame.

Elle ne s'était pas attendue à ce que Jimmy soit à la maison. Elle avait pensé qu'il serait à l'aérodrome et s'était préparée à lui téléphoner, se réjouissant à l'avance d'entendre sa surprise lorsqu'elle lui dirait qu'elle appelait de Mountley Park.

A présent, elle était à la fois nerveuse et intimidée.

Dans le train, elle avait répété tout ce qu'elle voulait lui dire. Elle avait décidé d'être franche, convaincue qu'ils ne pourraient jamais vivre heureux ensemble sans confiance mutuelle, et elle était prête à lui livrer tout ce qu'elle avait sur le cœur depuis quelques semaines.

Son principal souci était Sally. Elle voulait rompre les ponts avec elle, mais comment faire ? Sally étant non seulement sa cousine, mais encore l'amie de Jimmy, il leur était difficile de lui interdire leur porte. « Et pourtant, songeait-elle, je dois absolument éloigner Jimmy de la tentation. Or, ce sera impossible sans sa coopération. »

Elle croyait avoir tout prévu, tout ressassé dans son esprit mais, quand elle tourna la poignée de la porte du salon, elle sentit son cœur s'emballer et sa respiration s'accélérer.

Jimmy était assis devant le secrétaire. Il leva distraitement les yeux. Sur le moment, la surprise le cloua sur place, puis il sauta sur ses pieds avec un cri de joie.

– Lorna !

– Je suis revenue.

– Ô ma chérie, c'est merveilleux ! Quand es-tu arrivée ? Pourquoi ne pas m'avoir prévenu ?

Elle posa son sac à main sur une chaise.

– Les lignes téléphoniques sont coupées.

Elle n'eut pas le temps de lui fournir d'autres explications, car déjà il la serrait dans ses bras.

Il lui retira son chapeau, qu'il jeta sans ménagement, et l'embrassa avidement, farouchement, jusqu'à ce que le monde se mette à tournoyer autour d'elle, jusqu'à ce que ses lèvres lui fassent mal... que la vague de la passion déferle sur eux, que l'extase d'être ensemble les unisse dans une même flamme...

Longtemps, longtemps après, Jimmy lui demanda en contemplant son visage radieux sur les coussins de soie du divan :

– Tu m'aimes ?

– Je t'adore...

Elle se rappelait vaguement qu'elle avait quelque chose à lui dire, mais cela se perdait dans les brumes de l'irréalité. Elle se laissait tout entière consumer par l'instant présent.

– Pourquoi es-tu restée si longtemps loin de moi ? Je t'ai manqué ? fit-il en lui caressant les cheveux et la gorge.

– Bien sûr, tu m'as manqué... plus que je ne pourrais te le dire.

Et c'était vrai. Maintenant qu'elle était à nouveau auprès de lui, elle s'en rendait enfin compte.

– C'était un enfer sans toi ! Tu es une sorcière, Fille de l'air. Tu m'as ensorcelé. Même en plein ciel, je ne peux m'empêcher de penser à toi. Quand je descends un Boche, j'ai l'impression que tu es à côté de moi et j'ai envie de me retourner pour te demander si c'était bien.

– Je serai toujours auprès de toi, murmura-t-elle. Je ne te quitterai plus jamais.

– Hélas, c'est moi qui vais devoir te quitter. (Il jeta un œil à la pendule sur la cheminée.) Il faut que je parte dans quelques minutes.

– Oh, non !

– Si, je suis de service à onze heures et demie et il me faut vingt bonnes minutes pour rallier la base.

– Mais nous nous sommes à peine vus. J'ai tant de choses à te dire.

Il fit taire ses protestations d'un baiser.

– Je reviendrai demain, promit-il. Je ne peux pas te donner d'heure. Attends-moi pour le déjeuner ou le début de l'après-midi.

Il se leva, ramassa son uniforme qui traînait sur le sol et se rhabilla. Puis il l'embrassa une dernière fois en disant :

– Voilà le souvenir que je veux garder de toi : les joues brûlantes, les yeux brillants. Tu es la plus belle femme que j'aie jamais vue. (Sa bouche s'attarda sur la douceur de ses lèvres.) Dieu ! que je te désire... Je voudrais t'aimer encore, t'aimer jusqu'à la fin de la nuit, mais il faut que je parte.

Il se dirigea vers la porte.

– Ne m'oublie pas, Fille de l'air, ajouta-t-il en se retournant sur le seuil. Et ne disparais plus ! J'ai eu assez de mal à te faire revenir.

– Je t'attendrai. Sois prudent, mon amour.

Il était parti.

Elle resta longtemps pensive. Peu à peu, une nouvelle résolution se faisait jour en elle : elle ne parlerait plus de Sally à Jimmy, à moins qu'une autre crise ne survienne et que Sally ne cherche à nouveau à briser leur bonheur.

Le passé semblait loin, désormais. Elle ne pouvait plus douter de son amour, de la joie qu'il avait éprouvée à la revoir.

« Pourquoi me suis-je torturée ainsi ? » C'était comme si elle se réveillait d'un mauvais rêve. « Quelle sotte j'ai pu être ! »

Elle entendit du bruit dans sa chambre. C'était une soubrette qui déballait ses valises et préparait son lit pour la nuit.

– A quelle heure Madame doit-elle rentrer ? lui demanda Lorna.

– D'un moment à l'autre, répondit la femme de chambre. Je crois même avoir entendu la voiture rentrer il y a quelques minutes.

– Je vais aller voir.

En arrivant en haut des marches, Lorna aperçut lady Braith et Muriel dans le grand vestibule. Les deux femmes poussèrent un cri de surprise et de joie en la voyant. Elle leur expliqua qu'elle avait juste eu le temps de voir Jimmy.

– Tant mieux, répondit Muriel. Il se faisait un sang d'encre en votre absence. Votre arrivée inopinée a dû lui causer une joie immense.

– Je n'ai pas pu venir plus tôt. L'état de santé de ma sœur nous inspirait les pires craintes.

Ce n'était pas l'exacte vérité, car Péki était hors de danger depuis une quinzaine de jours, mais elle ne voulait pas laisser lady Braith et Muriel soupçonner le différend qui l'avait séparée de Jimmy.

– Je suis navrée de ce qui est arrivé à votre sœur, mais je me félicite que vous reveniez enfin vous occuper de votre époux, commenta lady Braith, montrant par là que le départ de Lorna n'avait pas été vu d'un très bon œil par la famille.

– J'espère qu'il n'a pas profité de mon absence pour faire des bêtises, dit plaisamment Lorna pour détendre l'atmosphère.

– Au contraire, il s'est magnifiquement comporté, affirma lady Braith. Le vice-maréchal de l'Air Raffery, qui commande sa base, est venu dîner l'autre soir et s'est montré très élogieux sur Jimmy. Je crois que même son père a été impressionné.

– Et mère n'était pas peu fière non plus, ajouta Muriel.

– J'en suis très honorée moi aussi, assura Lorna.

Elles bavardèrent quelques instants puis, sans attendre le retour de sir Douglas, se souhaitèrent la bonne nuit. Muriel prit Lorna par le bras et l'accompagna jusqu'à sa chambre.

– Comme je suis heureuse de vous revoir parmi nous! Vous nous avez accordé une petite pensée de temps en temps, quand vous étiez à Little Walton?

– Bien sûr, répondit Lorna. Mais ne me dites pas que vous vous êtes ennuyée de moi, vous avez dû être bien trop occupée.

– Je n'ai pas cessé de penser à vous. Et quant à Jimmy, il tournait comme un lion en cage. Je n'aurais jamais pensé que quelqu'un puisse avoir autant d'influence sur lui. Cela devrait vous rendre fière... et contrite.

– Sally est venue pendant mon absence?

Lorna n'avait pu s'empêcher de poser la question qui lui brûlait les lèvres.

– Non, nous ne l'avons pas vue. Elle a téléphoné un jour. Nous étions au jardin et Thompson est venu annoncer qu'elle désirait parler à Jimmy. « Qu'elle aille au diable! » a-t-il dit. Il m'a demandé d'aller répondre à sa place et de l'excuser en prétendant qu'il était au milieu d'une partie de tennis.

– Et comment a réagi Sally?

– Je crois qu'elle a été vexée. Vous la connaissez, elle ne supporte pas qu'on la contrarie.

– Est-ce que Jimmy lui a parlé depuis?

– Pas que je sache. Pourquoi? Seriez-vous... jalouse?

Lorna hésita, puis opta pour la franchise :

– Oui, très.

– Oh, quelle idée, chère Lorna! fit Muriel en lui prenant les mains. Vous, jalouse! Croyez-moi, je connais Jimmy depuis toujours et je peux vous assurer que jamais, au grand jamais, je ne l'ai vu aussi amoureux, aussi dévoué à quelqu'un. Il a eu des aventures, bien sûr – il serait stupide de le nier – mais ce n'étaient que des passades, qui duraient une semaine, un mois au plus. Et cela n'a jamais prêté à conséquence. Les filles qu'il fréquentait ne s'y trompaient pas, elles connaissaient la règle du jeu. Ce n'étaient pas d'innocentes demoiselles, droites et loyales comme vous.

– Vous vous méprenez sur mon compte.

– Croyez-vous? Comment pourrais-je vous décrire autrement? Regardez votre cousine. Elle est le type de femme que Jimmy appréciait pour se divertir. Sophistiquée, élégante, à la page... Ne vous en faites pas pour elle, elle s'en remettra vite. Mais vous êtes différente. Vous êtes unique dans la vie de Jimmy et c'est pourquoi j'ai été si heureuse la première fois que je vous ai vue. J'avais tellement peur qu'il n'épouse une fille comme Sally, une fille qui l'éloigne de moi. Il ne me serait resté que les bonnes œuvres de mère pour combler ma solitude.

Muriel s'exprimait avec un tel accent de sincérité que Lorna ne put résister au désir de la serrer dans ses bras.

– Je suis idiote, je sais, continua Muriel, les larmes aux yeux, mais chaque fois que Jimmy part pour l'aérodrome, j'ai peur. Je n'ai que lui à aimer et s'il lui arrivait quelque chose, je...

– Ne dites pas cela! Ça... ça porte malheur, vous m'effrayez.

Les deux femmes restèrent enlacées un moment, puis Muriel essaya de prendre la chose avec légèreté.

– Nous sommes ridicules, fit-elle en souriant. Surtout vous d'être jalouse! Jimmy est si jaloux lui-même que vous n'avez aucun souci à vous faire de ce côté-là.

– Vous croyez?

– Assurément. Il n'a cessé de me parler du Dr Davenport, l'autre jour. Un homme charmant, d'ailleurs, pour autant que j'aie pu en juger quand je l'ai rencontré à votre mariage.

– Michael est un homme merveilleux, mais je ne suis pas amoureuse de lui. Quelquefois, j'ai regretté de ne pas l'être, ma vie en aurait été grandement simplifiée, mais ces choses-là ne se commandent pas.

– Comme vous dites. Et vous êtes tombée amoureuse de Jimmy...

– Oh, oui. Et je vois à présent à quel point j'ai été bête à propos de Sally.

– J'ai eu peur que sa venue ne vous contrarie, l'autre soir. Vous auriez dû me le dire. J'aurais trouvé une excuse pour différer sa visite.

– En fait, je n'ai vraiment été jalouse qu'après son départ, confessa Lorna.

– Mais il n'y a absolument rien entre eux, je vous assure. C'est une vieille amie de Jimmy et il aime danser avec elle. Il faut reconnaître que c'est une remarquable danseuse.

Lorna fut tentée de lui révéler tout ce qu'elle savait de Sally. Mais elle se rappela les propos de Michael, qui lui avait conseillé de ne pas toujours juger les gens selon ses propres critères.

Elle fit une bise à Muriel.

– Vous êtes la personne la plus sage que je connaisse. Si un malaise devait survenir entre Jimmy et moi, je viendrais vous confier tous mes soucis.

– Ne vous gênez pas. J'en serais très honorée.

« Je me suis comportée comme une idiote », songea Lorna en allant se coucher.

Le lit était accueillant et les oreillers profonds, mais elle ne parvint pas à trouver le sommeil. Sa conscience commençait à la troubler. Elle sentait qu'elle avait été injuste envers Jimmy et se demandait comment elle avait pu laisser ainsi filer les semaines dans l'amertume et le ressentiment.

Elle l'aimait; comment avait-elle pu en douter? Comment avait-elle pu croire qu'elle était capable de vivre sans lui? Ce n'était pas seulement une attirance physique, c'était bien davantage, c'était une union spirituelle.

« C'est plus facile pour Jimmy, songeait-elle. Il a connu tant de femmes, tandis que moi, j'ai une bien faible expérience des hommes. »

Mais peut-être qu'en définitive tous les hommes se ressemblaient. Ils voulaient qu'on les aime, qu'on les comprenne, qu'on les cajole; ils avaient besoin de montrer leur valeur, au risque de fanfaronner un peu, à une femme susceptible d'en retirer de la fierté. Au fond, Jimmy ne devait pas être très différent de Peter, de Michael, de son père. Ce qu'elle savait d'eux pourrait l'aider en ce qui concernait Jimmy.

Et puis, un couple se bâtissait aussi sur une communauté d'intérêts. Il faudrait qu'elle apprenne à mieux connaître tout ce qui passionnait son mari : l'aviation, par exemple. Il était temps qu'elle s'initie au jargon des aviateurs; voilà qui la rapprocherait de lui. Il y avait également le sport : Jimmy aimait le tir, le golf, le ski. « Il faudra qu'il m'enseigne tout cela », se dit-elle. Et, de son côté, elle essaierait de lui faire partager son amour de la lecture.

Enfin, il y avait les enfants... leurs enfants. Elle n'avait jamais abordé le sujet avec Jimmy, mais elle était persuadée qu'il aimait les enfants. Il suffisait de voir comment il avait été accueilli par

Peter, Péki, Beth et comment il avait su se faire aimer d'eux.

« Maintenant, je peux lui donner un fils ou une fille de son propre sang! »

Juste avant minuit, elle entendit les sirènes mugir dans le village voisin. Plus tard, le fracas des bombes fit vibrer les vitres. Une canonnade retentit au loin et, bientôt, les chasseurs sillonnèrent le ciel en vrombissant.

« Jimmy doit être dans l'un de ces avions », pensa-t-elle... Et elle pria de tout son cœur pour qu'il n'arrive rien à son bien-aimé.

Quand elle s'endormit enfin, l'aube poignait déjà. Mais son sommeil ne dura pas. Elle se réveilla bientôt, impatiente de se préparer pour recevoir Jimmy.

En s'installant à sa coiffeuse, elle vit qu'elle avait des cernes sous les yeux. « Il faut que je sois belle pour lui », se dit-elle. Et elle se maquilla avec un soin tout particulier pour effacer les traces de sa nuit blanche.

Elle finissait juste de s'habiller lorsqu'on frappa à la porte.

– Entrez.

– C'est Thompson, madame, répondit une voix.

– Entrez, Thompson.

Elle alla lui ouvrir.

– Sir Douglas désire que vous alliez le rejoindre dans son bureau dès que possible, madame.

– Pourquoi? Qu'y a-t-il?

– Je l'ignore, madame. Il m'a seulement chargé de vous transmettre le message.

– Je descends tout de suite.

Elle glissa un mouchoir dans sa robe de lin et se rendit au bureau, extrêmement intriguée par cette convocation matinale.

Elle trouva sir Douglas debout devant la cheminée, en compagnie d'un homme en uniforme bleu de l'armée de l'air.

– Entrez, ma chère, dit-il. Raffery, je vous présente ma bru.

Elle lui tendit la main. L'homme portait toutes sortes de décorations prestigieuses.

– Le vice-maréchal de l'Air, reprit sir Douglas, nous a communiqué de mauvaises nouvelles. Soyez courageuse, mon enfant.

– Jimmy..., murmura-t-elle.

– Il est vivant, s'empressa de préciser le vice-maréchal. Mais il est blessé, gravement blessé. J'ai tenu à venir vous l'annoncer personnellement, à vous ainsi qu'à sir Douglas.

– Que s'est-il passé? demanda Lorna.

Elle avait la gorge sèche, mais elle s'exprimait d'une voix claire, sans défaillir.

– Jimmy était en mission, cette nuit, avec son escadrille, expliqua l'officier. Les chasseurs ont reçu l'ordre de décoller à une heure. Les bombardiers ennemis pilonnaient un centre de munitions, à une trentaine de kilomètres d'ici. Comme vous le savez, le poste de commandement de la base est en contact radio permanent avec les pilotes. J'ai donc pu parler avec votre mari pendant la bataille. Il a abattu deux Boches, puis il a été touché par un Messerschmitt 109. Il nous a dit : « Je suis blessé et mon appareil est en feu. Je suis à cinq mille pieds. Je vais me poser, préparez les extincteurs. »

« Son supérieur lui a ordonné de s'éjecter, mais votre mari a répondu : '' Pas question! Je veux sauver l'avion. '' Il a pu rallier l'aérodrome, mais il s'est écrasé au sol. On l'a extirpé de la carlingue et envoyé à l'hôpital... J'ai vu le médecin-chef juste avant de venir ici. Votre mari vivra, mais il est inutile de vous cacher la vérité : ses yeux sont touchés... J'ai peur qu'il n'y ait aucun espoir de lui rendre la vue. »

Lorna poussa un cri.

– Jimmy aveugle !

– Je ne peux ajouter qu'une chose, poursuivit le vice-maréchal. C'est une piètre consolation, mais sachez que j'ai personnellement recommandé votre mari pour la médaille d'honneur de l'Air. Aucun des officiers placés sous mon commandement ne la mérite plus que lui.

20

Lorna regardait tristement par la fenêtre. Le soleil teintait d'or les arbres et les ombres s'allongeaient dans le jardin de l'hôpital. Tout était calme.

Du village, au loin, s'élevaient les voix des enfants qui rentraient de l'école et, quelque part dans une chambre, la TSF diffusait de la musique douce.

Le corps couché dans le lit bougea. Lorna tourna la tête, attentive. Jimmy allait-il parler ? Non, il restait immobile ; sous sa tête bandée, l'oreiller ne faisait pas un pli.

C'était un soulagement de le voir si calme, après les longs jours et les longues nuits d'anxiété, au cours desquels il avait déliré et hurlé de douleur. Pourtant, cette immobilité avait quelque chose d'effrayant.

Son visage était méconnaissable : sa peau était noircie par les onctions antibrûlures, ses lèvres enflées et difformes, ses yeux et son crâne enfouis sous les pansements.

Parfois, quand cette voix éraillée l'appelait, quand ces mains brûlées et crochues tâtonnaient sur les draps, Lorna se demandait si ce grabataire était bien son mari, l'homme qu'elle avait connu et aimé dans toute la force et la beauté de sa virilité.

Elle soupira. Il bougea de nouveau.

– Qui est là?

– C'est moi, mon chéri, répondit-elle d'une voix douce. Tu veux quelque chose? Tu veux que j'appelle l'infirmière?

– Non, ça va. J'ai dormi?

– Longtemps. J'espère que ça t'aura fait du bien.

– Depuis quand suis-je ici? Je ne m'en souviens jamais.

– Presque six semaines.

– Ça me paraissait plus long.

– Ça ne m'étonne pas. Mais tu vas beaucoup mieux. Je crois que tu seras bientôt transportable.

– Pour aller où?

– Je ne sais pas encore. A la maison, peut-être. J'ai entendu sir Douglas en parler hier à l'infirmière-chef. Tu es content, n'est-ce pas? Tu vas pouvoir retrouver ton environnement familier.

– A quoi bon? Quelle différence, maintenant?

– Ne dis pas cela. Nous serons ensemble. Je veillerai sur toi.

– Décris-moi cette chambre.

Elle regarda autour d'elle.

– C'est une jolie pièce. Pas très grande, mais ensoleillée. Nous sommes au dernier étage. Les murs sont blancs et la fenêtre donne sur le jardin. Il y a des fleurs. Les convalescents viennent s'asseoir dans les allées, l'après-midi. Il y a des dahlias...

– Non, parle-moi de la chambre. La fenêtre est haute ou basse ?

– Ma foi, elle est à la hauteur normale. C'est une grande fenêtre, qui s'ouvre vers l'extérieur.

– Et en dessous ? Qu'est-ce qu'il y a juste en dessous ?

– Rien d'intéressant. Une espèce de bloc de ciment... qui doit recouvrir un réservoir, je ne sais pas...

– C'est solide ?

– Apparemment, oui. Pourquoi ?

– Pour rien. Je voulais savoir, c'est tout.

Elle fut saisie d'un soupçon soudain.

– Pourquoi veux-tu savoir si c'est solide ? insista-t-elle.

Il ne répondit pas tout de suite.

– J'ai mes raisons, dit-il enfin.

– Jimmy ! Tu... tu n'as pas l'intention de... de faire une bêtise, dis ?

– Je ne sais pas de quoi tu parles. Et quand bien même ? Qu'est-ce qui m'en empêcherait ?

– Oh, Jimmy, ne parle pas comme ça ! Explique-moi... tu m'effraies.

Elle tremblait. Sur le lit, l'étrange silhouette, sans ressemblance avec l'homme qui avait été son mari, restait impassible.

– Jimmy !

– Dis-moi la vérité. L'entière vérité. Je veux savoir. Il n'y a aucun espoir, n'est-ce pas ?

– Pour tes yeux ? Je ne sais pas. Peut-être que...

– Si, tu le sais ! Vous êtes tous les mêmes, vous essayez de me cacher la vérité, mais je ne suis pas un imbécile. Père a fait venir un spécialiste de Londres. Il n'a pas dit grand-chose, mais le ton de sa voix ne trompait pas. Et, qui plus est, il n'est jamais revenu. S'il y avait eu le moindre espoir, il aurait commencé un traitement.

– Ils veulent que tu te fortifies d'abord.

– Pour l'amour de Dieu, ne mens pas!

– Chéri, tu dois avoir du courage. Tu finiras par t'y habituer. Je serai là pour t'aider, je serai tes yeux.

– Je ne le supporterai pas. Tu m'entends? Tu crois que j'accepterai de vivre comme un invalide, une pauvre créature qui inspire la pitié et qu'on mène à la laisse comme un petit chien? Je refuse, tu m'entends? Je refuse!

– Jimmy, je t'en supplie...

– Tu m'aimes? Est-ce que tu m'aimes?

– Tu le sais bien. Tu es tout pour moi.

– Alors, aide-moi. (Il baissa la voix.) Aide-moi. Peu importe la manière... Par la fenêtre, c'est peut-être la solution la plus simple. Ou alors une drogue. Ils me donnent de la morphine. Essaie de trouver où ils la cachent et injecte-moi une surdose.

Il parlait avec une assurance implacable, un réalisme sinistre, terrifiant. Elle s'écarta du lit, effrayée, et lui répondit d'une voix étranglée par la compassion :

– Je ne peux pas. Tu ne comprends pas que je ne peux pas faire ça?

– Alors, je trouverai quelqu'un d'autre. Je trouverai un moyen. Tu ne vaux pas mieux que les autres. Tu veux me forcer à survivre dans la peau d'un infirme. Mais je ne me laisserai pas faire.

– Si je veux que tu vives, c'est parce que j'ai besoin de toi.

– Besoin de moi! Ha! Je ne suis plus bon à rien. Trouve-toi un animal de compagnie, plutôt un singe par exemple, ça te sera plus utile. Qui voudrait d'un aveugle? Pour le moment, tu joues les saintes femmes, tu es prête à te sacrifier mais, dans un ou deux ans, quand tu en auras assez de me soigner, tu trouveras ma cécité très pratique pour flirter avec quelque jeune gandin ou entretenir une liaison discrète avec le docteur.

– Tu es injuste, Jimmy. Tu crois que je t'ai aimé seulement parce que tu étais bel homme? Et si cela m'était arrivé à moi? Si j'avais été blessée? Tu m'aurais abandonnée?

– Sans doute. Je n'ai jamais prétendu être un héros. Je t'ai aimée parce que tu étais belle, parce que tu étais toi. Pourquoi continuerais-je à aimer une créature complètement différente? Pourquoi aimerais-tu un homme repoussant, avec des trous à la place des yeux?

– Mais, chéri, ton visage redeviendra le même dans quelque temps. Ce nouveau traitement pour les grands brûlés fait des miracles. Les médecins m'ont assuré que, dans six mois, ta peau ne serait même plus rouge.

– Aucun miracle ne me rendra mes yeux.

– C'est vrai mais, pour le reste, tu seras toujours le même. J'ai vu le résultat de ce traitement sur les blessés.

– Et après? A quoi sert de vivre sans voir? L'argent... le luxe... toutes ces choses que les gens m'enviaient. Dieu! s'ils savaient que le don de la vue est le plus précieux des biens!

– Il y a plus malheureux que toi. Il y a un homme, ici, qui a perdu les deux jambes et un bras. Il a été écrasé par un char dans le désert de Libye. On l'a transféré ici pour essayer de lui greffer des prothèses et l'opération a échoué.

– Quel rapport avec moi? La souffrance des autres n'a jamais été un antidote à la sienne propre.

Qu'il meure lui aussi! Et le plus tôt sera le mieux. Je peux pas supporter ça. Je veux mourir, je te dis!

Lorna était désemparée. Elle restait debout, muette, les joues inondées de larmes.

— Vas-y, continua Jimmy avec amertume. Allez, dis ce que tu as à dire. Tu es à court d'arguments?

— Je peux seulement te dire que je t'aime. Si tu avais été tué en combat aérien, je crois que je ne t'aurais pas survécu. Si tu te donnes la mort toi-même, maintenant, parce que tu es trop lâche pour affronter l'avenir, j'en mourrai aussi.

— Trop lâche! Eh bien, oui, je l'avoue. J'ai peur de l'avenir.

— Quel exemple ce sera! Un chef d'escadrille décoré de la médaille d'honneur pour acte de bravoure, un officier respecté et admiré par tous ses hommes... Tu imagines les gros titres des journaux?

— Je pourrais maquiller mon suicide en accident.

— Oh oui, sûrement! Tu ne tromperas personne. Les gens sains d'esprit ne tombent pas d'une fenêtre par accident et ne s'injectent pas de morphine sans savoir ce qu'ils font.

Il y eut un long silence, puis il reprit d'une voix lasse:

— C'est bon, tu as gagné. Fais comme tu voudras... et maudite sois-tu! J'espère que tu prendras plaisir à me mener à la laisse... à m'entendre te crier ma rage... à me servir d'infirmière au long des nuits... à vivre avec moi quand je me serai mis à te haïr! Sais-tu ce que c'est que de vivre sans distractions? Finis le théâtre, la danse, les voyages! Car pour moi tous les endroits se ressembleront; je ne verrai pas la différence entre Venise et Manchester. Et que m'importera d'habiter un palais ou un taudis? Pour moi, ce seront toujours les mêmes ténèbres!

– Il y a la musique... la TSF et...

– La TSF! La belle affaire! L'honorable BBC viendra à notre secours! Je te félicite pour l'originalité de tes goûts, ma chère! Oui, nous écouterons la radio pendant nos longues soirées passées ensemble. Ha! Je te laisse libre de choisir notre mode de vie. Je me moque de tout, à présent. Et pour les repas, tu me donneras la becquée, aussi, ou aurai-je droit à une fourchette? Il faudra que tu me coupes ma viande, évidemment.

La dureté de ses propos était un martyre pour Lorna. Elle fut presque soulagée de voir leur tête-à-tête interrompu par la venue de l'infirmière. Elle dit tendrement au revoir à son mari mais, quand elle arriva à Mountley Park, ses derniers mots résonnaient encore douloureusement à ses oreilles.

Les semaines qui suivirent furent un calvaire pour elle. Chaque jour, Jimmy semblait prendre un malin plaisir à lui dire de nouvelles méchancetés. Elle l'écoutait patiemment, serrant les poings et se mordant les lèvres pour ne pas pleurer. Plus sa santé s'améliorait et plus il était virulent, à tel point qu'elle songea à s'en aller, à disparaître pour ne plus lui imposer sa présence.

Le point de rupture finit par arriver. Un jour qu'elle quittait la chambre de Jimmy après une scène de cruauté mentale particulièrement pénible, elle céda au trop-plein de ses sentiments. En arrivant dans le hall de l'hôpital, elle se trouva mal. Elle poussa un cri étouffé, le monde devint tout noir et elle se sentit sombrer... sombrer... sombrer dans un abîme sans fond.

Quand elle rouvrit les yeux, elle était sur un

divan dans un cabinet médical. On lui donna des sels et, après une brève conversation avec le médecin, elle repartit.

Cette nuit-là, elle ne pleura pas. Elle resta éveillée dans l'obscurité, réfléchissant longuement.

Il pleuvait quand elle revint à l'hôpital, le lendemain après-midi. L'air était humide et une brise automnale soufflait de l'est.

Jimmy l'attendait.

— C'est une vilaine journée, dit-elle quand l'infirmière les eut laissés seuls. J'ai peur que l'été ne soit fini.

— L'été de nos souvenirs heureux, ironisa Jimmy. L'été de notre rencontre, de...

Elle l'interrompit. Elle ne savait que trop bien ce qui allait suivre. Il allait reparler de son accident, puis évoquer avec nostalgie le souvenir de leur première nuit d'amour pour mieux se plaindre ensuite de son sort.

— Jimmy, j'ai quelque chose à te dire. Tu dois m'écouter. D'abord, je t'aime. Je t'ai toujours aimé. Maintenant que le malheur nous frappe, je veux continuer à t'aimer de toute mon âme et tenter de bâtir une vie de couple avec toi. Ce sera dur pour toi et un peu aussi pour moi mais nous pouvons y arriver. Il le faut.

« Non, laisse-moi parler, poursuivit-elle en voyant qu'il allait lui couper la parole. Je n'ai pas fini. Je suis prête à faire tout ce que tu souhaiteras, à aller partout où tu voudras, mais seulement si tu veux encore de moi, si je peux t'apporter un peu de... satisfaction.

« Ces derniers temps, j'ai commencé à me dire que je n'étais peut-être pas la femme qu'il te fallait. J'ai même songé à partir sans te prévenir. Mais il s'est passé quelque chose qui a tout changé. Hier, en te quittant, je me suis évanouie. J'ai d'abord cru que c'était à cause de ton comportement à mon égard, mais quelques mots du docteur ont suffi à m'éclairer.

« Ce matin, je suis allée à Londres par le premier train pour consulter un gynécologue que m'a recommandé ta mère. Il est encore un peu tôt pour l'affirmer mais, d'après lui, tout porte à croire que je vais avoir... un bébé. »

Elle attendit. Comme Jimmy gardait le silence, elle se pencha vers lui et le prit par les épaules.

– Dis quelque chose ! s'écria-t-elle, désespérée. Oh, Jimmy, parle-moi ! N'es-tu pas heureux ? Tu ne comprends pas à quel point c'est merveilleux pour nous deux ? Maintenant, nous avons une raison de vivre.

Jimmy ouvrit la bouche, mais aucun son n'en sortit. Soudain, elle comprit. Il essayait de trouver les mots pour exprimer une émotion qui, d'un seul coup, venait de balayer son égoïsme, sa morgue égocentrique.

Il ouvrit les bras et elle se retrouva enfin tout contre son cœur.

– O ma chérie... mon aimée... Fille de l'air... pardonne-moi.

Elle sécha ses larmes et, la tête posée sur son épaule, murmura :

– Maintenant, nous pouvons faire des projets. Tu pourras quitter l'hôpital dans une semaine.

– Une semaine ? (Il la serra dans ses bras.) J'ai peur de partir. Tu auras honte de moi.

– Jamais.

– Je veux être seul avec toi. Je ne pourrai pas supporter tous ces gens qui hantent Mountley Park. Mère m'a promis de ne pas donner de grandes réceptions, mais elle oubliera bientôt et, dans peu de temps, il y aura de nouveau foule... toutes sortes d'inconnus qui me dévisageront et me plaindront. Je ne le supporterai pas, je préfère rester ici ou être envoyé dans un autre hôpital.

– Alors, nous n'irons pas à Mountley, fit Lorna d'une voix douce comme si elle parlait à un enfant effrayé. Nous irons où bon te semblera. L'Angleterre est grande. Nous habiterons un cottage, dans un coin tranquille à la campagne.

– Mais, en attendant de l'avoir trouvé, ne pourrions-nous pas aller au presbytère? J'aimerais être avec les enfants et avec ton père.

Lorna poussa un cri de joie.

– Tu es sérieux? Tu veux vraiment venir à la maison... ma maison?

Il lui sourit et l'enlaça.

– Nous irons à la maison, ma chérie.

21

– Voilà, le dernier coussin est fait! s'exclama Beth. Les ouvriers vont repartir, maintenant. Ils ont fini. C'est magnifique, tu ne trouves pas, Péki?

Elle admira la métamorphose du salon.

– Décrivez-le-moi, demanda Jimmy d'une voix calme, près de la cheminée.

Beth alla s'asseoir à côté de lui, sur l'accoudoir de son fauteuil, et passa un bras autour de ses épaules.

– C'est tout simplement somptueux! Je suis impatiente de voir la tête de Lorna quand elle le découvrira. Le tissu est une sorte de lin de couleur corail parsemé de fleurs. C'est fou ce que ça fait riche! Surtout avec les rideaux assortis qui descendent jusque par terre. On n'aurait jamais pu se permettre ça avant.

– Maintenant non plus, commenta Péki qui était allongée sur le divan. Même en cent ans nous n'aurions pas pu économiser assez de bons. Sans Muriel, nous serions encore entourés de nos vieux haillons.

– Et la chambre à coucher? dit Jimmy.

– Le tapis est posé, répondit Beth. Un magnifique bleu Sainte-Vierge. Et le reste des meubles, avec le grand lit à colonnes or et blanc décoré d'angelots sculptés, est arrivé de Mountley à une heure. Les ouvriers ont tout installé comme vous le souhaitiez. C'est fabuleux, on dirait la chambre d'une princesse de conte de fées.

– C'est exactement ce qu'il faut, fit Jimmy en souriant. Et les fleurs, elles sont arrivées?

– Oh, c'est vrai, j'ai oublié de vous le dire, je suis impardonnable! s'exclama Beth. Je m'en suis occupée ce matin, aussitôt après le départ de Lorna. Elles sont superbes. Il y a un énorme vase de chrysanthèmes sur la table devant la fenêtre, un autre de votre côté et un bouquet d'orchidées sur la table de nuit de Lorna. Les mêmes que celles qu'elle portait le jour de votre mariage. Oh, j'ai hâte d'être à demain! Ce sera le plus beau Noël que nous ayons jamais eu.

– Dommage que je n'aie pas pu sortir pour vous acheter des cadeaux, dit tristement Jimmy.

Beth le regarda subrepticement : il avait au coin des lèvres un petit sourire qui le trahissait. Il ne restait plus trace de ses brûlures et, malgré ses lunettes noires, il demeurait vraiment un très beau jeune homme.

– Je ne crois pas que Lorna soit allée à Melchester cet après-midi uniquement pour une promenade, répliqua-t-elle malicieusement. En plus, elle

avait une liste d'emplettes longue comme le bras...
qu'elle ne m'a pas laissé regarder.

– Je suis sûr que vous avez pourtant essayé,
insinua Jimmy. Votre curiosité vous attirera des
ennuis, un de ces jours.

– Peut-être, mais, en attendant, je m'amuse
bien, répondit-elle.

Elle avait le don de la repartie, ce qui faisait
toujours rire Jimmy.

– Vous savez ce que Michael va m'offrir?
demanda Péki. Des béquilles! C'est drôle, mais ça
me fait encore plus plaisir que s'il m'avait acheté
une Rolls-Royce.

– S'il continue à neiger comme ça, elles ne te
serviront à rien. Un traîneau te serait plus utile.

– Il neige encore? voulut savoir Jimmy.

Beth alla regarder par la fenêtre.

– Un peu moins. Le ciel commence à se dégager. Le jardin est magnifique. Surtout les arbres.
Vous devriez voir ça...

Elle s'interrompit, la main sur la bouche.

– Qu'alliez-vous dire? reprit Jimmy.

– Excusez-moi. Lorna nous a prévenus qu'il
fallait faire attention à ce qu'on disait, mais j'oublie
toujours.

– Ça m'est parfaitement égal! J'y suis habitué
maintenant et, franchement, je m'en moque complètement.

– Vous en êtes sûr? (Beth retourna près de lui.)
C'est sensass de vous avoir ici, Jimmy. Vous ren-
dez tout si gai. Et vous allez avoir un magnifique
Noël. Vous avez tant fait pour nous.

– Peuh! Je n'ai rien fait du tout.

– Oh, le menteur! s'écrièrent les deux sœurs à
l'unisson.

– Et la voiture? Et le vicaire pour papa? Et le
poste de radio? Les salles de bains neuves, la

bonne pour aider Minnie? énuméra Beth. Sans parler de tout ceci, ajouta-t-elle en contemplant la nouvelle décoration du salon. Oh, vivement que Lorna rentre! Elle est en retard.

– Quelle heure est-il? fit-il avec anxiété.

– Il est environ..., commença Beth.

Un cri de Péki l'interrompit.

– La voilà!

Mais, quand la porte s'ouvrit, seule Minnie apparut.

– Oh, c'est vous, Minnie, fit Beth, déçue. On croyait que c'était Lorna.

– Je suis venue voir si Péki n'avait besoin de rien, répondit Minnie. Vous allez bien, mon enfant? Pas trop fatiguée?

– Bah! J'ai une force de cheval, affirma Péki. S'il n'y avait pas cette maudite jambe, je serais en train de gambader.

– Alors, tant mieux.

Minnie lui enroula un châle autour des épaules et se baissa pour rajouter du charbon dans le feu.

– Lorna est en retard, soupira Beth, et nous sommes tous là à ronger notre frein en l'attendant. Comment croyez-vous qu'elle va réagir en voyant la pièce?

– Elle sera certainement ravie, dit Minnie, si le choc ne la tue pas. Je me demande comment on a pu tenir si longtemps avec les anciennes tentures. Elles tombaient en lambeaux.

– Alors, vous approuvez les innovations? demanda Jimmy. Je n'osais pas vous poser la question avant, Minnie, puisque tout dans cette maison dépend de votre verdict.

– Hum, vous essayez de me flatter parce que vous voulez un bon dîner de Noël, monsieur Jimmy.

– Je n'ai aucune inquiétude à ce sujet. Vous avez une réputation à défendre dans la famille. D'ailleurs, si cette dinde est moins bonne que celle que vous nous avez préparée cet été, je vais commencer une grève de la faim.

– Vous l'aimerez, affirma Minnie. Et il faudrait que vous mangiez un peu plus. Votre femme me disait l'autre jour que nous devions vous étoffer.

– Je ne veux pas perdre ma silhouette de mannequin. Et quant à ma femme, c'est une vilaine. Elle devrait être rentrée à l'heure qu'il est. Je me demande ce qui la retient.

– Ne vous en faites pas, monsieur Jimmy. Le docteur veille sur elle. Il ne lui arrivera rien.

– C'est trop fatigant pour elle. Courir les magasins comme ça quand elle est...

– ... dans un état intéressant, compléta Beth.

– Voyons, Beth! intervint Minnie. Un peu de respect pour votre sœur. De mon temps, les jeunes filles de bonne famille ne faisaient jamais allusion à ces choses.

– Oh oui, je sais, je sais, fit Beth, taquine. De votre temps, les bébés naissaient dans les choux. Aujourd'hui, on ne craint plus d'appeler les choses par leur nom. Si vous aviez vu autant de bébés que moi dans la nursery pour les enfants d'évacués, vous sauriez que les dames les plus respectables laisseraient les bébés où elles les ont trouvés si la procréation était un peu mieux adaptée.

Péki et Jimmy éclatèrent de rire, mais Minnie parut choquée.

– J'espère que vous ne lancerez pas d'idées pareilles dans l'école huppée où M. Jimmy vous envoie finir vos études sinon... bonté divine! ils vont se demander d'où vous sortez.

– Chère Minnie, je vous ferai honneur par la

hauteur morale de mon comportement. Et je vous promets d'être une vraie lady à mon retour.

– Il faudrait plus d'un trimestre d'éducation pour arriver à ce résultat avec vous! Mais enfin! Je vais préparer votre thé.

Quand elle ouvrit la porte, on entendit un bruit de voix dans le vestibule.

– Les voilà enfin, dit Beth. Pas un mot, surtout. Faites comme si de rien n'était.

Lorna salua Minnie et entra en ouvrant grande la porte.

– Me voilà, mes chéris. Vous avez cru que je m'étais perdue? Je...

Elle tomba en arrêt sur le seuil, les bras chargés de paquets, les joues rosies par le froid du dehors.

– Qu'est-ce que vous avez fait? Mais c'est magnifique! Oh, racontez-moi tout... C'est mon cadeau de Noël? Oh, Jimmy...

Elle posa ses paquets et s'approcha du petit groupe rassemblé près de la cheminée. Jimmy s'était levé. Lorna se pendit à son cou.

– Merci, mon amour, murmura-t-elle.

Elle se tourna vers ses sœurs, qui piaffaient de joie.

– Où avez-vous trouvé tout cela? Comment avez-vous eu le tissu? Et qui a accroché les rideaux?

Elles le lui expliquèrent toutes deux en même temps. Lady Braith avait, au début de la guerre, mis de côté le tissu, qu'elle destinait à la redécoration de certaines pièces de Mountley Park. Muriel s'en était souvenue et avait envoyé une grande balle de lin de couleur à Jimmy après son séjour au presbytère, un mois auparavant. Jimmy avait alors adressé les étoffes au meilleur tapissier de Melchester, qui les avait coupées aux mesures du salon et réexpédiées pendant l'absence de Lorna.

– C'est une perfection ! Et les fleurs sont splendides. Tu sais que je les aime, Jimmy. C'est le plus merveilleux cadeau de Noël que je puisse imaginer. Evidemment, c'est Muriel qui a été la cheville ouvrière de tout cela.

– Tu as pensé à commander un taxi pour elle ? demanda Jimmy.

– Oui, mais Michael a dit qu'il irait la chercher.

– Il faut que j'aille à la gare de toute façon pour accueillir la mère d'un de mes patients, expliqua Michael.

– Eh bien, c'est une chance ! fit Jimmy. Mais vous devrez attendre, le train aura du retard. Au fait, en parlant d'attendre, qu'est-ce qui vous a retardés tous les deux ? Vous avez encore fait la cour à ma femme, Michael ? Si oui, je vous provoque en duel.

– C'est la neige qui nous a retenus, répondit Michael. Je lui ai dit que c'était un décor idéal pour un enlèvement, mais elle n'a rien voulu entendre.

– Que vous êtes bêtes ! rétorqua Lorna en riant. Dites-moi comment vous trouvez ces améliorations, Michael.

– Je suis heureux que le grand secret soit enfin dévoilé. Ils ne parlaient que de ça depuis des semaines. Cette atmosphère de conspiration devenait vraiment éprouvante pour les nerfs.

– Oh, Michael ! Comment pouvez-vous ? s'exclama Beth. C'était absolument exaltant.

– C'était presque aussi épuisant que notre shopping de cet après-midi, dit Michael en se laissant tomber dans un fauteuil et en allongeant les jambes.

– C'était très fatigant? demanda Jimmy à Lorna. Tu vas bien, ma chérie? Tu n'en as pas trop fait?

– Non, j'y ai veillé, assura Michael. Mais j'ai dû batailler ferme dans le grand magasin, parce qu'elle voulait absolument retourner au sous-sol pour chercher quelque chose qu'elle avait oublié.

– Il a été insupportable, commenta Lorna.

– Au contraire, dit Jimmy, il a été très sage. Je lui avais donné des instructions fermes pour que tu n'en fasses pas trop.

– Eh bien, il t'a obéi à la lettre.

– J'espère bien! Je l'ai menacé de changer de médecin s'il me désobéissait.

– Allons bon! Comme si Michael n'était pas le seul capable de nous soigner!

– Hum, il faut encore qu'il se montre digne d'une telle profession de foi. Ces médecins de campagne ont une sorte de monopole, tu sais, fit Jimmy sur un ton facétieux. Mais, sérieusement, il est temps que quelqu'un s'occupe de toi... Tu nous as dorlotés assez longtemps.

Lorna regarda son mari avec un sourire compréhensif qui en disait long sur ses sentiments, puis elle alla embrasser Péki.

– Si tu pouvais choisir, Péki, quel est le cadeau de Noël que tu préférerais à toute autre chose au monde? demanda-t-elle.

Peki leva vers elle des yeux étincelants.

– Tu ne veux pas dire que... Peter?

Lorna acquiesça.

– Nous avons rencontré le télégraphiste au bas de l'allée. Il a eu une permission et il sera là demain pour midi.

– Magnifique! s'exclama Beth.

Mais Péki resta silencieuse et Lorna comprit que certaines émotions allaient au-delà des mots.

– Quel Noël ce sera! dit-elle d'une voix douce.

Tous réunis. Ah, autre chose, Jimmy. J'ai acheté une jolie robe de chambre à papa. Elle coûte une fortune, mais je suis sûre que tu seras d'accord. Elle est chaude et laineuse comme un agneau.

– Pense à tous les bons que tu as dépensés! protesta Beth. Je serai obligée de me promener toute nue au moment des fêtes de Pâques.

– Voyons! Ne sois pas si cupide.

– Je ne suis pas cupide... Je veux être irrésistible! Mais c'est sans importance. A la belle saison, j'ai l'intention de fonder le premier club de nudistes de Little Walton. Tous les membres masculins devront porter des lunettes fumées pour ne pas être éblouis par ma beauté sans voile!

– Vraiment, Beth! s'écria Lorna. Qu'est-ce que je vais faire d'elle? ajouta-t-elle en se tournant vers les autres.

– Je vais rédiger une ordonnance pour elle, dit Michael avec un faux air de sévérité.

– Trop tard, soupira Jimmy. Seule une opération pourrait la sauver, désormais. Mais on pourrait peut-être la faire interner.

– Oh, vous méritez que je..., protesta Beth en attrapant un coussin.

– Non, Beth, pose ça tout de suite, ordonna Lorna. Ces coussins neufs doivent être respectés... Et fais attention à mes paquets.

– Qu'est-ce que tu as acheté d'autre? demanda Péki.

– Oui, dis-nous tout, supplia Beth.

– Vous le saurez demain. Aide-moi à les porter en haut, Beth. Il y en a encore plein dans le vestibule. Puis nous prendrons le thé. Minnie est en train de le préparer.

Elle se tourna vers Jimmy.

– Ce cadeau me va droit au cœur, surtout les orchidées. Merci.

Elle se haussa sur la pointe des pieds pour lui donner un baiser sur la joue et lui chuchoter quelque chose à l'oreille. Jimmy l'écouta avec un sourire radieux.

Elle ramassa son sac, quelques paquets, laissant Beth prendre le reste, puis s'arrêta net.

– Oh, et puis autant vous l'annoncer tout de suite, fit-elle. Je ne voulais te le dire que demain, Jimmy, mais... voilà, ils ont accepté ta pièce! On pourra l'écouter sur les ondes le 10 janvier.

Un silence de stupéfaction s'ensuivit. Jimmy prit la main de Lorna.

– Quelle pièce? s'étonnèrent les deux filles. On va l'entendre à la radio?... Et c'est Jimmy qui l'a écrite?

Avec un sourire de fierté, Lorna répondit :

– Il a écrit une saynète sur ses compagnons de l'armée de l'air. Nous avons gardé le secret pour le cas où elle serait refusée. Mais ils la prennent! Il me l'a dictée et, c'était si drôle, je riais tellement que je n'arrivais presque pas à tenir ma plume.

– Ça, c'est une nouvelle! lança Beth en courant embrasser son beau-frère.

– Et ce n'est pas tout, continua Lorna. La BBC va envoyer quelqu'un pour te voir après Noël, Jimmy. Ils veulent te proposer un feuilleton.

Jimmy poussa un profond soupir. Puis il dit en riant :

– Eh bien, docteur? La thérapie occupationnelle semble avoir donné des résultats.

– Michael a toujours su que tu en étais capable, dit Lorna. Et moi aussi... Mais je n'aurais jamais cru que tu pouvais être si drôle!

Il la serra dans ses bras.

– Il n'y a rien que je ne puisse accomplir quand tu crois en moi.

Il plaqua sa joue contre la sienne et sentit qu'elle tremblait de bonheur.

– Je t'adore, Fille de l'air, murmura-t-il d'une voix qu'elle seule pouvait entendre. Nous pouvons tout faire ensemble, même des triplés.

Elle pouffa, mais il y avait des larmes de joie dans ses yeux.

– L'ennui, c'est que ça va créer des dépenses, intervint Beth. Vous allez avoir besoin d'un chapeau plus large, pour commencer.

Jimmy tendit la main pour lui tirer les cheveux et bientôt ils se bagarrèrent comme deux écoliers. Le bonheur qui se lisait sur le visage de Lorna était indescriptible.

Elle avait prié pour que Jimmy pût trouver un moyen d'exprimer son énergie, mais elle savait que la vie au presbytère avait fait davantage pour guérir sa dépression et l'aider à redevenir un homme normal que n'importe quelle prescription médicale.

Elle comprenait maintenant que ce qui lui avait toujours manqué dans son enfance, ce qu'il avait désiré sans en avoir conscience, c'était le joyeux chahut d'une vie de famille, le sentiment d'appartenir aux autres en sachant qu'eux aussi avaient besoin de lui.

« Nous aurons une douzaine d'enfants », se promit-elle.

– Viens, Beth, reprit-elle à voix haute, aide-moi avec ces paquets. Sinon notre dramaturge n'aura pas son thé. Et Minnie fait des beignets pour fêter l'occasion.

– Des beignets! Un beau-frère célèbre! Peter parmi nous et des rideaux neufs! s'écria Beth. Mais c'est le paradis! Quand papa et Muriel sauront ça!

– Je veux être là pour voir leurs têtes, dit Lorna.
Vite, dépêchons-nous, Beth.

Tandis qu'elle se dirigeait vers la porte, toute
chargée de paquets, Beth vint chuchoter en cati-
mini à Jimmy :

– Elle va avoir une attaque en voyant sa chambre.

– Je compte sur vous pour me raconter mot
pour mot ce qu'elle dira, répondit-il.

Michael ouvrit la porte à Lorna.

– Ne montez pas les marches trop vite, conseilla-
t-il, mi-sérieux, mi-moqueur.

– Décidément, c'est sans espoir ! fit Lorna avec
une exaspération feinte. Jimmy et vous, vous me
traitez comme si j'étais en porcelaine de Dresde.

Le médecin referma derrière elle et revint vers
Jimmy.

– Elle va bien, n'est-ce pas ? demanda celui-ci.

– Très bien. Ne vous inquiétez pas, Jimmy, je ne
l'ai pas laissé se fatiguer.

– Vous avez son cadeau ?

– Oui, il est arrivé de Londres ce matin. Je pense
que vous serez satisfait.

– Qu'est-ce que vous lui offrez ? fit Péki avec
curiosité.

– Quelque chose que j'ai fait faire spécialement,
expliqua Jimmy. Michael m'a aidé à choisir. Pas-
sez-le-moi, Michael, je veux le toucher.

Michael lui donna un écrin en cuir rose. Jimmy
chercha le fermoir du bout des doigts... et le
couvercle s'ouvrit.

– Des diamants ! s'exclama Péki. Je les vois
étinceler. Oh, qu'est-ce que c'est ?

– Deux clips en forme d'aile, répondit Michael.
Quand on les met côte à côte, ils évoquent l'insigne
de l'armée de l'air : une paire d'ailes ouvertes.

Romans sentimentaux

La littérature sentimentale a pour auteur vedette chez J'ai lu la célèbre romancière anglaise Barbara Cartland, qui a écrit plus de 500 romans. A ses côtés, Anne et Serge Golon avec la série des Angélique, Juliette Benzoni et des écrivains anglo-saxons qui savent évoquer toute la force des sentiments (Janet Dailey, Theresa Charles, Victoria Holt...).

AMIEL Joseph	*Les droits du sang* 2966/8
BEARN Myriam et Gaston de	*L'or de Brice Barfrès* 2514/4
BENZONI Juliette	*Marianne, une étoile pour Napoléon* 2743/7
	Marianne et l'inconnu de Toscane 2744/5
	Marianne - Jason des quatre mers 2745/5
	Toi, Marianne 2746/5
	Marianne - Les lauriers de flammes 2747/8
BIALOT Joseph	*Elisabeth ou le vent du sud* 3088/5
BRISKIN Jacqueline	*Les vies mêlées* 2714/4
	Le cœur à nu 2813/6
	Paloverde 2831/8
BUSBEE Shirlee	*La rose d'Espagne* 2732/4
	Le Lys et la Rose 2830/4
CARTLAND	Voir encadré ci-contre
CASATI MODIGNANI Sveva	*Désespérement, Julia* 2871/4
CHARLES Theresa	*Le chirurgien de Saint-Chad* 873/3
	Inez, infirmière de Saint-Chad 874/3
	Un amour à Saint-Chad 945/3
	Crise à Saint-Chad 994/2
	Pour un seul week end 1080/3
	Lune de miel à Saint-Chad 1112/2
	Les rebelles de Saint-Chad 1495/3
	Les mal-aimés de Fercombe 1146/3
	Lake qui es tu ? 1168/4
	Le château de la haine 1190/2
COOKSON Catherine	*L'orpheline* 1886/5
	La fille sans nom 1992/4
	L'homme qui pleurait 2048/4
	Le mariage de Tilly 2219/4
	Le destin de Tilly Trotter 2273/3
	Le long corridor 2334/3
	La passion de Christine Winter 2403/3
	L'éveil à l'amour 2587/4
	15e Rue 2846/3
	La maison des flammes 2997/5
DAILEY Janet	*La saga des Calder :*
	- La dynastie Calder 1659/4
	- Le ranch Calder 2029/4
	- Prisonniers du bonheur 2101/4
	- Le dernier des Calder 2161/4
	Le cavalier de l'aurore 1701/4
	La Texane 1777/4
	Le mal-aimé 1900/4
	Les ailes d'argent 2258/5
	Pour l'honneur de Hannah Wade 2366/3
	Le triomphe de l'amour 2430/5
	Les grandes solitudes 2566/6
DALLAYRAC Dominique	*Et le bonheur maman ?* 1051/3
DAVENPORT Marcia	*Le fleuve qui tout emporta* 2775/4

CARTLAND Barbara (Sélection)

Les seigneurs de la côte 920/2
Le valet de cœur 1166/3
Seras-tu lady Gardenia ? 1177/3
Printemps a Rome 1203/2
L'épouse apprivoisée 1214/2
Le cavalier masqué 1238/2
Le baiser du diable 1250/3
Le port du bonheur 1522/2
L'ingénue criminelle 1553/2
La princesse orgueilleuse 1570/2
La déesse et la danseuse 1581/2
Rhapsodie d'amour 1582/2
Rêver aux étoiles 1593/2
Sous la lune de Ceylan 1594/2
Les vibrations de l'amour 1608/2
Duchesse d'un jour 1609/2
L'enchanteresse 1627/2
La tigresse et le roi 1642/2
Un cri d'amour 1657/2
Le Lys de Brighton 1672/2
Le marquis et la gouvernante 1682/2
Un duc à vendre 1683/2
Piège pour un marquis 1699/2
Le Talisman de jade 1713/2
Le fantôme amoureux 1731/2
Où vas-tu Melinda ? 1732/2
L'amour et Lucia 1806/2
L'amour était au rendez-vous 1884/2
Le piège de l'amour 2664/2
Tempête amoureuse 2665/2
Les yeux de l'amour 2688/2
L'amour sans trêve 2689/2
Lilas blanc 2701/2
La malédiction de la sorcière 2702/2
Les saphirs du Siam 2715/2
Un mariage en Ecosse 2716/2
Le jugement de l'amour 2733/2
Mon cœur est en Ecosse 2734/2
Les amants de Lisbonne 2756/2
Passions victorieuses 2757/2

Pour une princesse 2776/2
Dangereuse passion 2777/2
Un rêve espagnol 2795/2
L'amour victorieux 2796/2
Douce vengeance 2811/2
Juste un rêve 2812/2
Amour, argent et fantaisie 2832/2
L'explosion de l'amour 2833/2
Le temple de l'amour 2847/2
La princesse des Balkans 2856/2
Douce enchanteresse 2857/2
L'amour est un jeu 2872/2
Le château des effrois 2873/2
Un baiser de soie 2889/2
Aime-moi pour toujours 2890/3
La course à l'amour 2903/3
Danger sur le Nil 2916/3
Une femme trop fière 2917/3
Le duc infernal 2948/4
Une folle lune de miel 2949/2
Le parfum des dieux 2960/2
Un ange passe 2972/2
L'amour est invincible 2973/2
Le drame de Gilda 3001/2
La fuite en France 3002/2
Le voleur d'amour 3017/3
Musique miraculeuse 3033/2
Rêverie nocturne 3034/2
Danger pour le duc 3047/2
Ah, l'adorable menteuse ! 3048/2
Coup de foudre à Penang 3058/2
Idylle au Ritz 3068/2
Tendre Lydia 3069/2
Le caroussel de l'amour 3089/2
La découverte du bonheur 3090/2
Les ailes de l'amour 3108/4
La sérénité d'un amour 3109/2
Une fuite éperdue 3125/3
Le lien magique 3126/2

GOLON Anne et Serge

Angélique, marquise des Anges 2488/7
Angélique, le chemin de Versailles 2489/7
Angélique et le Roy 2490/7
Indomptable Angélique 2491/7
Angélique se révolte 2492/7
Angélique et son amour 2493/7
Angélique et le Nouveau Monde 2494/7

La tentation d'Angélique 2495/7
Angélique et la Démone 2496/7
Le complot des ombres 2497/5
Angélique à Québec 2498/5 & 2499/5
Angélique La route de l'espoir 2500/7
La victoire d'Angélique 2501/7

Aventures et Passions

Quand l'amour s'aventure très loin, il devient passion.

Quand les passions se libèrent, quand elles déchirent des êtres prêts à tout pour les vivre, au cœur d'aventures riches et multiples, elles sont dans la nouvelle collection Aventures et Passions.

Littérature

Cette collection est d'abord marquée par sa diversité : classiques, grands romans cotemporains ou même des livres d'auteurs réputés plus difficiles, comme Borges, Soupault. En fait, c'est tout le roman qui est proposé ici, Henri Troyat, Bernard Clavel, Guy des Cars, Frison-Roche, Djian mais aussi des écrivains étrangers tels que Colleen McCullough ou Konsalik.

Les classiques tels que Stendhal, Maupassant, Flaubert, Zola, Balzac, etc. sont publiés en texte intégral au prix le plus bas de toute l'édition. Chaque volume est complété par un cahier photos illustrant la biographie de l'auteur.

3108

Impression Brodard et Taupin
à La Flèche (Sarthe) le 15 octobre 1991
6484E-5 Dépôt légal octobre 1991
ISBN 2-277-23108-8
Imprimé en France
Editions J'ai lu
27, rue Cassette, 75006 Paris
diffusion France et étranger : Flammarion